ZETA

Título original: *The Claiming of Sleeping Beauty*
Traducción: Rosa Arruti
1.ª edición: octubre 2011

© Anne O'Brien Rice
© The Stanley Travis Rice Jr. Testamentary Trust
© Ediciones B, S. A., 2011
para el sello Zeta Bolsillo
Consell de Cent, 425-427 - 08009 Barcelona (España)
www.edicionesb.com

Printed in Spain
ISBN: 978-84-9872-565-0
Depósito legal: B. 24.784-2011

Impreso por LIBERDÚPLEX, S.L.U.
Ctra. BV 2249 Km 7,4 Polígono Torrentfondo
08791 - Sant Llorenç d'Hortons (Barcelona)

El rapto de la Bella Durmiente

ANNE RICE

A S. T. Roquelaure con amor

LA LLAMADA DEL PRÍNCIPE

Durante toda su juventud, el príncipe había oído la historia de la Bella Durmiente, condenada a dormir durante cien años, al igual que sus padres, el rey y la reina, y toda la corte, después de haberse pinchado el dedo en un huso.

Pero no creyó en la leyenda hasta que estuvo dentro del castillo.

Ni siquiera la había creído al ver los cuerpos de otros príncipes atrapados en las espinas de los rosales trepadores que cubrían los muros. Ellos sí habían acudido movidos por un convencimiento, eso era cierto, pero él necesitaba ver con sus propios ojos el interior del castillo.

El príncipe, imprudente por efecto del dolor que sentía tras la muerte de su padre y demasiado poderoso bajo el reinado de una madre que lo favorecía en exceso, cortó de raíz las imponentes trepadoras, impidiendo de este modo que lo apresaran entre su maraña. No era el deseo de morir sino el de conquistar el que lo empujaba.

Avanzando con tiento entre los esqueletos de

los que no habían logrado resolver el misterio, se introdujo a solas en la gran sala de banquetes.

El sol brillaba en lo alto del cielo y las enredaderas habían retrocedido permitiendo que la luz cayera en haces polvorientos desde las encumbradas ventanas.

Todavía instalados ante la mesa de banquetes y cubiertos por varias capas de polvo, el príncipe descubrió a los hombres y mujeres de la antigua corte que dormían con los rostros inanimados y rubicundos envueltos por telas de araña.

Se quedó boquiabierto al ver a los sirvientes dormidos contra las paredes, con las ropas consumidas y convertidas en andrajos.

Así que la antigua leyenda era cierta. Con la misma osadía de antes, inició la búsqueda de la Bella Durmiente, que debía hallarse en el centro de todo aquello.

La encontró en la alcoba más alta de la casa. Finalmente, tras sortear los cuerpos de doncellas y criados dormidos, y respirar el polvo y la humedad del lugar, se halló en el umbral de la puerta de su santuario.

Sobre el terciopelo verde oscuro de la cama, el cabello pajizo de la princesa se extendía largo y liso, y el vestido, que formaba holgados pliegues, revelaba los pechos redondeados y las formas de una joven.

Abrió las contraventanas cerradas. La luz del sol resplandeció sobre ella. El príncipe se acercó un poco más y soltó un ahogado suspiro al tocar la mejilla, los labios entreabiertos y los dientes y, después, los delicados párpados.

El rostro le pareció perfecto; y la túnica bordada, que se le había pegado al cuerpo y marcaba el pliegue entre sus piernas, permitía adivinar la forma de su sexo.

Desenvainó la espada con la que había cortado todas las enredaderas que cubrían los muros y, deslizando cuidadosamente la hoja entre sus pechos, rasgó con facilidad el viejo tejido del vestido que quedó abierto hasta el borde inferior. Él separó las dos mitades y la observó. Los pezones eran del mismo color rosáceo que sus labios, y el vello púbico era castaño y más rizado que la larga melena lisa que le cubría los brazos hasta llegar casi a las caderas por ambos costados.

Separó de un tajo las mangas y alzó con suma delicadeza el cuerpo de la joven para liberarlo de todas las ropas. El peso de la cabellera pareció tirar de la cabeza de ésta, que quedó apoyada en los brazos de él al tiempo que la boca se abría un poco más.

El príncipe dejó a un lado la espada. Se quitó la pesada armadura y a continuación volvió a alzar a la princesa sosteniéndola con el brazo izquierdo por debajo de los hombros y la mano derecha entre las piernas, el pulgar en lo alto del pubis.

Ella no profirió ningún sonido; pero si fuera posible gemir en silencio, la princesa gimió con la actitud de su cuerpo. Su cabeza cayó hacia él, quien sintió la caliente humedad del pubis contra su mano derecha. Al volver a tenderla, le apresó ambos pechos y los chupó suavemente, primero uno y luego el otro.

Eran éstos unos pechos llenos y firmes, pues era joven cuando la maldición se apoderó de ella. Él le mordisqueó los pezones, al tiempo que le meneaba los senos casi con brusquedad, como si quisiera sopesarlos; luego se deleitó palmoteándolos ligeramente hacia delante y atrás.

Al entrar en la estancia el deseo le había invadido con fuerza, casi dolorosamente, y ahora le incitaba de forma casi cruel.

Se subió sobre ella y le separó las piernas, mientras pellizcaba suave y profundamente la blanca carne interior de los muslos. Estrechó el pecho derecho en su mano izquierda e introdujo su miembro sosteniendo a la princesa erguida para poder llevar aquella boca hasta la suya y, mientras se abría paso a través de su inocencia, le separó la boca con la lengua y le pellizcó con fuerza el pecho.

Le chupó los labios, le extrajo la vida y la introdujo en él. Cuando el príncipe sintió que su simiente explotaba dentro del otro cuerpo, la joven gritó.

Luego sus ojos azules se abrieron.

—¡Bella! —le susurró.

Ella cerró los ojos, con las cejas doradas ligeramente fruncidas en un leve mohín mientras el sol centelleaba sobre su amplia frente blanca.

Le levantó la barbilla, besó su garganta y, al extraer su miembro del sexo comprimido de ella, la oyó gemir debajo de él.

La princesa estaba aturdida. La incorporó hasta dejarla sentada, desnuda, con una rodilla doblada sobre los restos del vestido de terciopelo esparcidos encima de la cama, que era tan lisa y dura como una mesa.

—Os he despertado, querida mía —le dijo—. Habéis dormido durante cien años, igual que todos los que os querían. ¡Escuchad, escuchad! Oiréis cómo este castillo vuelve a la vida, algo que nadie antes que vos oyó nunca.

Un agudo grito llegó desde el corredor, donde la sirvienta estaba de pie con las manos en los labios.

El príncipe se acercó hasta la puerta para hablar con ella.

—Id a buscar a vuestro amo, el rey. Decidle que el príncipe que había de liberar esta casa de la maldición ha llegado y también que ahora permaneceré reunido a puerta cerrada con su hija.

Cerró la puerta, echó el cerrojo y se volvió para observar a Bella.

Se tapaba los pechos con las manos. Su larga y lisa cabellera dorada, espesa e increíblemente sedosa, caía a su alrededor, abriéndose sobre la cama.

La princesa reclinó la cabeza de manera que el pelo cubriera su cuerpo. Pero miraba al príncipe, y éste se sorprendió al ver aquellos ojos carentes de miedo o malicia. Estaban abiertos de par en par, sin expresión alguna, como los de uno de esos tiernos animales del bosque instantes antes de caer abatidos en una cacería.

El seno de la princesa se agitaba al compás de su respiración anhelante. Él se echó a reír, se aproximó un poco más y le retiró el pelo del hombro derecho.

Ella alzó la mirada y la mantuvo fija en él. Un rubor novicio afluyó a sus mejillas y, de nuevo, el príncipe la besó.

Le abrió la boca con los labios y con la mano izquierda le sujetó las muñecas, bajándoselas hasta el regazo desnudo para poder así cogerle los pechos y examinarlos mejor.

—Beldad inocente —susurró.

Sabía lo que ella estaba viendo: un joven algo mayor que la princesa cuando se convirtió en la Bella Durmiente. Él era apenas un hombre, pero no temía nada ni a nadie. Era alto, con el pelo negro; su figura delgada le daba un aspecto ágil.

Le gustaba pensar en sí mismo como en una espada: ligero, directo, muy preciso y absolutamente peligroso.

Había dejado a muchos tras él que podían corroborarlo.

En aquel momento, no albergaba orgullo sino una inmensa satisfacción. Había llegado hasta el centro del castillo maldito.

En la puerta se oían golpes y gritos.

No se molestó en contestar. Volvió a tender a Bella sobre la cama.

—Soy vuestro príncipe —dijo—, así os dirigiréis a mí, y por este motivo me obedeceréis.

Al separarle otra vez las piernas, vio la sangre de su inocencia sobre la tela y, riéndose tranquilamente para sus adentros, volvió a entrar en ella con suma suavidad.

Bella soltó una suave sucesión de gemidos que en los oídos del príncipe sonaron como besos.

—Contestadme como corresponde —susurró.

—Mi príncipe —dijo.

—Ah —suspiró—, qué delicia.

Cuando abrió de nuevo la puerta, la habitación estaba casi a oscuras. Comunicó a los sirvientes que cenaría entonces y que recibiría al rey de inmediato. Le ordenó a Bella que cenara con él, que se quedara a su lado y, en tono firme, le dijo que no debía llevar ropa alguna.

—Es mi deseo que estéis desnuda y siempre disponible para mí —sentenció.

Podría haberle dicho que estaba inmensamente bonita cubierta sólo por su cabello dorado, por el rubor de sus mejillas y por sus manos, con las que intentaba en vano resguardar el sexo y los pechos. Pero aunque lo pensaba no lo dijo en voz alta.

En vez de esto, la cogió por las muñecas, se las sostuvo a la espalda mientras los sirvientes traían la mesa, y luego le ordenó que se sentara frente a él.

La anchura de la mesa le permitía alcanzar sin dificultad a Bella; podía tocarla y acariciar sus pechos si así le apetecía. Estiró el brazo y le levantó la barbilla para inspeccionarla a la luz de las velas que sostenían los criados.

Sirvieron asados de cerdo y ave, y frutas dispuestas en grandes y resplandecientes cuencos de plata. Al instante, el rey apareció en el umbral de la puerta. Ataviado con sus pesadas vestimentas ceremoniales y una corona de oro ceñida a la cabeza, se inclinó ante el príncipe y esperó la orden para entrar.

—Vuestro reino ha estado desatendido durante cien años —dijo el príncipe mientras levantaba su copa de vino—. Muchos de vuestros vasallos han escapado para irse con otros señores y buenas tierras están sin cultivar. Pero conserváis vuestra riqueza, vuestra corte y vuestros soldados. Es mucho lo que os queda por delante.

—Estoy en deuda con vos, príncipe —respondió el rey—. Pero ¿podéis decirme vuestro nombre, el de vuestra familia?

—Mi madre, la reina Eleanor, vive al otro lado del bosque —dijo el príncipe—. En vuestra época, era el reino de mi bisabuelo: él era el rey Heinrick, vuestro poderoso aliado.

El príncipe advirtió la sorpresa reflejada en el rostro del rey y luego su mirada de confusión. El príncipe lo comprendió perfectamente. Al ver el rubor que cubría la tez del soberano, le dijo:

—En aquella época, durante un tiempo prestasteis vasallaje en el castillo de mi bisabuelo, ¿no es cierto?, y quizá también vuestra reina, ¿no?

El rey apretó los labios con gesto de resignación y asintió lentamente:

—Sois descendiente de un poderoso monarca —susurró, y el príncipe se percató que el rey no levantaba los ojos para no ver a su hija desnuda.

—Me llevaré a Bella para que preste servidumbre —afirmó el príncipe—. Ahora ella es mía. —Con su largo cuchillo de plata cortó el caliente y suculento asado de cerdo y dispuso varios pedazos en su propio plato. Los sirvientes competían entre ellos para aproximarle más bandejas.

Bella estaba sentada con las manos de nuevo

sobre los pechos; tenía las mejillas humedecidas por las lágrimas y temblaba levemente.

—Como deseéis —dijo el rey—. Estoy en deuda con vos.

—Habéis recuperado vuestra vida y vuestro reino —continuó el príncipe—. Y yo tengo a vuestra hija. Pasaré aquí la noche y mañana partiremos hacia el otro lado de las montañas para convertirla en mi princesa.

Se había servido algo de fruta y más pedazos de asado. A continuación, con un suave chasquido de los dedos, le dijo a Bella en un susurro que se acercara a él.

Advirtió la vergüenza que sentía ella ante los sirvientes.

Pero aun así le quitó la mano de su sexo.

—No volváis a taparos de este modo, nunca más —dijo. Pronunció estas palabras casi con ternura, al tiempo que le retiraba el pelo de la cara.

—Sí, mi príncipe —susurró ella. Tenía una vocecita encantadora—. Pero es tan difícil.

—Por supuesto que lo es —sonrió él—. Pero lo haréis por mí.

Entonces la cogió y la sentó sobre el regazo, abrigándola con su brazo izquierdo.

—Besadme —dijo, y al experimentar de nuevo la cálida boca sobre la suya, sintió que el deseo le invadía de nuevo, demasiado pronto para su gusto, pero decidió saborear este leve tormento.

—Podéis marcharos —le dijo al rey—. Ordenad a vuestros criados que tengan mi caballo preparado por la mañana. No necesitaré caballo para Bella. Sin duda habréis encontrado a mis soldados a las puertas de vuestro castillo —el príncipe se rió—. Les daba miedo entrar conmigo. Decidles que estén dispuestos al amanecer, entonces podréis despediros de vuestra hija, Bella.

El rey alzó la vista breve y rápidamente para acatar las órdenes del príncipe y con una cortesía inagotable retrocedió hasta salir por la puerta.

El príncipe centró toda su atención en Bella.

Levantó una servilleta y le enjugó las lágrimas. Ella mantenía obedientemente las manos sobre los muslos, mostrando su sexo, y él observó con aprobación que no intentaba esconder sus endurecidos pezones rosados con los brazos.

—A ver, no os asustéis —le dijo con dulzura mientras le acercaba un poco de comida a su boca temblorosa. Luego le palmeó los pechos que vibraron ligeramente—. Podría haber sido viejo y feo.

—Pero entonces yo podría sentir lástima por vos —dijo con voz dulce, tímida.

Él se rió:

—Voy a castigaros por esto —le dijo con ternura—. Aunque de vez en cuando alguna pequeña impertinencia femenina resulta divertida.

Ella se sonrojó fuertemente y se mordió el labio.

—¿Tenéis hambre, hermosa? —le preguntó él.

Advirtió que le daba miedo responder.

—Cuando os pregunte diréis, «Sólo si os place, mi príncipe», y sabré que la respuesta es sí. O, «no, a menos que así os plazca, mi príncipe», y entenderé que la respuesta es no. ¿Me entendéis?

—Sí, mi príncipe —contestó ella—. Tengo hambre sólo si os place, mi príncipe.

—Muy bien, muy bien —dijo con sincera emoción. Cogió un pequeño racimo de brillantes uvas púrpuras y se las llevó a la boca una a una, sacando a continuación las pepitas y dejándolas a un lado.

Luego observó con evidente placer cómo ella bebía a grandes tragos de la copa de vino que le sostenía en los labios. Después le enjugó la boca y la besó.

Los ojos de Bella centelleaban pero había dejado de llorar. El príncipe palpó la suave carne de su espalda y sus pechos una vez más.

—Excelente —susurró—. ¿Así que antes estabais terriblemente consentida y os concedían todo lo que deseabais?

Ella, confundida, volvió a sonrojarse y luego asintió con cierta vergüenza.

—Sí, mi príncipe, creo que quizás...

—No tengáis miedo de contestarme con muchas palabras —le instó— siempre que sean respetuosas. No habléis nunca a menos que yo os hable antes, y aseguraos cuidadosamente de tener en cuenta qué es lo que me complace. Estabais muy malcriada y os lo concedían todo, pero ¿erais testaruda?

—No, mi príncipe, creo que no lo era —dijo—. Intentaba ser una alegría para mis padres.

—Y seréis una alegría para mí, querida mía —dijo cariñosamente.

Sin dejar de rodearla firmemente con el brazo izquierdo, el príncipe siguió cenando.

Comía con entusiasmo: cerdo, ave, algo de fruta y varias copas de vino. Luego les dijo a los sirvientes que lo retiraran todo y que salieran.

Habían puesto sábanas y colchas limpias sobre la cama, almohadas mullidas, rosas en un jarro próximo, y también varios candelabros.

—Y bien —dijo el príncipe mientras se levantaba y la colocaba ante él—. Tenemos que acostarnos puesto que mañana se presenta una larga jornada. Y aún tengo que castigaros por la impertinencia de antes.

Las lágrimas asomaron de inmediato a los ojos de Bella, que imploró al príncipe con su mirada. Casi alargó los brazos para cubrirse los pechos y el sexo, pero recordó las instrucciones anteriores y apretó con impotencia los pequeños puños a ambos lados del cuerpo.

—No os castigaré mucho —dijo él con ternura, levantándole la barbilla—. No fue más que una pequeña falta y, al fin y al cabo, la primera. Pero, Bella, para ser sinceros, os diré que me encantará castigaros.

Ella se mordía el labio y el príncipe se percató de que quería hablar; el esfuerzo por controlar la lengua y las manos era casi excesivo para ella.

—Está bien, preciosidad, ¿qué queréis decir? —preguntó.

—Por favor, mi príncipe —rogó—. Me dais tanto miedo.

—Descubriréis que soy más tolerante de lo que pensáis —le dijo.

Se quitó el largo manto, lo arrojó sobre una silla y echó el cerrojo a la puerta. Luego apagó casi todas las luces, a excepción de unas pocas velas.

Iba a dormir con la ropa puesta, como hacía la mayoría de noches que pasaba en los bosques, en las posadas del campo o en las casas de esos humildes campesinos en las que se detenía en ocasiones, puesto que eso no era un gran inconveniente para él.

Al acercarse a ella pensó que debía ser clemente y llevar a cabo el castigo con rapidez. Se sentó a un lado de la cama, se estiró para alcanzarla y, sujetándole las muñecas con la mano izquierda, atrajó su cuerpo desnudo y lo tumbó sobre su regazo de modo que las piernas pendían inútilmente sin tocar del suelo.

—Preciosa, preciosísima —dijo mientras recorría lánguidamente con su mano derecha las redondas nalgas, obligándolas a separarse ligeramente cada vez un poquito más.

Bella lloraba a viva voz pero amortiguaba el llanto contra la cama, con las manos sujetas ante sí por el largo brazo izquierdo del príncipe.

Entonces él, con la mano derecha, le dio un azote en el trasero y comprobó cómo el llanto subía de volumen. La verdad, no había sido un palmetazo tan fuerte, pero dejó una marca roja sobre la piel. Él volvió a zurrarle, sintió cómo la princesa se retorcía contra él, notó el calor y la humedad de su sexo contra la pierna y, una vez más, le propinó otro azote.

—Creo que sollozáis más por la humillación que por el dolor —le regañó con voz suave.

Ella forcejeaba por amortiguar el sonido de sus quejas.

El príncipe abrió la palma derecha y, al sentir el calor de las nalgas enrojecidas, volvió a alzar la mano y soltó otra serie de palmetazos sonoros, fuertes, sonriendo mientras ella se resistía.

Podría haberla zurrado con mucha más fuerza, sólo para placer propio y sin hacerle demasiado daño. Pero se lo pensó mejor. Tenía tantas noches por delante para estos deleites...

Entonces la levantó para dejarla de pie ante él.

—Retiraos el pelo de la cara —le ordenó. El rostro manchado de lágrimas era de una belleza indescriptible. Los labios vibraban temblorosos, los ojos azules destellaban con la humedad de las lágrimas. Ella obedeció de inmediato.

—No creo que estuvierais tan mimada —dijo—. Me parecéis muy obediente y dispuesta a complacer, y esto es algo que me hace muy feliz.

Advirtió que ella se tranquilizaba.

—Ahora, unid las manos detrás del cuello —ordenó—, por debajo del pelo. Así es, muy bien —volvió a levantarle la barbilla—. Tenéis el hábito modesto de bajar la mirada con sumo encanto. Pero ahora quiero que me miréis directamente a la cara.

Ella obedeció tímidamente, con aire desdichado. En aquel instante, al mirarlo a él, sintió que era más consciente de su propia desnudez e indefensión. Tenía unas pestañas tupidas y oscuras, y sus ojos azules eran más grandes de lo que él había pensado.

—¿Me encontráis guapo? —le preguntó—. Ah, pero antes de contestarme, debéis saber que lo que me gustaría conocer es vuestra sincera opinión, no lo que vos creáis que desearía oír, o lo que os convendría contestar, ¿me entendéis?

—Sí, mi príncipe —susurró. Parecía más sosegada.

Él alargó la mano, le friccionó ligeramente el pecho derecho y luego le acarició las axilas vellosas, palpando la pequeña curvatura que formaba allí el músculo, bajo el menudo mechón de pelo dorado; y a continuación le acarició ese vello tupido y húmedo, entre las piernas, lo que obligó a la joven a suspirar y temblar.

—Y bien —dijo él—, responded a mi pregunta y describid lo que veis. Describidme como si me acabarais de conocer y estuvierais hablando confidencialmente con vuestra doncella.

Ella volvió a morderse el labio, lo que a él le encantaba, y luego, con voz un poco apagada por la incertidumbre, dijo:

—Sois muy apuesto, mi príncipe, nadie podría negarlo. Y para ser... para ser...

—Continuad —dijo. La atrajo un poco más hacia él de manera que el sexo de ella se apretara contra su rodilla. La rodeó con el brazo derecho, le meció el pecho con la izquierda y rozó con los labios la mejilla de la princesa.

—Y para ser tan joven sois muy dominante —dijo ella—, no es lo que cabría esperar.

—Y decidme, ¿cómo se detecta eso en mí, aparte de por mis actos?

—Vuestro talante, mi príncipe —dijo, su voz iba cobrando un poco de firmeza—. La mirada de vuestros ojos, tan oscuros... vuestro rostro. No exhibe ninguna de las dudas de la juventud.

Él sonrió y le besó la oreja. Se preguntaba por qué estaba tan caliente la pequeña y húmeda hendidura entre sus piernas. Sus dedos no podían dejar de tocarla. Aquel día ya la había poseído dos veces, y volvería a poseerla, pero estaba pensando que convendría actuar con más lentitud.

—¿Os gustaría si fuera más viejo? —le susurró.

—Había pensado —dijo ella— que sería más fácil. Recibir órdenes de alguien tan joven —siguió— significa sentir el propio desamparo.

Sus lágrimas habían vuelto a brotar y se derramaban por sus mejillas, así que el príncipe la empujó cuidadosamente hacia atrás para poder verle los ojos.

—Querida mía, os he despertado del sueño de todo un siglo y he restaurado el reino de vuestro padre. Sois mía. No os resultaré un amo tan duro, sólo un amo muy concienzudo. Cuando logréis pensar únicamente en complacerme, noche y día, y a cada momento, las cosas serán muy fáciles para vos.

Mientras ella trataba esforzadamente de no apartar la mirada, el príncipe apreció de nuevo cierto alivio en su rostro, y también que su persona le infundía un temor absoluto.

—Y ahora —dijo, y metió los dedos de la mano izquierda entre sus piernas, al tiempo que la atraía otra vez hacia él haciéndole soltar un pequeño jadeo que ella fue incapaz de contener—, quiero de vos más de lo que he tenido antes. ¿Sabéis a que me refiero, mi Bella Durmiente?

Ella sacudió la cabeza; en aquel momento estaba aterrorizada.

Él la levantó en brazos y, llevándosela hasta la cama, la tumbó allí.

Las velas desprendían una luz cálida, casi rosada, que iluminaba el cuerpo desnudo y el cabello que caía a ambos lados de la cama. Bella estaba a punto de ponerse a gritar, pero se esforzaban por mantener las manos quietas a los costados.

—Querida mía, hay una dignidad en vos que os escuda de mí, tanto como este precioso cabello dorado que os cubre y os ampara. Ahora quiero que os rindáis a mí. Lo comprenderéis y os sorprenderá haber llorado la primera vez que os lo he sugerido.

El príncipe se inclinó sobre ella. Le separó las piernas. Notaba cuánto le costaba no cubrirse con las manos o volverse a un lado. Le acarició los muslos. Luego, con el índice y el pulgar, exploró el sedoso vello húmedo, palpó aquellos pequeños labios tiernos e hizo que se separaran ampliamente.

Un terrible estremecimiento sacudió todo el cuerpo de Bella. Con la mano izquierda, él le tapó la boca y ella sollozó suavemente. Él pensó que al parecer le resultaba más fácil con la boca así tapada, de modo que, por el momento, aquello ya estaba bien. Habría que enseñarle todo a su debido tiempo.

Con los dedos de la mano derecha encontró aquel nódulo de carne entre los tiernos labios inferiores, y lo friccionó hacia delante y atrás hasta que ella levantó las caderas, arqueando la espalda a pesar suyo. Su carita, bajo la mano del príncipe, era el vivo retrato de la angustia. Él sonrió para sus adentros.

Pero mientras sonreía, sintió por primera vez el fluido caliente entre las piernas de la joven, el verdadero fluido que antes no había aparecido con su sangre virginal.

—Eso es, eso es, querida mía —dijo—. No debéis resistiros a vuestro amo y señor, ¿verdad?

Entonces se abrió la ropa y extrajo su sexo erecto, ansioso y, subiéndose sobre ella, lo posó en su cadera mientras continuaba acariciándola y friccionándola.

Ella se retorcía a uno y otro lado, agarrando y retorciendo las suaves sábanas a sus costados. Pareció que todo su cuerpo se volvía de color rosa y los pezones de sus pechos se veían tan duros como pequeñas piedras. Él no pudo contenerse ante ellos.

Los mordió con los dientes, juguetón, sin hacerle daño. Los chupó con la lengua y luego le lamió también el sexo. Y mientras ella forcejeaba, se sonrojaba y gemía, volvió a colocarse encima, lentamente.

Bella se arqueó de nuevo. Sus pechos se tiñeron de rojo. Y mientras él introducía su órgano en ella, sintió que se estremecía con un indeseado placer. La mano del príncipe sobre su boca amortiguó el grito que salió de su garganta mientras ella volvía a estremecerse de tal modo que casi parecía que lo levantara sobre la cama.

Luego se quedó quieta, húmeda, ruborizada, con los ojos cerrados, respirando profundamente mientras las lágrimas brotaban en silencio.

—Eso ha sido maravilloso, querida mía —dijo él—. Abrid los ojos.

Bella lo hizo tímidamente pero luego permaneció tumbada sin apartar la vista de él.

—Esto ha sido tan difícil para vos —susurró él—. No podíais ni imaginaros que estas cosas sucedieran. Estáis roja de vergüenza, tembláis de miedo y creéis que quizá sea uno de los sueños que soñasteis en vuestros cien años de hechizo. Pero es real, Bella —dijo el príncipe—. ¡Y no es más que el comienzo! Creéis que os he convertido en mi princesa, pero no he hecho más que comenzar. Llegará el día en que no veréis nada aparte de mí, como si yo fuera el sol y la luna; un día en el que yo lo seré todo para vos: comida, bebida, el aire que respiráis. Entonces seréis mía de verdad, y estas primeras lecciones... y placeres... —sonrió— no parecerán nada.

El príncipe se inclinó sobre la princesa, que permanecía sumamente quieta, con la mirada fija en él.

—Ahora besadme —le ordenó—. Quiero decir, de verdad..., besadme.

EL VIAJE Y EL CASTIGO
EN LA POSADA

A la mañana siguiente toda la corte estaba reunida en el gran vestíbulo para despedir al príncipe. La corte en pleno, incluido el agradecido rey y su reina, permaneció en pie con la mirada baja y la cintura reclinada mientras el príncipe descendía por los peldaños con la desnuda Bella Durmiente caminando tras él, quien le había ordenado que mantuviera las manos enlazadas detrás del cuello por debajo del pelo y que le siguiera justo un poco a su derecha para que pudiera verla por el rabillo del ojo. Ella obedeció sin que sus pies descalzos produjeran el más leve sonido al pisar los gastados escalones de piedra.

—Querido príncipe —dijo la reina cuando éste llegó a la puerta principal y vio que sus soldados lo esperaban a caballo sobre el puente levadizo—, estaremos eternamente en deuda con vos, pero es nuestra única hija.

El príncipe se volvió para mirarla. Todavía era hermosa, a pesar de que le doblaba la edad a Bella,

— 29 —

y se preguntó si también ella habría servido a su bisabuelo.

—¿Cómo osáis preguntarme? —inquirió el príncipe pacientemente—. He restaurado vuestro reino y, bien sabéis, si recordáis algo de las costumbres de mi tierra, que Bella mejorará notablemente con su servidumbre allí.

Entonces, en la cara de la reina apareció el mismo rubor revelador que había mostrado antes el rey, y la soberana inclinó la cabeza en señal de aceptación.

—Pero con toda seguridad permitiréis que Bella se ponga algunas ropas —susurró—, como mínimo hasta que llegue al límite de vuestro reino.

—Todos los pueblos comprendidos entre este castillo y mi reino nos han sido leales durante un siglo. En cada uno de ellos proclamaré vuestra restauración y el nuevo gobierno, ¿queréis algo más? Esta primavera está siendo cálida; Bella no sufrirá ninguna enfermedad por servirme desde este mismo instante.

—Perdonadnos, alteza —se apresuró a decir el rey—, pero ¿sigue siendo igual en estos tiempos?, ¿el vasallaje de Bella no será para siempre?

—Nada ha cambiado. Bella será devuelta en su momento. Y habrá mejorado enormemente tanto en sabiduría como en belleza. Ahora, decidle que obedezca al igual que vuestros padres os ordenaron que os sometierais cuando os enviaron a nosotros.

—El príncipe está en lo cierto, Bella —dijo el rey en voz baja, sin querer mirar a su hija—. Obedecedle. Acatad también las órdenes de la reina. Y aunque vuestro vasallaje os parezca sorprendente y difícil en algunos momentos, confiad en que regresaréis, como él dice, habiendo cambiado para mejor.

El príncipe sonrió.

Los caballos se mostraban inquietos sobre el puente levadizo. El corcel del príncipe, un semental negro, era especialmente difícil de refrenar, así que, despidiéndose de todos ellos una vez más, el príncipe se volvió y cogió a Bella.

La alzó con facilidad situándola sobre su hombro derecho, estrechándola a su propia cintura por los tobillos. Cuando Bella cayó sobre la espalda del príncipe, él oyó un suave gemido y vio el largo cabello dorado que barría el suelo justo antes de subirse al corcel.

Todos los soldados se dispusieron en formación y el príncipe abrió la marcha para adentrarse en el bosque.

Los rayos de sol caían a través del tupido follaje verde. El cielo resplandecía todavía azul y luminoso sobre sus cabezas desvaneciéndose en una luz cambiante de tonalidades verdes a medida que el príncipe avanzaba a la cabeza de sus soldados, canturreando para sí y cantando de vez en cuando en voz alta.

El cuerpo elástico y cálido de Bella se balanceaba sobre el hombro del príncipe, que percibía sus temblores y turbación. Las nalgas desnudas de la princesa aún estaban rojas por la zurra que él le había propinado y se imaginaba perfectamente cuán suculenta debía ser aquella visión para los hombres que cabalgaban tras él.

Mientras guiaba su caballo al paso a través de un denso claro con abundantes hojas rojas y marrones, caídas a sus pies, el príncipe ató las riendas a la silla, palpó la piel suave y velluda situada entre las piernas de Bella y, apoyando la cara en la cálida cadera de la princesa, la besó con delicadeza.

Al cabo de un rato, la bajó del hombro y la posó sobre su regazo, dándole la vuelta igual que antes para que descansara contra su brazo izquierdo. Le besó la cara enrojecida y retiró los largos mechones del rostro. Luego chupó sus pechos casi ociosamente, como si bebiera de ellos.

—Apoyad la cabeza en mi hombro —dijo, y al instante ella se inclinó obedientemente hacia él.

Pero cuando fue a arrojarla otra vez sobre el hombro, Bella gimoteó. El príncipe no se detuvo, y en cuanto la princesa estuvo firmemente asida, con los tobillos sujetos a la propia cadera del príncipe, éste la regañó cariñosamente y le dio varias zurras con la mano izquierda hasta que oyó cómo Bella lloraba.

—Jamás debéis protestar —repitió—. Ni con voces, ni gesticulando. Sólo con lágrimas podéis mostrar a vuestro príncipe lo que sentís. Y no se os ocurra pensar que él no desea saberlo. Y ahora, contestadme con todo respeto.

—Sí, mi príncipe —gimoteó Bella.

Él se conmovió.

Cuando llegaron al pueblo situado en medio del bosque, la excitación era enorme ya que todo el mundo sabía que el encantamiento se había roto.

Mientras el príncipe avanzaba por las tortuosas callejuelas de altas casas entramadas que delineaban el cielo, la gente se agolpaba en las estrechas ventanas y puertas, y se apiñaba en las callejas empedradas.

Tras él, el príncipe oía a sus hombres que, en voz baja, explicaban a la gente del pueblo quién era él. Les decían que su señor había roto el encantamiento y que la muchacha que llevaba consigo era la Bella Durmiente.

Ésta sollozaba pausadamente, y forcejeaba con su cuerpo, pero el príncipe la asía con firmeza.

Finalmente, rodeados de una enorme multitud, llegaron a la posada y el caballo del príncipe entró en el patio haciendo sonar los cascos.

El escudero se apresuró a ayudarle a descender de la montura.

—Sólo nos detendremos para comer y beber —dijo el príncipe—. Aún podemos recorrer muchas millas antes de la puesta de sol.

El joven dejó a Bella de pie en el suelo y contempló con admiración la forma en que su cabellera volvía a cubrirla. Luego le hizo dar dos vueltas, y se complació al observar que la princesa mantenía las manos enlazadas en la nuca y la mirada baja mientras él la contemplaba.

La besó con devoción.

—¿Veis como todos os observan? —preguntó él—. ¿Os dais cuenta de cómo admiran vuestra belleza? Os adoran —le dijo. Una vez más, le sacó otro beso, mientras con la mano apretaba sus nalgas escocidas.

Los labios de ella parecían pegarse a los suyos

como si tuviera miedo de que escapara; luego él le besó los párpados.

—Ahora todo el mundo querrá echar una ojeada a la princesa —dijo el príncipe al capitán de su guardia—. Atadle las manos sobre la cabeza con una cuerda que cuelgue del letrero de la entrada de la fonda y dejad que todo el mundo se harte de ella. Pero que nadie la toque. Pueden mirar todo lo que quieran pero haced guardia para vigilar que nadie pueda tocarla. Haré que os saquen la comida fuera.

—Sí, mi señor —dijo el capitán de la guardia.

Mientras el príncipe dejaba con sumo cuidado a Bella en manos del capitán, ésta se inclinó hacia delante ofreciendo sus labios al príncipe, quien recibió el beso con gratitud.

—Sois muy dulce, querida mía —dijo él—. Ahora comportaos humildemente y sed muy, muy buena. Me sentiría terriblemente desilusionado si toda esta adulación os envaneciera. —Volvió a besarla y la entregó al capitán.

El príncipe entró en la fonda, pidió carne y cerveza, y se dispuso a observar a través de las ventanas de paneles romboides.

El capitán de la guardia no se atrevió a tocar a Bella más que para atarle las muñecas. La condujo así hasta la puerta abierta del patio, lanzó la cuerda para hacerla pasar por la vara de hierro que sostenía el letrero de la fonda y le sujetó rápidamente las manos por encima de la cabeza, de manera que ella se quedó prácticamente de puntillas.

Luego ordenó a la gente que retrocediera y se apoyó en la pared con los brazos cruzados mientras los lugareños se apretujaban para mirarla.

Había mujeres rollizas con delantales manchados, hombres de tosco aspecto ataviados con pantalones y pesados zapatos de cuero, y también estaban allí los jóvenes prósperos del pueblo vestidos con sus capas de terciopelo y las manos apoyadas en la cintura mientras observaban a Bella a cierta distancia, sin querer codearse con el gentío. Varias jovencitas lucían elaborados tocados blancos recién confeccionados. Habían salido de sus casas para contemplar a Bella, y se levantaban con fastidio el bajo de las faldas para no ensuciarlos.

Al principio todo eran susurros, pero al cabo de un instante la gente empezó a hablar más libremente.

Bella había vuelto la cara para esconderla en su brazo. El pelo le resguardaba el rostro, pero un soldado no tardó en salir con un comunicado del príncipe para el capitán:

—Su alteza ha dicho que le deis la vuelta y levantéis su barbilla para que puedan verla mejor.

Se oyó un murmullo de aprobación entre la muchedumbre.

—Muy, muy hermosa —dijo uno de los jóvenes espectadores.

—Esto es por lo que tantos murieron —afirmó un viejo remendón.

El capitán de la guardia levantó la barbilla de Bella y le habló atentamente mientras sujetaba la cuerda que la sostenía.

—Debéis daros la vuelta, princesa.

—Oh, por favor, capitán —susurró ella.

—No se os ocurra ni hablar, princesa. Os lo ruego. Nuestro señor es muy estricto —dijo—. Y es su deseo que todo el mundo os admire.

Bella, con las mejillas encendidas, obedeció. Se dio la vuelta para que la multitud pudiera ver sus nalgas enrojecidas y, a continuación, se volvió de nuevo, para mostrar los pechos y el sexo mientras el capitán sujetaba su mandíbula.

Ella respiraba profundamente, como si intentara mantener la calma, mientras la piropeaban y elogiaban la magnificencia de sus pechos.

—Vaya trasero —susurró una vieja que se encontraba cerca—. Es evidente que la han azotado, pero dudo que la pobre princesa hiciera algo para merecer esto.

—No mucho —dijo un hombre próximo a ella—. Aparte de tener el trasero más hermoso y gracioso que se pueda imaginar.

Bella temblaba.

Finalmente el propio príncipe salió de la posada dispuesto a partir y, al ver que la multitud seguía observando a la princesa tan atenta como antes, bajó la cuerda y, sujetándola por encima de la cabeza de Bella como si fuera una traílla, la obligó a darse la vuelta. Parecía que le divertían los gestos de reconocimiento del gentío y los agradecimientos y reverencias que le dedicaban; se mostró muy gentil en su generosidad:

—Levantad la barbilla, Bella. No debería ser yo quien finalmente os la levante —le increpó frunciendo deliberadamente el entrecejo como muestra de decepción.

Bella obedeció. Tenía una cara tan roja que las cejas y las pestañas lanzaban destellos dorados al sol; el príncipe la besó.

—Venid aquí, viejo —dijo el príncipe al anciano remendón—. ¿Habéis visto alguna vez una preciosidad como ésta?

—No, alteza —dijo el viejo, que llevaba las mangas remangadas hasta los codos y mostraba unas piernas ligeramente dobladas. Su pelo era gris, pero sus ojos verdes brillaban con un deleite especial, casi nostálgico—. Es una princesa magnífica, alteza, digna de todas las muertes de los que intentaron pretenderla.

—Sí, supongo que sí, y de toda la valentía del príncipe que consiguió llevársela —sonrió él.

Todos se rieron cortésmente, aunque no ocultaban el temor reverente que el príncipe les inspiraba. Miraban atentamente su armadura, su espada, y sobre todo su joven rostro y el pelo negro que le caía hasta los hombros.

El príncipe le dijo al viejo remendón que se acercara un poco más.

—Mirad. Os doy permiso, si lo deseáis, para que palpéis sus tesoros.

El viejo sonrió con agradecimiento, casi inocentemente. Alargó el brazo y, dudando por un momento, tocó los pechos de Bella, quien se estremeció mientras, obviamente, intentaba reprimir un leve grito.

El viejo también le tocó el sexo.

Luego, el príncipe tiró del pequeño lazo obligando a Bella a quedarse de puntillas. Su cuerpo se estiró; parecía ponerse más tenso y al mismo tiempo más hermoso, con las nalgas y los pechos tiesos. Los músculos de sus pantorrillas se estiraron, la mandíbula y la garganta formaron una línea perfecta que descendía hasta su seno cimbreante.

—Eso es todo. Ahora debéis iros —dijo el príncipe.

Los espectadores se retiraron obedientemente aunque continuaron mirándolos mientras el príncipe montaba a caballo, instruía a Bella para que entrelazara sus manos en la nuca y le ordenaba que caminara delante de él.

Bella inició la marcha saliendo del patio de la posada mientras el príncipe guiaba su caballo tras ella.

La gente le abría paso, sin apartar la mirada de su encantador cuerpo vulnerable y apretujándose contra los estrechos muros de la ciudad para poder seguir el espectáculo hasta el límite del bosque.

En cuanto dejaron atrás la ciudad, el príncipe le ordenó a Bella que se acercara. La recogió del suelo y la sentó de nuevo ante él. Volvió a besarla y a regañarla:

—¿Tan duro os ha resultado? —susurró él—. ¿Por qué habéis sido tan orgullosa? ¿Os consideráis demasiado buena para mostraros a la gente?

—Lo siento, mi príncipe —musitó ella.

—No os dais cuenta de que si únicamente pensarais en contentarme y en complacer a la gente ante quien os muestro todo sería más sencillo para vos —le besó la oreja, estrechándola contra su pecho—. Deberíais haberos sentido orgullosa de vuestros pechos y de vuestras bien formadas caderas. Deberíais preguntaros: «¿estoy complaciendo a mi príncipe?, ¿me encuentra agradable la gente?»

—Sí, mi príncipe —respondió Bella dócilmente.

—Sois mía, Bella —dijo el príncipe con un tono más severo—. Y no debéis dejar de obedecer ninguna orden. Si os digo que agradéis al vasallo más humilde del campo, debéis esforzaros por obedecerme a la perfección. Entonces él será vuestro señor, porque yo así lo habré ordenado. Todos aquellos a los que yo os ofrezca se convertirán en vuestros señores.

—Sí, mi príncipe —repitió ella, sumamente afligida. Él le acarició los pechos, los pellizcó con firmeza y la besó hasta que notó que su cuerpo forcejeaba contra el suyo y que sus pezones se endurecían. Parecía que quería hablar.

—¿Qué pasa, Bella?

—Complaceros, mi príncipe, complaceros... —susurró, como si sus pensamientos se hubieran transformado en un delirio.

—Sí, complacerme, en eso consiste vuestra vida ahora. ¿Cuántos en el mundo poseen un objetivo tan claro, tan sencillo? Complacedme y yo siempre os diré exactamente el modo de hacerlo.

—Sí, mi príncipe —suspiro. Volvía a llorar.

—Os apreciaré mucho más por ello. La muchacha que encontré en el castillo no era nada para mí comparado con lo que ahora representáis, mi devota princesa.

Sin embargo, el príncipe no estaba del todo satisfecho del modo en que instruía a Bella.

Cuando llegaron a otro pueblo, al caer la noche, le informó de que se proponía despojarla de un poco más de dignidad para que todo le resultara más fácil.

Mientras los lugareños pegaban sus caras a las ventanas de vidrio emplomado de la fonda, el príncipe hizo que Bella le sirviera la cena.

La princesa, moviéndose a cuatro patas, se precipitó por las desiguales maderas del suelo de la posada para traer el plato de la cocina. Se le permitió volver caminando con el plato, pero tuvo que ir de nuevo a cuatro patas a buscar la jarra del príncipe. Los soldados devoraban la cena y la miraban en silencio a la luz del fuego.

Bella limpió la mesa del príncipe y cuando se cayó al suelo un pedazo de comida de su plato, él le ordenó que se lo comiera. La princesa obedeció con lágrimas en los ojos. Luego, mientras continuaba de rodillas, él la cogió y la abrazó premiándola con docenas de besos húmedos y cariñosos. Ella también le rodeó el cuello con los brazos.

Pero la caída de aquel pedazo de comida le había dado al príncipe una idea. De nuevo le ordenó que trajera a toda prisa un plato de la cocina y que lo dejara a sus pies en el suelo.

Allí, él depositó comida de su propio plato y le mandó a Bella que se echara la espesa cabellera detrás de los hombros y que comiera del plato con la boca.

—Sois mi gatito —se rió jovialmente—. Os prohibiría todas esas lágrimas si no fueran tan hermosas. ¿Queréis complacerme?

—Sí, mi príncipe —contestó.

Él empujó con el pie varias veces el plato, alejándolo de ella, y le dijo que se volviera y le mostrara el trasero mientras él seguía comiendo. Al admirarlo, se percató de que las marcas rojas provocadas por la zurra ya casi se habían curado. Con la punta de la bota de cuero tocó suavemente el vello sedoso que veía entre sus piernas, frotó los húmedos labios que se hinchaban por debajo del vello y pensando en lo hermosa que era, suspiró.

Cuando acabó la comida, Bella empujó el plato con los labios hasta dejarlo junto a la silla del príncipe, como éste le había ordenado, y luego él mismo le limpió los labios y le dio un poco de vino de su propia copa.

Mientras bebía, el príncipe observó el largo y hermoso cuello de la princesa y le besó los párpados.

—Ahora, prestad mucha atención, quiero que aprendáis de esto —dijo él—. Todo el mundo aquí presente puede veros y contemplar vuestros encantos, seguro que sois consciente de ello. Pero quiero que seáis verdaderamente consciente. Detrás de vos, los lugareños, apiñados contra las ventanas, os admiran al igual que sucedió cuando os traje a través del pueblo. Esto debería haceros sentir orgullosa de vos misma. No vanidosa, sino orgullosa, por haberme complacido y por conseguir su admiración.

—Sí, mi príncipe —dijo cuando él hizo una pausa.

—Y ahora, pensad, estáis muy desnuda y muy indefensa, y sois completamente mía.

—Sí, mi príncipe —lloriqueó suavemente.

—Ahora ésta es vuestra vida. No pensaréis en nada más, ni os lamentaréis. Quiero que esa dignidad se desprenda de vos como si se tratara de las múltiples capas de una cebolla. No quiero decir que tengáis que ser desvergonzada, eso nunca, sino que deberíais entregaros a mí.

—Sí, mi príncipe —repitió Bella.

El príncipe dirigió la mirada hacia el mesonero que se hallaba en la puerta de la cocina con su esposa y su hija. Los tres se cuadraron de inmediato. Después el príncipe se quedó mirando únicamente a la hija. Era una jovencita, muy guapa, aunque sin comparación con Bella. Su pelo era negro, tenía unas mejillas redondas y una cintura muy estrecha, e iba vestida como muchas campesinas, con una blusa escotada con volantes fruncidos y una amplia falda corta que revelaba sus vistosos y pequeños tobillos. Mostraba un rostro inocente, y contemplaba a Bella llena de intriga, sus grandes ojos marrones se desplazaban ansiosamente hasta el príncipe y luego volvían tímidamente a Bella, que estaba de rodillas a sus pies, a la luz del fuego.

—Y bien, como os he dicho —el príncipe se dirigió atentamente a Bella—, aquí todos os admiran y disfrutan viéndoos, gozan de vuestro traserito relleno, de vuestras maravillosas piernas, de esos pechos que no puedo evitar besar. Pero ninguno de los aquí presentes, ni siquiera el más humilde, es peor que vos, mi princesa, cuando yo os ordeno que le sirváis.

Bella estaba asustada. Asintió con la cabeza rápidamente:

—Sí, mi príncipe —y luego se inclinó impulsivamente y besó su bota, aunque después pareció aterrorizada.

—No temáis, eso está muy bien, querida mía —el príncipe la tranquilizó acariciándole el cuello—. Eso está muy bien. Si hay un gesto que yo permito para que expreséis lo que sentís sin habéroslo pedido, éste es. Siempre me mostraréis respeto espontáneamente de esta manera.

Una vez más, Bella besó sus botas, aunque estaba temblando.

—Estos lugareños os desean, anhelan vuestros encantos —continuó el príncipe—. Y creo que se merecen probarlos, lo que les deleitará enormemente.

Bella besó otra vez la bota del príncipe y mantuvo sus labios pegados al cuero.

—Oh, no penséis que realmente les dejaría saciarse de vuestros encantos, oh, no —dijo el príncipe con aire pensativo—. Pero debo aprovechar esta oportunidad, tanto para recompensar sus leales atenciones como para enseñaros que el castigo os llegará siempre que yo lo desee, sin necesidad de que me desobedezcáis para merecerlo. Os castigaré cuando me apetezca. Habrá ocasiones en que éste será el único motivo.

Bella no podía contener sus gimoteos.

El príncipe sonrió y le hizo una seña a la hija del mesonero. Pero éste le inspiraba tanto miedo que ella no se adelantó hasta que su padre la empujó.

—Querida —dijo el príncipe amablemente—, ¿en la cocina tendréis algún instrumento plano de madera para traspalar las cazuelas calientes dentro del horno, no es así?

En la estancia se produjo un leve murmullo al tiempo que los soldados se miraban unos a otros. Fuera la gente se apretujaba aún más contra las ventanas.

La muchacha asintió con la cabeza y regresó al cabo de un instante con una paleta de madera, muy plana y alisada por los muchos años de uso, y con un buen mango para asirla.

—Excelente— dijo el príncipe.

Bella lloraba desconsoladamente.

Rápidamente, el soberano dio instrucciones a la hija del mesonero para que se sentara en el borde del piso de la chimenea, que era de la altura de una silla, y le ordenó a Bella, que estaba a cuatro patas, que se acercara a ella.

—Querida mía —le dijo a la hija del mesonero—, esta buena gente se merece un poco de espectáculo; su vida es dura y aburrida. Mis hombres también se lo merecen, y mi princesa puede aprovechar muy bien este castigo.

Bella se arrodilló ante la muchacha que, al darse cuenta de lo que iba a hacer, se quedó fascinada.

—Poneos sobre su regazo, Bella —dijo el príncipe—, con las manos detrás del cuello, y apartad vuestro precioso pelo. ¡Inmediatamente! —ordenó, casi con severidad.

Incitada por su voz, Bella casi se precipitó a obedecer y todos los que estaban a su alrededor vieron su cara humedecida por las lágrimas.

—Mantened alta la barbilla, así; sí, encantador. Ahora, querida mía —dijo el príncipe mirando a la muchacha que sostenía a Bella sobre su regazo y la pala de madera en la mano—, quiero ver si podéis manejarla con tanta fuerza como un hombre. ¿Creéis que seréis capaz de hacerlo?

El príncipe no pudo contener una sonrisa ante el deleite y el deseo que mostró la muchacha por agradar. Ella asintió con un gesto y murmuró una respuesta respetuosa. Cuando el príncipe le dio la orden, bajó la pala con fuerza sobre las nalgas desnudas de Bella. La princesa no podía mantenerse quieta. Se esforzaba por permanecer inmóvil pero no lo conseguía y, finalmente, incluso se le escaparon varios lloriqueos y gemidos.

La muchacha de la taberna le zurró con más fuerza y el príncipe disfrutó de ello, saboreándolo muchísimo más que la paliza que él mismo le había propinado.

El motivo era que podía observar mucho mejor. Veía los pechos de Bella agitándose, las lágrimas que le corrían por la cara y su traserito que se estiraba como si Bella, sin moverse, pudiera escapar de algún modo o desviar los fuertes golpes que la muchacha le propinaba.

Finalmente, cuando las nalgas estuvieron muy rojas pero sin cardenales, el príncipe mandó a la muchacha que parara.

Sus soldados estaban encantados, al igual que todos los lugareños. Luego, el príncipe chasqueó los dedos y ordenó a Bella que se acercara.

—Ahora, todos vosotros, disfrutad de la cena, hablad, haced lo que os plazca.

Durante un instante nadie le obedeció, pero luego, los soldados se miraron unos a otros, y la gente reunida fuera, al ver que Bella se había recogido de rodillas a los pies del príncipe, con el pelo que le ocultaba la cara y las nalgas rojas y escocidas pegadas a sus tobillos, empezó a murmurar y a hablar desde las ventanas.

El príncipe le dio a Bella otro trago de vino. No estaba seguro de haberse quedado completamente satisfecho con ella. Le bullían demasiadas cosas en la cabeza.

Llamó a la hija del mesonero para que se acercara, le dijo que lo había hecho muy bien, le dio una moneda de oro y él se quedó con la pala.

Finalmente, llegó la hora de subir al dormitorio. Empujó a Bella para que se moviera ante él y le dio unos pocos azotes suaves pero enérgicos para que se apresurara escaleras arriba hasta la alcoba.

BELLA

Bella permanecía al pie de la cama con las manos enlazadas en la nuca. Sus nalgas palpitaban con un dolor ardiente que en aquel instante casi resultaba placentero si lo comparaba con el que le produjo la zurra que había recibido poco antes.

Por un instante había dejado de llorar. Acababa de retirar con los dientes la colcha de la cama del príncipe mientras mantenía las manos a la espalda; luego, también con los dientes, llevó sus botas hasta un rincón de la habitación.

En ese momento se encontraba a la espera de nuevas órdenes y, pese a que mantenía la vista baja, intentaba observar al príncipe sin que él se diera cuenta.

Él había echado el cerrojo de la puerta, y estaba sentado a un lado de la cama.

Su pelo negro, suelto y ondulado hasta la altura de los hombros relucía a la luz de la vela de sebo. A ella su rostro le parecía muy hermoso, quizá porque su fisonomía tenía una forma delicada a pesar del tamaño de los rasgos; no lo sabía con seguridad.

Incluso sus manos la embelesaban. Los dedos eran tan largos, tan blancos, tan delicados.

Bella sintió un gran alivio al quedarse a solas con él. Los momentos transcurridos abajo, en la posada, habían supuesto una agonía terrible para ella y, aun cuando él todavía conservaba la pala de madera y ella sabía que podría recibir una zurra mucho más fuerte que la de aquella desagradable muchacha, estaba tan contenta de estar a solas con él que no sentía miedo. No obstante, le asustaba la idea de no haberle satisfecho.

Bella se preguntó en qué se habría equivocado. Obedeció todas sus órdenes; y él sabía lo difícil que esto era para ella. El príncipe tenía que ser absolutamente consciente de lo que significaba que la desnudaran y la mostraran así ante todo el mundo, públicamente, y Bella estaba segura de que él valoraba que esta sumisión de la que él hablaba surgiera de sus actos y de sus gestos mucho antes que de la propia mente del príncipe. Pero aun cuando ella se esforzaba en justificarse, no dejaba de preguntarse si hubiera podido hacerlo todavía mejor.

¿Acaso querría él que llorara más cuando la azotaba? No estaba segura. Sólo de pensar en aquella chica zurrándola delante de todo el mundo le entraban ganas de llorar de nuevo, pero no lo hizo porque sabía que el príncipe, al ver sus lágrimas, se preguntaría el motivo de sus lloros puesto que únicamente le había dicho que permaneciera inmóvil a los pies de la cama.

Sin embargo, el príncipe parecía sumido en sus propios pensamientos.

Ésta es mi vida, se decía Bella. Él me ha despertado y reclamado. Mis padres han recobrado su reino, que vuelve a ser suyo, y, lo que es más importante, su vida les pertenece otra vez, y yo a él. Pensar en estas cosas le supuso un gran descanso y un leve despertar en su interior que casi conseguía que sus nalgas doloridas y palpitantes se sintieran de pronto más reconfortadas. ¡El dolor le hacía sentir aquella parte del cuerpo con tanta vergüenza! Pero luego, mientras cerraba los ojos para impedir que brotaran estas lágrimas suaves y lentas, bajó la mirada en dirección a sus pechos hinchados, a los pequeños y duros pezones, y allí también fue consciente de sí misma, como si él le hubiera palmoteado los pechos, cosa que no había hecho desde hacía un buen rato. Todo ello le provocaba un apacible desconcierto.

La princesa se esforzaba por entender su vida. Recordó que por la tarde, en el acogedor bosque, al caminar delante del príncipe, que iba a caballo, sintió el roce de su propia melena sobre el trasero, y entonces se preguntó si a él le parecería hermosa. En aquel momento deseó que la subiera a su lado, que la besara y la acariciara. Por supuesto, no se atrevió a volver la vista. No se imaginaba lo que él habría hecho si hubiera sido tan necia, pero el sol había dibujado sus sombras por delante de ella y al ver su silueta Bella sintió tal placer que le dio vergüenza; sus piernas flaquearon y en su interior percibió la más extraña de las sensaciones, algo que nunca conoció en su vida anterior, aunque quizá sí en sueños.

En este instante, al pie de la cama, la despertó la orden que el príncipe le dio en voz baja pero con firmeza.

—Venid aquí, querida mía —dijo, e hizo un gesto para que se arrodillara ante él—. Esta camisa tiene que abrirse por delante. Aprenderéis a hacerlo con los labios y los dientes. Yo seré muy paciente con vos.

Bella pensaba que le tocaría sufrir la pala, así que al oír estas palabras se acercó con gran alivio, casi con demasiada prisa por obedecer, y tiró de la gruesa lazada que cerraba la camisa por la garganta. La carne del príncipe le pareció cálida y suave. Carne de hombre. «Tan diferente», pensó. Rápidamente soltó la segunda lazada y la tercera. Forcejeó con la cuarta, que estaba en la cintura, pero él no se movió y, luego, cuando acabó, inclinó la cabeza, mantuvo las manos, igual que antes, en la nuca y esperó.

—Abridme los pantalones —le dijo él.

Las mejillas se le encendieron; Bella lo intuía. Pero, una vez más, no vaciló. Tiró del tejido por encima del gancho hasta que se soltó. Entonces vio su sexo, allí abultado, dolorosamente torcido. De pronto quiso besarlo, pero no se atrevió y su propio impulso la escandalizó.

El príncipe había extraído su miembro. Estaba duro. Bella se lo imaginó entre sus propias piernas, turbulento y demasiado grande para su abertura virginal, llenándola de aquel tremendo placer que la noche anterior la inundó y la devastó. Sabía que se estaba sonrojando desesperadamente.

—Ahora, id al estante que hay en ese rincón y traed la palangana con agua.

Ella casi se precipitó por el suelo. En la fonda, él le había repetido en varias ocasiones que se moviera con rapidez y, aunque al principio le resultó odioso, ahora lo hacía instintivamente. Trajo la palangana con ambas manos y se la ofreció. En el agua había un paño.

—Escurrid bien el paño —dijo él— y lavadme, deprisa.

Bella obedeció al instante, sin dejar de observar maravillada aquel sexo, su longitud, su dureza y la punta con su pequeña abertura. El día anterior aquel miembro la había dejado escocida, aunque de todos modos el placer la había paralizado. Jamás hubiera imaginado que pudiera existir semejante placer secreto.

—Y ahora, ¿sabéis lo que quiero de vos? —preguntó el príncipe con voz tierna. Su mano le acarició cariñosamente la mejilla y le echó el pelo hacia atrás. Ella se moría de ganas de mirarle, deseaba tanto que le ordenara que lo mirara a los ojos. Era algo que la aterrorizaba pero tras el primer instante le resultaba tan maravilloso: su expresión, aquel rostro hermoso y casi delicado, y aquellos ojos negros que parecían no aceptar ningún compromiso.

—No, mi príncipe, pero sea lo que fuere... —empezó ella.

—Sí, querida mía... estáis siendo muy buena. Quiero que os la introduzcáis en la boca y que la frotéis suavemente con la lengua y los labios.

Ella se escandalizó. Nunca había imaginado algo así. De pronto, cruelmente, se dijo que ella había sido una princesa, y repasó mentalmente toda su existencia antes de quedarse dormida. Estuvo a punto de empezar a gemir, le estaba dando una orden su príncipe y no una persona desagradable a quien la hubieran entregado como esposa, así que cerró los ojos y se metió el miembro en la boca mientras notaba su enorme tamaño y su endurecimiento.

El pene le tocaba ligeramente la parte posterior de la garganta mientras ella empujaba la boca adelante y atrás, siguiendo las indicaciones del príncipe.

El sabor era casi delicioso; tuvo la impresión de que unas pequeñas gotitas de un líquido salado entraban en su boca. Luego, él dijo que era suficiente, y se detuvo.

La princesa abrió los ojos.

—Muy bien, Bella, muy bien —dijo el príncipe.

De pronto pudo advertir que él padecía por la necesidad, y esto la hizo sentirse orgullosa; en ella surgió, incluso en su desamparo, un sentimiento de poder.

Pero él ya se había incorporado y la ayudaba a levantarse. Mientras estiraba las piernas se dio cuenta de que aquel placer extenuante se había apoderado de ella. Por un instante sintió que no podía tenerse de pie, pero desobedecerlo era algo impensable. Rápidamente se puso firme, con las manos detrás del cuello, y evitó humillarse con cualquier movimiento de sus caderas. ¿Se habría dado cuenta él? Bella volvió a morderse el labio y sintió que estaba dolorido.

—Hoy os habéis comportado maravillosamente bien, habéis aprendido mucho —dijo el príncipe con ternura. Su voz resultaba sumamente dulce y tremendamente firme al mismo tiempo. Le hacía sentirse casi adormilada; aquel placer se fundía en su interior.

Luego se percató de que él se estiraba hacia atrás para coger la pala, y sin darse tiempo para contenerse Bella soltó un grito sofocado, y sintió que la mano de él la cogía por el brazo, le retiraba las manos de la nuca y le daba la vuelta. Bella quería gritar; «¿qué he hecho?», se preguntó.

Pero la voz del príncipe le susurraba al oído.

—Yo mismo he aprendido una lección muy importante: el dolor debilita vuestra resistencia, hace que todo os resulte más fácil. Ahora sois infinitamente más maleable que antes de que os propinaran aquella zurra en la posada.

Ella quiso negarlo con la cabeza pero no se atrevió. La atormentaba el recuerdo de todas aquellas personas que presenciaron cómo la azotaban: le habían dado la vuelta para que todos los que estaban en las ventanas vieran su trasero y su entrepierna, y para que los soldados observaran su cara. Fue terriblemente doloroso. Al menos ahora sólo estaría su príncipe. Si se lo pudiera decir: por él era capaz de hacer cualquier cosa, pero con todos los demás... era un castigo tan atroz...

Ella sabía que esto no estaba bien, que no era lo que él quería que pensara, lo que él intentaba enseñarle. Pero en ese momento era incapaz de pensar.

El príncipe se situó a su lado. Sostenía su barbilla con la mano izquierda. Le había ordenado que doblara los brazos en la espalda, algo que le resultaba difícil, pues era peor que enlazar las manos detrás del cuello. Esta posición le arqueaba el cuerpo, la obligaba a sacar el pecho y hacía que sintiera la penosa desnudez de sus senos y su cara. Bella gimió en silencio mientras él le echaba el pelo hacia atrás y colocaba la larga melena sobre el hombro derecho.

El pelo le cubría el brazo, pero él lo apartó de los pezones, que luego pellizcó con fuerza, con el índice y el pulgar, levantando ambos pechos y dejándolos caer por su propio peso.

Con toda seguridad, la cara de Bella estaba encendida, pero ella sabía que lo que vendría a continuación sería aún peor.

—Separad las piernas lentamente. Apoyaos firmemente en el suelo —dijo—, para aguantar los golpes de la pala.

Bella quiso ponerse a gritar, e incluso a través de sus labios apretados los sollozos le sonaron muy fuertes.

—Bella, Bella —ronroneó—. ¿Queréis complacerme?

—Sí, mi príncipe —lloró ella. El labio le temblaba espasmódicamente.

—Entonces, ¿por qué lloráis si ni siquiera habéis sufrido la pala? Vuestro trasero sólo está un poco dolorido. Hay que ver, la hija del mesonero tenía tan poca fuerza...

Bella lloró casi con amargura, como si a su manera, sin palabras, quisiera decirle que tenía razón pero que era sumamente difícil.

En aquel instante él le sostenía la barbilla con

firmeza, sujetándole todo el cuerpo, y entonces Bella sintió el primer y fuerte golpe de la pala.

Fue una explosión de dolor punzante en la caliente superficie de su carne. El segundo azote llegó mucho antes de lo que creía, y luego un tercero, un cuarto y, contra su voluntad, se puso a gritar con todas sus fuerzas.

El príncipe se detuvo y la besó con suavidad por toda la cara:

—Bella, Bella —suspiró—. Ahora os doy permiso para hablar... decidme qué queréis hacerme saber.

—Quiero complaceros, mi príncipe —ella luchaba en vano—, pero duele mucho, aunque he intentado complaceros con ahínco.

—Pero, querida mía, me complacéis soportando ese dolor. Ya os he explicado antes que el castigo no será siempre consecuencia de una falta. A veces simplemente sucederá para contentarme.

—Sí, mi príncipe —sollozó ella.

—Os diré un pequeño secreto sobre el dolor. Sois como una cuerda de arco tensada. El dolor os relaja, os ablanda, como a mí me gusta veros. Es digno de mil órdenes y reprimendas, y no debéis resistiros. ¿Comprendéis lo que os digo? Debéis entregaros al dolor. Con cada golpe estrepitoso de la pala tenéis que pensar en el siguiente y en el siguiente, y en que es vuestro príncipe quien os está pegando, provocándoos este dolor.

—Sí, mi príncipe —contestó ella con resignación.

De nuevo, él le levantó la barbilla y volvió a zurrarle en el trasero una y otra vez. Bella sentía cómo sus nalgas se calentaban más y más a causa del dolor. Los palazos le sonaban muy fuertes y casi demoledores, como si el propio sonido fuera tan espantoso como el dolor. No podía comprenderlo.

Cuando él volvió a detenerse, Bella estaba sin aliento y lloraba frenéticamente, como si aquel torrente de golpes la hubiera humillado más que el peor dolor jamás sufrido.

Entonces el príncipe la rodeó con sus brazos. Al notar la áspera ropa y la fuerza de sus hombros contra su firme pecho desnudo, Bella sintió un placer tan tranquilizador que mitigó los sollozos y su boca lánguida se fue abriendo cada vez más, apoyada en él.

Los ásperos pantalones del príncipe rozaban su sexo. Bella se apretaba cada vez más contra aquel cuerpo hasta que él la obligó a retroceder con un suave movimiento, como si la reprendiera en silencio.

—Besadme —dijo, y la sacudida de placer que recorrió su cuerpo cuando él cerró la boca sobre la suya fue tal que Bella casi se sintió incapaz de tenerse en pie, lo que la obligó a dejar caer su peso contra él.

El príncipe la volvió hacia la cama.

—Es suficiente por esta noche —dijo con ternura—. Mañana se nos presenta un duro viaje.

Él le dijo que se echara.

De repente, Bella se dio cuenta de que el príncipe no iba a poseerla. Le oyó desplazarse hasta la puerta y, de pronto, ese placer que Bella sentía entre las piernas se convirtió en una agonía. Todo cuanto podía hacer era llorar en silencio contra la almohada, e intentar impedir que las sábanas tocaran su sexo porque temía no poder evitar algún movimiento ondulante. Además, estaba segura de que él la observaba. Era evidente que el príncipe pretendía que ella sintiera placer, pero ¿sin su permiso?

Bella permaneció echada, rígida, llorando. Un momento después oyó voces a su espalda.

—Lavadla y ponedle un ungüento calmante en las nalgas —decía el príncipe— y si queréis podéis hablar con la princesa, y ella con vos. Tratadla con el mayor de los respetos —ordenó él. Luego Bella oyó cómo sus pasos se desvanecían.

Se quedó tumbada boca abajo, demasiado asustada para mirar hacia atrás. La puerta volvió a cerrarse. Oyó pasos, y el sonido de un paño en la palangana de agua.

—Soy yo, querida princesa —dijo una voz femenina. Era una mujer joven, de su misma edad, así que no podía ser otra que la hija del mesonero.

Bella hundió la cara en la almohada. «Esto es insoportable», pensó y de pronto odió al príncipe con toda su alma, aunque se sentía demasiado humillada para pensar en ello. Percibió el peso de la muchacha cuando se apoyó en la cama, a su lado y, a continuación, el roce de la tela del delantal contra su trasero avivó la irritación y el escozor de su carne.

La princesa tenía la impresión de que sus nalgas eran enormes, aunque sabía que no era cierto, o de que, debido a su rojez, desprendían algún tipo de luz espantosa. La muchacha tenía que sentir aquel calor. Precisamente esa muchacha, ella entre todas, era la que tanto se había esforzado en complacer al príncipe, azotándola con mucha más fuerza de lo que su alteza creía.

El paño húmedo le frotaba suavemente los hombros, los brazos, el cuello. Le friccionaba la espalda, luego los muslos, las piernas y los pies, mientras la muchacha evitaba con sumo cuidado tocar el sexo y la zona irritada de la princesa.

Luego, después de escurrir el paño, le tocó levemente las nalgas.

—Oh, ya sé que duele, queridísima princesa —le dijo en tono amistoso—. Lo siento, pero ¿qué podía hacer yo después de recibir las órdenes del príncipe? —El trapo era áspero al contacto con la irritación y Bella advirtió que, en esta ocasión, tenía un montón de ronchas. Gimió y, aunque detestaba a la muchacha con una repugnancia violenta que no había sentido por nadie más en su breve vida, tuvo que reconocer que el paño le produjo una agradable sensación.

Aquello conseguía calmarla; era como un delicado masaje aplicado a una picazón. Bella se serenó poco a poco mientras la muchacha continuaba lavándola con cuidadosos masajes circulares.

—Queridísima princesa —dijo la muchacha—, sé cómo sufrís, pero él es tan guapo, y siempre se sale con la suya, no se puede hacer nada al respecto. Por favor, habladme, decidme que no me despreciáis.

—No os desprecio —respondió Bella con una vocecita apocada—. ¿Cómo podría culparos o despreciaros?

—Tuve que hacerlo. Vaya espectáculo. Princesa, debo deciros algo. Quizás os enfadéis conmigo, pero tal vez os sirva de consuelo.

Bella cerró los ojos y posó la mejilla contra la almohada. No quería oírla pero aquella voz, el respeto y la delicadeza que transmitía, le gustaban. La muchacha no quería hacerle daño. La princesa sentía ese temor reverencial en la muchacha, esa humildad que Bella había reconocido en sus sirvientes durante toda su vida. En este momento no era diferente, ni siquiera con esta joven que la había sostenido sobre sus rodillas en una taberna y la había azotado en presencia de rudos hombres y pueblerinos. Bella la recordó como la había visto en la puerta de la cocina: su cabello oscuro y rizado formando bucles que le caían sobre la carita redonda, y esos grandes y recelosos ojos. ¡Qué feroz le habría parecido el príncipe! ¡Qué temor debió de sentir esperando que en cualquier momento el príncipe ordenara que la desnudaran y la humillaran a ella también! Bella, al pensar en esto, sonrió. Sintió ternura por la muchacha, y por sus dulces manos que en aquel momento le lavaban la carne caliente y dolorida con sumo cuidado.

—De acuerdo —dijo Bella—, ¿qué es lo que queréis decirme?

—Sólo que sois tan preciosa, querida princesa, que poseéis tanta belleza. Incluso cuando estabais allí, caray, ¿cuántas mujeres que aparentemente son hermosas podrían haber preservado su belleza en un trance semejante? Vos estuvisteis tan hermosa, princesa. —Una y otra vez repetía esta palabra, hermosa, aunque era evidente que buscaba otras palabras mejores que ella desconocía—. Estabais... tan graciosa, princesa —dijo—. Lo soportasteis tan bien, con tanta obediencia hacia su alteza, el príncipe.

Bella no dijo nada. Otra vez volvía a pensar en lo que debió de imaginar la muchacha. Pero hizo que Bella se sintiera tan consciente de sí misma que detuvo sus pensamientos. Esta muchacha la había visto tan de cerca... vio la rojez de la piel mientras era castigada y notó sus retortijones incontrolados.

Bella hubiera vuelto a llorar de nuevo, aunque no quería hacerlo.

Por primera vez, a través de una fina capa de ungüento, sintió sobre su piel los dedos desnudos de la muchacha que masajeaban los moratones.

—¡Oooh! —gimió la princesa.

—Lo siento —dijo la muchacha—. Trato de hacerlo con cuidado.

—No, continuad. Haced que penetre bien —suspiró Bella—, de hecho, es agradable. Quizá sea el momento en el que retiráis los dedos... —cómo intentar explicarlo, sus nalgas colmadas de este dolor, picándole, las pequeñas sacudidas de intenso dolor, como de guijarros, en los moratones, y esos dedos pellizcándolas y soltándolas a continuación.

—Todo el mundo os adora, princesa —susurró la muchacha—. Todos han contemplado vuestra hermosura, sin nada que la disimule u oculte las imperfecciones. No tenéis defectos. Y se desmayan por vos, princesa.

—¿Es eso cierto o lo decís para consolarme? —preguntó Bella.

—Oh, claro que sí —dijo la muchacha—. Debíais haber oído a las mujeres ricas que estaban esta noche en el patio de la fonda. Fingían no sentir envidia, pero todas ellas sabían que desnudas no eran rivales para vos, princesa. Y, por supuesto, el príncipe estaba tan apuesto, tan guapo y tan...

—Ah, sí —suspiró Bella.

La muchacha ya había untado por completo las nalgas pero continuó añadiendo más ungüento para que penetrara en la carne. Esparció un poco más por los muslos. Detuvo sus dedos justo antes de llegar al vello del pubis y, una vez más, Bella sintió, con intenso malestar y vergüenza, que el placer volvía a ella. ¡Y con esta muchacha!

«Oh, si el príncipe se enterara», se le ocurrió de pronto. No le pareció que aquello fuera a agradarle y repentinamente pensó que podría castigarla en cualquier ocasión que sintiera este placer si no era él quien se lo daba. Bella intentó alejar de su mente estos pensamientos. Le hubiera gustado saber dónde se encontraba él en aquel momento.

—Mañana —dijo la muchacha—, cuando vayáis al castillo del príncipe, a lo largo de todo el recorrido, la calzada estará bordeada de gente que querrá veros. Corre la voz por todo el reino...

Bella se sobresaltó al oír estas palabras.

—¿Estáis segura de ello? —preguntó temerosa. Así, de repente, no podía asimilarlo. Recordó aquel momento apacible por la tarde en el bosque. Se hallaba sola delante del príncipe y casi consiguió olvidarse de los soldados que venían tras ellos. Pero de pronto, ¡la gente a lo largo del camino, esperando para verla! Recordó las calles concurridas del pueblo, aquellos momentos ineludibles cuando sus muslos desnudos o incluso sus pechos habían notado el roce de un brazo o del tejido de una falda; sintió que se le cortaba la respiración.

«Pero es lo que él quiere de mí —recapacitó—. No sólo que él me vea sino que todos me vean.»

«A la gente le produce tanto placer contemplaros», le había dicho esa noche cuando entraban en la pequeña ciudad. La había empujado delante de él y ella lloró violentamente; lo único que veía a su alrededor eran los zapatos y las botas de los que no se atrevía a levantar la vista.

—Sois tan hermosa, princesa, que lo contarán a sus nietos —dijo la cantinera—. Están impacientes por regalarse la vista, y vos no les defraudaréis, no importa lo que les hayan contado antes. Imaginaos, no defraudar nunca a nadie... —la voz de la muchacha se apagó como si pensara: «Oh, me gustaría poder seguiros para verlo.»

—Pero, no lo entendéis —susurró Bella, repentinamente incapaz de contenerse—, no os dais cuenta...

—Sí, sí que me doy cuenta —dijo la muchacha—. Por supuesto... he visto a las princesas cuando pasan por aquí con sus magníficas capas cubiertas de joyas y me imagino lo que se debe sentir al verse expuesta al mundo como si fuerais una flor, mientras todos los ojos os fisgonean como dedos entrometidos, pero vos sois... tan espléndida, en definitiva, princesa, y tan única. Vos sois su princesa. Él os ha reclamado y todos saben que estáis en su poder y que le debéis obediencia. Eso no es ninguna vergüenza para vos, princesa. ¿Cómo podría serlo, con un príncipe tan admirable que os da órdenes? Oh, ¿creéis que no hay mujeres que renunciarían a todo para ocupar vuestro lugar, sólo por poseer vuestra belleza?

Bella se quedó admirada al oír esto. Pensó en ello. Mujeres que renunciarían a todo, que ocuparían su puesto. No se le había ocurrido. Volvió a recordar aquel momento en el bosque.

Pero luego también rememoró los azotes en la fonda mientras todos los demás la observaban. Recordó que había sollozado desesperadamente y que llegó a odiar su propio trasero colgado en el aire, y sus piernas separadas, así como esa pala que bajaba una y otra vez. En realidad, el dolor era lo de menos.

Pensó en la multitud que se agolpaba en el camino. Intentó imaginárselos. Todo eso iba a sucederle al día siguiente.

Ella sentiría esa inmensa humillación, ese dolor; y toda la gente estaría allí para verlo, para intensificar su deshonra.

La puerta se había abierto.

El príncipe entró en la alcoba. La joven cantinera se levantó de un brinco y le hizo una reverencia.

—Alteza —dijo la muchacha casi sin aliento.

—Habéis hecho un buen trabajo —fueron las palabras del príncipe.

—Ha sido un gran honor, alteza —contestó la muchacha.

El príncipe se acercó a la cama y, cogiendo a Bella por la muñeca derecha, la levantó y la puso de pie a un lado. Ella bajó la mirada obedientemente y, sin saber qué hacer con las manos, se las llevó rápidamente a la nuca.

Casi podía sentir la satisfacción del príncipe.

—Excelente, querida mía —dijo—. ¿No es preciosa, vuestra princesa? —le preguntó a la cantinera.

—Oh, sí, alteza.

—¿Le habéis hablado y consolado mientras la lavabais?

—Oh, sí, alteza, le expliqué cuánto la admiraba todo el mundo y cuánto querían...

—Sí, verla —dijo el príncipe.

Se hizo una pausa. Bella se preguntaba si ambos estarían mirándola y, súbitamente, se sintió de nuevo desnuda, a la vista de los dos. Tenía la impresión de que soportaría a uno o al otro, pero los dos juntos, contemplando sus pechos y su sexo, era demasiado para ella.

El príncipe la abrazó como si comprendiera que lo necesitaba y palpó cuidadosamente la carne irritada, lo que provocó en Bella otra sacudida de placer deshonroso que le recorrió todo el cuerpo. Ella sabía que su cara se habría puesto roja; siempre se sonrojaba con facilidad. ¿Había otras maneras de que él pudiera darse cuenta de lo que sus manos le provocaban? Si no conseguía anular este creciente placer, no tendría otro remedio que gritar.

—De rodillas, querida mía —dijo el príncipe acompañando la orden con un leve chasquido de los dedos.

Bella obedeció asustada y ante sí vio las maderas rugosas del suelo. Distinguió las botas negras del príncipe y luego los toscos zapatos de la sirvienta.

—Ahora, acercaos a vuestra sirvienta y besadle los zapatos. Mostradle lo agradecida que estáis por su lealtad.

Bella no se detuvo a pensarlo, pero notó que se le saltaban las lágrimas mientras obedecía y besaba el cuero gastado de los zapatos de la muchacha con toda la gratitud que era capaz de expresar. Por encima, escuchó cómo la cantinera murmuraba las gracias al príncipe.

—Alteza —dijo la muchacha—, soy yo quien quiere besar a la princesa, os lo ruego.

El príncipe debió asentir con un gesto puesto que la joven se dejó caer de rodillas, acarició el pelo de Bella y besó su rostro con gran respeto.

—Y ahora, ¿veis los postes al pie de la cama? —preguntó el príncipe. Bella sabía que la cama tenía altos pilares que sostenían un techo artesonado sobre ella—. Atad a vuestra princesa a estos pilares, con las manos y las piernas suficientemente separadas, de modo que mientras esté echado pueda mirarla —explicó el príncipe—. Hacedlo con estas cintas de raso para que su piel no se lastime, pero atadla con firmeza porque deberá dormir en esta posición y el peso no debe hacer que se suelte.

Bella se quedó pasmada.

Sintió que deliraba mientras la muchacha la alzaba para que se quedara erguida al pie de la cama. Cuando la cantinera le dijo que separara las piernas, Bella obedeció dócilmente. Sintió el raso que le apretaba el tobillo derecho y que luego ligaba firmemente el tobillo izquierdo. Después, la muchacha, de pie ante ella sobre la cama, ligó las manos de la princesa en lo alto a cada uno de los lados del lecho.

Allí estaba, con las piernas y los brazos extendidos, la mirada clavada en la cama. Llena de terror, Bella se dio cuenta de que el príncipe veía cómo sufría; tenía que ver la vergüenza de la humedad entre las piernas, esos fluidos que ella no podía frenar ni disimular. Volvió el rostro para hundirlo en su brazo y gimoteó en silencio.

Pero lo peor de todo era que él no tenía intención de poseerla. La había atado ahí, fuera de su alcance, para que mientras él dormía ella pudiera verlo abajo.

El príncipe despidió a la cantinera, quien antes de salir depositó en secreto un beso en la cadera de Bella. Ésta, que lloraba en silencio, supo que se había quedado a solas con el príncipe, y no se atrevía a levantar la vista para mirarlo.

—Mi hermosa obediente —suspiró él.

Cuando el príncipe se acercó, Bella sintió horrorizada que el duro mango de la terrible pala de madera le tocaba levemente su lugar húmedo y secreto, tan cruelmente expuesto por sus piernas abiertas.

La princesa se esforzó por simular que esto no sucedía, pero sentía con toda certeza aquel fluido delator, y tuvo la certeza de que el príncipe estaba al corriente del placer que la atormentaba.

—Os he enseñado muchas cosas y estoy sumamente satisfecho de vos —dijo— pero ahora conocéis un nuevo sufrimiento, un sacrificio más que ofrecer a vuestro amo y señor. Yo podría calmar el ardiente anhelo que sentís entre vuestras piernas pero permitiré que lo padezcáis para que conozcáis su significado, para que sepáis que sólo vuestro príncipe puede daros el alivio que ansiáis.

Bella fue incapaz de reprimir un gemido, pese a que intentó amortiguarlo contra su brazo. Temía mover sus caderas en cualquier momento, en una súplica impotente, humillante.

El príncipe apagó las velas de un soplido. La habitación se quedó a oscuras. Bella percibió bajo sus pies que el colchón cedía con el peso del príncipe. Apoyó la cabeza en su propio brazo y cuando se dejó colgar de las cintas de raso se sintió firmemente sujeta a ellas. Pero ese tormento, esa tortura... y no había nada que ella pudiera hacer para aliviarlo.

Imploró para que cesara la hinchazón que crecía entre sus piernas, tal y como estaban cesando gradualmente y se aliviaban las palpitaciones en su trasero. Luego, cuando empezaba a quedarse dormida, pensó con calma, casi en un estado de ensoñación, en las multitudes que la esperaban a lo largo de los caminos que la llevarían hasta el castillo del príncipe.

EL CASTILLO Y EL GRAN SALÓN

Al dejar la fonda, Bella estaba sofocada y sonrojada. Pero el motivo no eran las multitudes que bordeaban las calles del pueblo, ni las que iban a encontrarse más adelante cuando siguieran la calzada durante el trayecto a través de los campos de trigo.

El príncipe envió mensajeros por delante de la comitiva y explicó a Bella, mientras le adornaban el pelo con flores blancas, que si se daban un poco de prisa llegarían al castillo por la tarde.

—En cuanto crucemos al otro lado de las montañas nos hallaremos en mi reino —anunció orgulloso.

Bella no sabía con certeza qué reacción debía mostrar ante esto.

Pero el príncipe, como si intuyera su extraña confusión, la besó en la boca antes de subir al caballo y le dijo en voz baja, para que sólo lo oyeran los que estaban alrededor:

—Cuando entréis en mi reino, seréis mía de un modo más completo que nunca. Seréis enteramente mía, sin tregua, y os resultará más fácil olvidar todo lo sucedido con anterioridad y entregar vuestra vida tan sólo a mí.

Y entonces partieron del pueblo. El príncipe llevaba su caballo al paso, justo detrás de Bella, que se dispuso a andar a buen ritmo sobre los adoquines recalentados.

El sol brillaba con más fuerza que antes y el gentío era numerosísimo: todos los granjeros se habían acercado a la calzada, la gente apuntaba hacia ella, observaba atentamente y se ponía de puntillas para ver mejor, mientras Bella sentía la gravilla suelta bajo sus pies y de vez en cuando pisaba algunos manojos de hierba sedosa o de flores silvestres.

La princesa caminaba con la cabeza erguida, como el príncipe le había ordenado, pero entrecerraba los ojos. El aire fresco sosegaba sus miembros desnudos y ella pensaba sin cesar en el castillo del príncipe.

De tanto en tanto, alguna murmuración procedente de la multitud la hacía sentirse repentina y dolorosamente consciente de su desnudez; incluso, una o dos veces, alguna mano se adelantó precipitadamente del grupo para tocarle la cadera antes que el príncipe, que iba tras ella, restallara inmediatamente el látigo.

Finalmente penetraron en el oscuro paso entre los árboles que les conduciría a través de las montañas. Allí los grupos de campesinos aparecían más diseminados, atisbaban desde los robles de tupido follaje, entre una bruma que flotaba a ras del suelo. Bella se sintió amodorrada y lánguida pese a que seguía caminando. Notaba sus pechos pesados y blandos, y su desnudez le parecía extrañamente natural.

Pero su corazón se aceleró cuando la luz del sol apareció a raudales y descubrió ante ellos un valle que se extendía completamente verde.

Los soldados que marchaban a su espalda, lanzaron una gran aclamación lo que le permitió adivinar que, en efecto, el príncipe había llegado a casa. Más adelante, al otro lado de la verde pendiente, en lo alto de un precipicio que colgaba sobre el valle, vio alzarse el castillo del príncipe. Era una mescolanza de torreones oscuros, y mucho mayor que el hogar de Bella. Daba la impresión de que encerraba todo un mundo, y sus puertas abiertas se desplegaban como una boca ante el puente levadizo.

En ese instante, empezaron a surgir por doquier los súbditos del príncipe, como meras manchas en la distancia que aumentaban poco a poco de tamaño; todos iban en dirección a la carretera que descendía serpenteante para luego volver a subir ante ellos.

Unos jinetes atravesaron el puente levadizo y se dirigieron al trote hacia la comitiva, haciendo sonar sus trompetas mientras sus numerosos estandartes ondeaban a sus espaldas.

El aire era más cálido, como si este lugar estuviera protegido de la brisa del mar. Tampoco era tan oscuro como los angostos pueblos y bosques por los que habían pasado. Bella advirtió que los atuendos de los campesinos eran más claros y brillantes.

Pero a medida que se acercaban al castillo Bella vio, a lo lejos, no sólo a los campesinos que habían mostrado su admiración a lo largo de todo el camino, sino también una gran multitud de nobles y damas ataviados con suntuosos ropajes.

Bella estaba segura de que articuló un grito ahogado, y es muy probable que bajara la cabeza de inmediato, porque el príncipe se adelantó para situarse a su lado, la acercó al caballo y le susurró al oído:

—Ahora, Bella, ya sabéis lo que espero de vos.

Ya habían llegado al empinado camino de acceso al puente y Bella comprobó que se trataba precisamente de lo que ella más temía: allí había hombres y mujeres de su misma condición, todos ellos vestidos de terciopelo blanco con ribetes dorados, o de colores alegres y festivos. No se atrevió a mirar, notó de nuevo el rubor en sus mejillas y por primera vez se sintió tentada a abandonarse a la merced del príncipe y a suplicarle que la ocultara.

Una cosa era ser mostrada ante los campesinos que la elogiaban y la convertirían en una leyenda, pero oír las risas, las murmuraciones y los comentarios arrogantes era muy distinto, y le resultaba insoportable.

Sin embargo, el príncipe desmontó, le ordenó que se pusiera a cuatro patas y le dijo con dulzura que así era como debía entrar en el castillo.

Bella se quedó petrificada. La cara le ardía, pero se dejó caer rápidamente para obedecer, y a su izquierda vislumbró las botas del príncipe mientras ella se esforzaba por mantener su ritmo al cruzar el puente levadizo.

Mientras la conducían a través del sombrío corredor, la princesa no se atrevió a alzar la vista, aunque reparó en las espléndidas capas y botas relucientes que la rodeaban. A ambos lados, nobles y damas se inclinaban ante el príncipe. Se oían susurros de bienvenida y le lanzaban besos mientras ella avanzaba desnuda a cuatro patas como si no fuera más que un pobre animal.

Cuando llegaron a la entrada del gran salón, una estancia mucho más vasta y sombría que cualquier sala de su propio palacio, en el hogar ardía un inmenso fuego crepitante, pese a que los cálidos rayos del sol se derramaban a través de las altas y estrechas ventanas. La princesa tenía la impresión de que los nobles y las damas pasaban apresuradamente a su lado y discurrían silenciosamente junto a las paredes en dirección a las largas mesas de madera. Sobre las mesas habían dispuesto ya platos y copas. El aire estaba impregnado del aroma de la cena.

Entonces Bella vio a la reina, que estaba sentada en el extremo más alto de una elevada tarima. Llevaba un velo en la cabeza, ceñida a su vez por una corona de oro, y las largas mangas de su túnica verde estaba ribeteadas de perlas y bordados de oro.

Un rápido chasquido de los dedos del príncipe instó a Bella a avanzar hacia delante. La reina se había puesto en pie y en aquel momento abrazaba a su hijo que se había colocado ante el estrado.

—Un tributo, madre, del otro lado de las montañas, el más hermoso que hayamos recibido en mucho tiempo, si no me falla la memoria. Mi primera esclava del amor, y estoy muy orgulloso de haberla reclamado.

—Tenéis motivos para ello —dijo la reina con una voz que sonaba a la vez joven y fría. Bella no se atrevió a alzar la vista en dirección a la soberana. Pero fue la voz del príncipe la que más la asustó: «mi primera esclava del amor.» Bella recordó la enigmática conmiseración que había mostrado ante sus padres, la mención de su vasallaje en la misma tierra, y sintió que el pulso se le aceleraba.

—Exquisita, absolutamente exquisita —dijo la reina—, pero debería echarle un vistazo toda la corte. ¡Lord Gregory! —llamó con un gesto gracioso.

Se oyó un gran murmullo procedente de los nobles y damas reunidos alrededor de ellos y seguidamente Bella vio que se aproximaba un hombre alto de pelo canoso, aunque no lo veía con claridad. Llevaba unas finas y ajustadas botas de cuero que se doblaban a la altura de la rodilla y mostraban un forro de piel del más delicado armiño.

—Enseñad a la muchacha...

—Pero, madre... —protestó el príncipe.

—Tonterías, si todos los plebeyos la han visto, nosotros también —dijo la reina.

—¿Habrá que amordazarla, majestad? —preguntó el extraño hombre alto con las botas forradas de piel.

—No, no hará falta. Aunque, por supuesto, la castigaréis si habla o empieza a gritar.

—Y el cabello, todo ese pelo la oculta... —dijo el hombre mientras levantaba a Bella y rápidamente la obligaba a enlazar las muñecas por encima de la cabeza. Al quedarse de pie, Bella sintió de nuevo la desesperación de ser exhibida y no pudo evitar llorar. Temió una reprimenda del príncipe. Entonces podía ver mucho mejor a la reina, aunque no quería mirarla. Bajo su velo diáfano distinguió el cabello negro de la soberana que caía en bucles sobre los hombros y unos ojos tan negros como los del príncipe.

—Dejad el pelo como está —intervino el príncipe casi celoso.

«¡Oh, va a defenderme!», pensó Bella. Pero luego oyó que él ordenaba:

—Subidla a la mesa para que todo el mundo la vea bien.

La mesa era rectangular y se hallaba en el centro de la estancia. A Bella le recordó un altar. La obligaron a subirse y a ponerse de rodillas, de frente a los tronos donde el príncipe ya había ocupado su puesto al lado de su madre.

El hombre de pelo canoso le colocó con movimientos rápidos un gran tarugo de madera lisa debajo del vientre. Podía descansar su peso sobre él y así lo hizo, mientras él le estiraba las piernas, separando las rodillas de modo que éstas no tocaran la mesa. Seguidamente le ligó los tobillos a los extremos de la mesa con unas tiras de cuero y luego hizo lo mismo con sus muñecas. Ella ocultaba la cara cuanto podía, sin dejar de lloriquear.

—Permaneced callada —le dijo el hombre con tono gélido— o me encargaré yo mismo de que no podáis estar de otra manera. No interpretéis erróneamente la indulgencia de la reina. Si no os amordaza es porque a la corte le divierte mirar vuestra boca tal y como es y veros luchar contra vuestra propia voluntad.

Entonces, para vergüenza de Bella, el noble le levantó el mentón y debajo de él colocó un largo y grueso descanso de madera para la barbilla. No podía bajarla, aunque sí la vista. De todos modos veía la habitación en la que se encontraba en toda su extensión.

Vio a los nobles y a las damas que se levantaban de las mesas de banquetes, el inmenso fuego, y luego vio también a ese hombre, con su delgado rostro angular y los ojos grises que no eran tan fríos como su voz; por un momento incluso le pareció que revelaban cierta ternura.

Cuando se imaginó a sí misma: estirada y elevada para que todos pudieran inspeccionar hasta su rostro si así lo querían, la recorrió un prolongado escalofrío. Intentó disimular los sollozos apretando los labios con fuerza, y ni siquiera le quedaba el consuelo de que el pelo la tapara, ya que caía uniformemente a ambos lados de la cara y no cubría parte alguna de su cuerpo.

—Joven, pequeña —susurró el hombre de pelo canoso— estáis muy asustada, pero es inútil —su voz parecía mostrar cierto afecto—. ¿Qué es el miedo, después de todo? No es más que indecisión. Buscáis una forma de resistir, de escapar, pero no hay ninguna. No pongáis vuestros miembros en tensión. No sirve de nada.

Bella se mordió el labio y sintió las lágrimas que le caían por el rostro, pero sus palabras la calmaron un poco. Entonces le alisó el pelo hacia atrás desde la frente, con una mano ligera y fría, como si comprobara si tenía fiebre.

—Ahora, estaos quieta. Todo el mundo viene a veros.

Los ojos de Bella se nublaron aunque seguía viendo los tronos distantes donde el príncipe y su madre conversaban con toda naturalidad. Toda la corte se había levantado y avanzaba hacia el estrado. Los nobles y las damas se inclinaban ante la reina y el príncipe antes de darse la vuelta para aproximarse a Bella.

La princesa se retorció. Parecía que hasta el mismo aire le tocaba las nalgas desnudas y el vello púbico. Forcejeó para bajar la cara púdicamente pero el firme descanso de madera de la barbilla no cedía y lo único que pudo hacer fue volver a bajar la vista.

Los primeros nobles y damas estaban ya muy cerca. Oía el crujido de sus vestimentas y podía ver los destellos de sus brazaletes dorados, que captaban la luz del fuego y de las antorchas distantes; la débil imagen del príncipe y la reina parecía vacilante.

Bella gimió.

—Silencio, querida mía —dijo el hombre de ojos grises. De pronto su presencia le resultaba un gran alivio.

—Ahora levantad la vista a la izquierda —dijo en aquel momento, y a Bella le sorprendió ver que sus labios dibujaban una sonrisa—. ¿Veis?

Durante un instante, la joven princesa contempló lo que con toda certeza era algo imposible, pero antes de que pudiera volver a cerciorarse o aclararse las lágrimas de los ojos, una gran dama se interpuso entre ella y aquella visión distante y, con un sobresalto, notó que las manos de la dama se posaban sobre su cuerpo.

Sintió cómo los fríos dedos atenazaban sus pesados pechos y los retorcían casi dolorosamente. Empezó a temblar e intentó desesperadamente no gritar. Más personas se habían reunido a su alrededor y, un par de manos, muy lentas y pausadas, le separaban las piernas desde detrás. En aquel instante alguien le tocaba el rostro y otra mano le pellizcaba la pantorrilla casi con crueldad.

Tuvo la impresión de que su cuerpo se concentraba enteramente en los lugares más indecorosos y secretos. Los pezones le palpitaban y aquellas manos parecían frías, como si ella estuviera ardiendo. Entonces notó que unos dedos examinaban sus nalgas e inspeccionaban incluso la más pequeña y escondida de las aberturas.

No tuvo otra opción que gemir, aunque mantuvo los labios fuertemente cerrados mientras las lágrimas se deslizaban por sus mejillas.

Por un instante pensó únicamente en lo que había vislumbrado un momento antes de que la procesión de nobles y damas interceptara su visión: en lo alto, a lo largo del muro del gran salón, sobre una ancha repisa de piedra, entrevió durante un instante, una fila de mujeres desnudas.

No parecía posible, pero la había visto. Eran todas jóvenes como ella, permanecían de pie con las manos enlazadas en la nuca, y también mantenían la vista baja como el príncipe le había enseñado. Distinguió el resplandor del fuego sobre el rizo de vello púbico entre cada par de piernas, y los pezones hinchados y rosados de sus senos.

No podía creerlo. No quería que fuera cierto pero, si de todos modos era verdad... bueno... todo era tan confuso. ¿Estaba aún más aterrorizada o contenta de no ser la única que soportaba esta indecible humillación?

Ni siquiera pudo seguir pensando en ello, pese a la impresión que le había causado aquella imagen, ya que varias manos se movían sobre todo su cuerpo. Al sentir que le tocaban el sexo y le acariciaban el vello, soltó un grito agudo y a continuación, horrorizada, con la cara ardiendo y los ojos fuertemente apretados, notó cómo un par de largos dedos se escurrían dentro de la abertura vaginal y la abrían.

Estaba todavía irritada por las embestidas del príncipe y, aunque los dedos se movían delicadamente, sintió de nuevo aquel escozor.

Lo cierto era que en ese instante le abrían aquella parte tan mortificante, sin más, mientras oía cómo sus voces serenas hablaban de ella:

—Inocente, muy inocente —decía una, y otra comentaba que tenía unos muslos muy delgados y que su piel era demasiado elástica.

Eso pareció provocar nuevas risas, alegres y tintineantes, como si todo esto fuera la mayor de las diversiones. De pronto, Bella cayó en la cuenta de que estaba forcejeando con toda su alma para cerrar las piernas, aunque era completamente imposible.

Los dedos habían desaparecido de su vagina pero ahora alguien le daba unas palmaditas en el sexo y cerraba con un pellizco los pequeños labios ocultos. Bella volvió a retorcerse y de nuevo oyó las risas, que en esa ocasión provenían del hombre que estaba a su lado.

—Pequeña princesa —le dijo cariñosamente al oído y se inclinó rozándole el brazo desnudo con la capa de terciopelo—, no podéis ocultar a nadie vuestros encantos.

Bella gimió como si intentara pedir clemencia, pero él le tapó la boca con el dedo.

—Ahora tengo que sellaros los labios, si no el príncipe se enfurecerá. Debéis resignaros y aceptar. Es la lección más dura; comparado con esto el dolor ciertamente no es nada.

Bella percibió que él levantaba el brazo para que ella supiera que la mano que ahora le tocaba el pecho era la suya. Había aprisionado su pezón y lo apretaba rítmicamente.

Al mismo tiempo, alguien le acariciaba los muslos y el sexo y, para su vergüenza, Bella experimentó, incluso en esta degradación, aquel placer deshonroso.

—Eso es, eso es —la animó—. No os resistáis; haceos dueña de vuestros encantos, eso es: dejad que vuestra mente ocupe vuestro cuerpo.

»Estáis desnuda e indefensa. Todos se deleitarán con vos y, ¿qué otra cosa podéis hacer? Por cierto, os diré que con vuestros retortijones sólo conseguís mostraros más exquisita. Sería sumamente cautivador si no fuera un gesto tan rebelde. Ahora, volved a mirar, ¿habéis entendido lo que os he explicado?

Bella asintió con un gesto y levantó los ojos

temerosa. Veía lo mismo que antes: la hilera de mujeres jóvenes con la vista baja y los cuerpos desnudos exhibidos tan vulnerablemente como el suyo.

Pero ¿qué sentía exactamente? ¿Por qué la sometían a sentimientos tan confusos? Había pensado que ella era la única persona expuesta y humillada de tal modo, como un gran trofeo para el príncipe, al que, por cierto, ya había dejado de ver. ¿Acaso no estaba aquí, al descubierto, en el mismo centro del salón?

Pero entonces, ¿quiénes eran estas prisioneras? ¿Sería ella tan sólo una de ellas? ¿Era éste el significado de la conversación que mantuvo el príncipe con sus padres? No, ellos no podían haber servido de este modo. Sintió una rara mezcolanza de celos incontenibles y alivio.

Se trataba de un ritual; era un trato. Otros lo habían padecido antes. Estaba preestablecido. Entonces, todavía se sintió más indefensa, pero a pesar de ello, notó cierto alivio.

El noble de los ojos grises volvía a hablarle:

—Ahora vamos a por vuestra segunda lección. Ya habéis visto a las princesas aquí mostradas como tributos. Ahora mirad a vuestra derecha y veréis a los príncipes.

Bella dirigió como pudo la mirada al otro lado del salón, a través de las figuras en movimiento que la rodeaban, y allí, sobre otra alta repisa, bajo la luz y las sombras espectrales del fuego, se hallaba una fila de hombres jóvenes, todos ellos situados en la misma posición.

Sus cabezas estaban inclinadas, con las manos

detrás del cuello, y todos eran muy guapos, tan hermosos, cada cual a su modo, como las jóvenes del otro lado, pero la gran diferencia residía en su sexo, ya que todos ellos mostraban sus órganos erectos y duros. Bella no pudo apartar los ojos de esta visión; le parecieron incluso más vulnerables y serviles que las muchachas.

Volvió a gemir y sintió el dedo de lord Gregory sobre sus labios. También percibió, casi en el aire, que los nobles y las damas se alejaban ya de ella.

Sólo quedaban un par de manos, que palpaban la carne más tierna que rodeaba su ano. Esto le provocó tanto miedo, porque casi nadie más la había tocado allí, que, una vez más, volvió a forcejear involuntariamente; lo único que consiguió fue que el noble de ojos grises volviera a pasarle lentamente la mano por el rostro.

En la estancia había un gran alboroto. Bella tan sólo percibía el aroma de la comida que estaban preparando y de los platos que servían, pero supuso que la mayoría de nobles y damas se sentaban a las mesas. La conversación era animada, alzaban las copas, y en algún lugar un grupo de músicos había empezado a tocar unos pausados y rítmicos sones. Se oían trompas, panderetas y el rasgar de múltiples cuerdas. Luego, Bella vio que las largas filas de muchachas y muchachos desnudos, que estaban situadas a ambos lados de la sala, empezaban a moverse.

«Pero ¿qué son? —quería preguntar—. «¿Con qué propósito los tienen ahí?» En ese instante vio aparecer al primero de ellos entre la multitud: los jóvenes transportaban jarras de plata con las que llenaban las copas de las mesas, haciendo siempre una reverencia al pasar ante la reina y el príncipe. Bella les observó abstraída, olvidándose por un momento de sí misma.

Los muchachos tenían el pelo ligeramente rizado, cortado a la altura de los hombros y peinado con esmero para que enmarcara sus rostros delgados. Nunca levantaban la mirada, aunque algunos de ellos parecían moverse con una gran incomodidad a causa de la dureza de sus penes. No estaba segura de cómo deducía esta incomodidad: era la manera, un modo de soportar la tensión y el deseo, sin expresarlo.

Cuando vio a la primera de las muchachas de cabello largo que se inclinaba sobre la mesa con la jarra, se preguntó si también ella sentía aquel mismo placer de leve agonía. Bella lo experimentaba sólo con mirar a aquellos esclavos, pero sintió un alivio sosegado al darse cuenta de que, por un momento, no era ella el objeto de sus miradas. O al menos eso pensó.

La verdad era que se podía percibir cierta animación en la estancia. Unos se levantaban y caminaban, quizás incluso bailaban al ritmo de la música. No podía estar muy segura. Otros se hallaban cerca de la reina, con las jarras en la mano, y, al parecer, recreaban al príncipe con historias.

El príncipe.

Por un instante pudo vislumbrarlo claramente, y vio cómo le sonreía. Qué regio era su aspecto: aquel pelo negro satinado y abundante, sus deslumbrantes botas blancas que se extendían sobre la alfombra azul, a sus pies. Asentía con gestos y sonreía a los que se dirigían a él, aunque de vez en cuando sus ojos se posaban en Bella.

Había tantas cosas que ver. De repente, Bella notó que alguien estaba muy cerca y que de nuevo la tocaban. A continuación se dio cuenta de que se formaba una fila de bailarines a uno de sus lados.

Se percibía un aire frívolo en el ambiente. Corría abundante vino y se sucedían grandes risotadas.

Luego, súbitamente, a lo lejos y a su izquierda, vio que a un joven desnudo se le caía la jarra de vino y que el líquido rojo se derramaba por el suelo mientras otros se apresuraban a limpiarlo.

El noble que estaba al lado de Bella dio inmediatamente una palmada y aparecieron tres pajes exquisitamente vestidos, no mayores que los propios muchachos desnudos, que se apresuraron a acercarse, cogieron al muchacho y lo colgaron rápidamente boca abajo por los tobillos.

Esto provocó una sonora salva de aplausos entre los nobles y las damas más próximos al muchacho, y casi al instante apareció una pala, una hermosa pieza esmaltada en oro y tracería blanca con la que el transgresor fue azotado vigorosamente mientras todos lo miraban fascinados.

Bella sintió que su corazón se aceleraba. Si iban a humillarla de aquel modo, a castigarla de forma tan brusca e ignominiosa por sus torpezas, no sabía cómo podría soportarlo. Ser exhibida en público era una cosa; aún conservaba cierta elegancia, pero no soportaba la idea de que la colgaran por los tobillos como a aquel muchacho. Únicamente veía su espalda y la pala que descendía velozmente, una y otra vez, golpeando sus nalgas enrojecidas. Él mantenía las manos detrás del cuello obedientemente, y cuando lo bajaron se puso a cuatro patas. Un joven paje lo encaminó rápidamente con la pala hacia la reina, propinándole una serie de azotes ruidosos. Allí, el joven culpado, con las nalgas rojísimas, inclinó la cabeza y besó la pantufla de la soberana.

La reina era una mujer madura que ya había florecido, pero era obvio que el príncipe había heredado de ella su belleza. Instantes antes mantenía una viva conversación con el príncipe, y en ese momento se volvió, casi con indiferencia, sin dejar de dirigir rápidas miradas a su hijo, y tras indicarle al joven esclavo que se levantara un poco, le echó hacia atrás el cabello con gesto cariñoso.

Pero luego, con el mismo aire ausente y sin apartarse nunca del príncipe, le indicó al paje, mientras fruncía el ceño, que volvieran a castigar al muchacho.

La corte aplaudía y todos gesticulaban mofándose del joven. Luego, mostraron su enorme deleite cuando el paje apoyó el pie en el segundo peldaño del estrado situado ante el trono y alzó al esclavo desobediente sobre su rodilla. Una vez más, ante toda la corte, el esclavo recibió una sonora zurra.

Una larga fila de danzarines le ocultó la visión por un momento, pero una y otra vez la princesa pudo entrever al desafortunado muchacho y apreció cómo, mientras la pala arremetía de nuevo contra su trasero, al muchacho se le hacía cada vez más difícil soportarlo, y forcejeó levemente a su pesar. También era evidente que el paje que lo azotaba disfrutaba enormemente. Su joven rostro estaba colorado y se mordía un poco el labio. Lanzaba la pala con una fuerza innecesaria, o eso parecía, lo que provocó el odio de Bella.

La princesa oía las risas del noble que estaba a su lado y las charlas de un pequeño grupo de gente desperdigada, hombres y mujeres que bebían y hablaban ociosamente. Entretanto, los bailarines se movían en una larga cadena, ejecutando movimientos fluidos y graciosos.

—Así que os habéis dado cuenta de que no sois la única criaturita indefensa en este mundo —dijo lord Gregory—, ¿y os apacigua comprobar los tributos que reciben vuestros soberanos? Vos sois el primer vasallo del príncipe y creo que tendríais que mostrar tenacidad y dar un buen ejemplo. El joven esclavo que veis, el príncipe Alexi, es ciertamente uno de los favoritos de la reina, por eso es tratado con tanta ligereza.

Bella advirtió que habían cesado los azotes. Una vez más, el esclavo estaba apoyado a cuatro patas y besaba los pies de su majestad mientras el paje permanecía a la espera.

Para entonces, el esclavo mostraba un trasero sumamente rojo. «Príncipe Alexi», se dijo Bella. Era un nombre encantador y, al parecer, él también tenía sangre real y era de alto linaje. Claro, por supuesto, todos ellos lo eran. La idea la cautivó. ¿Qué hubiera pasado si sólo ella lo hubiera sido?

Se quedó mirando aquellas nalgas. Era obvio

que tenían moratones y pequeños fragmentos que parecían mucho más rojos que el resto. Mientras el príncipe esclavo besaba los pies de la reina, Bella también distinguió su escroto entre las piernas, oscuro, velludo y misterioso.

Se asombró al comprobar lo terriblemente vulnerable que parecía el joven, en aspectos que ella nunca había considerado. Pero lo habían liberado, o perdonado, puesto que se puso en pie y se apartó el pelo caoba rizado de los ojos y de las mejillas. Bella observó su rostro surcado de lágrimas, también enrojecido, se fijó en que a pesar de todo transmitía una dignidad impresionante. Sin protestar, cogió el jarro que le tendieron y se movió con garbo entre los invitados para llenar las copas de los nobles y damas que se habían levantado.

Él estaba ahora a tan sólo unos pasos de distancia de Bella, y se acercaba cada vez más. Alcanzó a oír las burlas de los hombres y mujeres a su alrededor.

—Otra zurra más, es que sois tan sumamente torpe —dijo una dama muy alta de pelo rubio, que lucía un largo manto verde y diamantes en los dedos, pellizcándole la mejilla enrojecida mientras él sonreía y mantenía la vista baja.

Mostraba el pene duro y erecto como antes, que sobresalía grueso e inmóvil desde un nido de vello oscuro y rizado entre sus piernas. Bella no podía dejar de mirarlo.

Cuando él se acercó aún más, Bella contuvo el aliento.

—Venid aquí, príncipe Alexi —dijo lord Gregory e hizo chasquear los dedos. Luego, sacó un pañuelo blanco e hizo que el muchacho se lo mojara en vino.

En aquel instante el joven estaba tan cerca que Bella podría haberlo tocado. El noble cogió el pañuelo mojado en vino y lo sostuvo contra los labios de Bella. Aquello le pareció a la princesa agradable, fresco y estimulante. Pero no podía evitar mirar al obediente principito que permanecía de pie esperando, y vio que él también la miraba a ella.

Su rostro seguía ligeramente enrojecido y en sus mejillas había restos de lágrimas, pero le dedicó a Bella una sonrisa.

LA ALCOBA DEL PRÍNCIPE

Cuando despertaron a Bella ésta se sintió aterrorizada.

Estaba oscureciendo. El festín se había acabado. Los nobles y damas que todavía permanecían allí eran muy bulliciosos y se movían desenfrenadamente en el frenesí de la tarde. Pero a ella la estaban desatando y no sabía lo que le pasaría a continuación.

En el transcurso del banquete, otros esclavos habían sido azotados ruidosamente, y la impresión final era que no hacía falta cometer ninguna falta, sino que bastaba sencillamente con la decisión de un noble o una dama para recibir una buena tanda de palazos, petición que era otorgada por la reina. Entonces el desafortunado era empujado sobre la rodilla del paje, con la cabeza inclinada y los pies colgando sobre el suelo, y la pala caía sobre él.

En dos ocasiones los castigos recayeron sobre muchachas. Una de ellas había estallado en sollozos mudos. Pero en sus maneras había algo que a Bella le indujo a sospechar. Después de que la zurraran, se escabulló con demasiada prisa hasta los pies de la reina. Bella abrigó la esperanza de que la siguieran azotando hasta que los sollozos fueran reales, así como todas sus escapadas, y se sorprendió deleitándose vagamente cuando la reina ordenó una nueva tanda de azotes.

En aquel instante, cuando la despertaban, pensó en todo esto como en un sueño; sintió un intenso temor y experimentó también una cierta sensación de drama.

¿La enviarían a algún lugar con todos esos esclavos? ¿O se la llevaría el príncipe con él?

Todavía estaba aturdida por la confusión cuando se dio cuenta de que el príncipe se había levantado y ordenado al lord de ojos grises que llevara a Bella junto a él.

La princesa estaba desatada y su cuerpo entumecido. El noble asía una de esas palas de oro, la probaba en su palma y, sin darle tiempo a estirar los músculos doloridos, le ordenó a Bella que se arrodillara y se echara hacia delante.

Cuando ella vaciló, le repitió la orden tajantemente, aunque no la golpeó.

Ella se apresuró a alcanzar al príncipe, que acababa de llegar a la escalera, y lo siguió escaleras arriba y a lo largo de un pasillo.

—Bella —él se apartó a un lado—, ¡abrid las puertas!

Incorporándose sobre sus rodillas, la princesa las abrió sin demora y las empujó para que pasara el príncipe, a quien siguió al interior de la alcoba.

En la chimenea ardía ya un vivo fuego. Las cortinas de las ventanas estaban corridas; habían deshecho la cama y Bella temblaba de excitación.

—Mi príncipe, ¿debo empezar con su aprendizaje de inmediato? —preguntó lord Gregory.

—No, milord, los primeros días me encargaré personalmente de ello, posiblemente durante más tiempo —dijo el príncipe—, aunque, por supuesto, cada vez que surja la ocasión, podéis instruirla, enseñarle modales, las reglas generales que corresponden a todos los esclavos, y así sucesivamente. No baja la mirada como es debido, aunque sin duda ya lo habréis comprobado; es tan inquisitiva... —y al decir esto sonrió, aunque Bella bajó la vista de inmediato, a pesar de lo mucho que quería ver.

La princesa se arrodilló obedientemente, contenta de que el cabello la ocultara parcialmente, y luego se detuvo a pensar en aquello: no estaba aprendiendo mucho, si era eso lo que quería.

Se preguntó si el príncipe Alexi habría sentido vergüenza por su desnudez. Poseía unos grandes ojos marrones y una boca muy hermosa, pero era demasiado delgado para parecer angelical. Se preguntó dónde estaría él en aquel momento. ¿Lo estarían castigando otra vez por su torpeza?

—Muy bien, alteza —dijo el lord—, pero creo que comprendéis que la firmeza en los inicios es un favor para el esclavo, especialmente cuando se trata de una princesa tan orgullosa y consentida.

Bella se sonrojó al oír esto.

El príncipe soltó una risa serena y amortiguada.

—Mi Bella se parece mucho a una moneda sin acuñar —repuso el príncipe—, quiero abarcar la totalidad de su carácter. Será todo un placer instruirla. Me pregunto si vos mismo prestáis tanta atención a sus faltas como yo.

—¿Alteza? —lord Gregory pareció ponerse levemente rígido.

—Hoy, en el gran salón, no habéis sido tan estricto con ella para evitar que se regalara la vista con el joven príncipe Alexi. Más bien creo que disfrutó de su castigo tanto como sus amos y amas.

Bella se ruborizó intensamente. Ni siquiera había imaginado que el príncipe la hubiera sorprendido en esto.

—Alteza, sólo estaba aprendiendo lo que se espera de ella, o al menos eso pensé... —el noble respondió con gran humildad—. Fui yo quien dirigió su atención a los otros esclavos para que pudiera beneficiarse de su obediente ejemplo.

—Ah, bien —respondió el príncipe en tono cansado pero conforme—, quizá se trate únicamente de que estoy demasiado enamorado de ella. Al fin y al cabo, no me la enviaron como tributo, la gané yo mismo, la reclamé para mí, y parece ser que estoy demasiado celoso. Quizá busco algún motivo para castigarla. Podéis marcharos. Volved mañana a por ella, si así lo deseáis, y ya veremos qué pasa.

Lord Gregory, obviamente preocupado por la posibilidad de haberse equivocado, salió de la estancia a toda prisa.

Bella se quedó a solas con el príncipe, que estaba sentado junto al fuego en silencio, mirándola. Ella estaba muy turbada; era consciente de su sonrojo, como siempre, y de que sus pechos palpitaban. De pronto, se adelantó apresuradamente y posó sus labios sobre la bota del príncipe, que se movió como si recibiera el beso de modo aparentemente favorable: cada vez que ella la besaba repetidamente, la bota se levantaba un poco.

Bella gemía. Oh, ansiaba tanto que él le diera permiso para hablar. Pero cuando recordó su fascinación por el príncipe castigado, se sonrojó aún más.

Sin embargo, el príncipe se levantó. La cogió por la muñeca, la levantó y, llevándole las manos a la espalda para poder sujetarla firmemente, le zurró en ambos pechos con fuerza hasta que ella gritó al sentir la oscilación de la carne pesada y el escozor de sus manos en los pezones.

—¿Estoy enfadado con vos? ¿O no lo estoy? —le preguntó apaciblemente.

Ella gimió, suplicante. Entonces él la colocó sobre su rodilla, del mismo modo en que había visto que colocaban al joven príncipe cautivo sobre la rodilla del paje, y con su mano desnuda le propinó una estrepitosa avalancha de golpes que le hicieron llorar a voz en grito durante un buen rato.

—¿A quién pertenecéis? —preguntó en voz baja, pero enfadada.

—A vos, mi príncipe, ¡completamente! —gritó. Aquello era atroz. A continuación, de pronto, la princesa, incapaz de controlarse a sí misma, dijo—: Por favor, por favor, mi príncipe, no os enfurezcáis, no...

Pero al instante la mano izquierda del príncipe le cubrió la boca con fuerza y sintió otra terrible descarga de azotes violentos hasta que la carne le quemó y no pudo controlar su llanto.

Sentía los dedos del príncipe contra sus labios, sin embargo, esto apenas la satisfizo. Seguidamente, el príncipe la puso de pie y, asiéndola de las muñecas, la llevó hasta un rincón de la habitación, entre el fuego que ardía en la chimenea y la ventana cuyas cortinas estaban corridas. Allí había un alto taburete de madera tallada en el que él se sentó mientras la sostenía de pie a su lado. Ella lloraba quedamente, pero ya no se atrevía a suplicarle, no le importaba lo que sucediera. Él estaba furioso, su enfado era violento, y aunque ella podía aguantar cualquier dolor para complacerlo, aquello le resultaba insoportable. Debía satisfacerlo, hacer que volviera a ser cariñoso, y entonces ningún dolor sería inaguantable para ella.

El príncipe le dio la vuelta. Bella se quedó frente a él, que permanecía sentado observándola. La princesa no se atrevía a mirarlo a la cara. Entonces él se echó hacia atrás la capa, apoyó la mano en la hebilla dorada de su cinturón y dijo:

—Soltad esto.

Al instante, ella se afanó en obedecerlo. Empezó a trabajar con los dientes, aunque no le había dicho cómo hacerlo. Tenía la esperanza de contentarlo y rogaba para que así fuera. Estiró el cuero, con la respiración acelerada, y luego echó hacia atrás la correa para que el cinturón se soltara.

—Ahora, sacadlo —ordenó el príncipe— y dádmelo.

Ella obedeció al instante, aun cuando ya sabía lo que sucedería a continuación. Era un cinturón de cuero ancho y grueso. Quizá no fuera peor que la pala.

Seguidamente él le dijo que levantara las manos y la vista, y vio por encima de ella un gancho de metal que colgaba de una cadena sujeta al techo justo sobre su cabeza.

—Como véis aquí no nos faltan recursos para los pequeños esclavos desobedientes —dijo con su apacible voz de siempre—. Ahora agarrad el gancho, aunque tendréis que poneros de puntillas, y no se os ocurra soltarlo, ¿me habéis entendido?

—Sí, mi príncipe —lloriqueó ella.

La princesa se aferró al gancho, que dio la impresión de estirarla, y él retrocedió hasta el taburete, donde se sentó y pareció acomodarse. Tenía espacio suficiente para blandir la correa que había convertido en un lazo, y durante un momento permaneció en silencio.

Bella se maldijo por haber admirado al joven príncipe Alexi. Estaba avergonzada incluso de haber pensado en él, y cuando resonó el primer golpe del cinturón en sus muslos, soltó un gritito asustado pero se sintió complacida.

Se lo merecía. Nunca más cometería tamaño error, no importaba lo hermosos o tentadores que fueran los esclavos; su descaro al mirarlos había sido una falta imperdonable, y debía pagar por ello.

El ancho y pesado cinturón de cuero la golpeó con un sonido ruidoso y terrorífico. La carne de sus muslos, quizá más tierna que la del trasero, pese a lo irritado que estaba, pareció encenderse bajo los azotes. Bella tenía la boca abierta, no podía mantenerse quieta y, de pronto, el príncipe le ordenó que levantara las rodillas e iniciara una marcha sin moverse del sitio.

—¡Rápido, rápido, sí, sí, mantened el ritmo! —dijo enfadado. Bella, pasmada, se esforzó por obedecer y marchaba deprisa, mientras sus pechos se movían con el esfuerzo y el corazón le latía con violencia.

—Más arriba, más rápido —ordenó el príncipe.

Ella marchó como él le mandaba: los pies resonaban en el suelo de piedra, las rodillas subían muy alto, los pechos suponían un terrible y doloroso peso debido al balanceo y, una vez más, el cinturón la golpeó estrepitosamente y le quemó la piel.

El príncipe parecía colérico.

Los golpes llegaban cada vez más rápidos, tanto como el movimiento de sus piernas. Bella no tardó en retorcerse y forcejear para evitarlos. Lloraba a gritos, incapaz de contenerse, pero lo peor de todo, lo más duro de soportar, era el enfado del príncipe. Si al menos todo esto sirviera para contentarlo, si pudiera complacerlo con ella... Bella lloraba y hundía la cabeza en el brazo, las yemas de sus pies le ardían y los muslos parecían estar hinchados y llenos de ronchas dolorosas mientras él, una vez más, descargaba su ira en su trasero.

Los azotes llegaban muy deprisa. Bella había perdido la cuenta, sólo sabía que eran muchísimos más de los que le había propinado anteriormente, y al parecer cada vez estaba más alterado: su mano izquierda le empujaba la barbilla hacia arriba y le cerraba la boca para que no pudiera gritar, y no dejaba de ordenarle que marchara más deprisa y que levantara las piernas más arriba.

—¡Me pertenecéis! —dijo sin detener ni por un momento el sonoro ritmo del cinturón que la azotaba—. Aprenderéis a satisfacerme en todos los aspectos; nunca me contentaréis si dirigís vuestra mirada a los esclavos varones de mi madre. ¿Queda claro? ¿Lo habéis entendido?

—Sí, mi príncipe —se esforzó por decirle.

Él parecía desesperado por castigarla. De pronto, la detuvo levantándola por la cintura, la arrojó sobre el taburete que acababa de abandonar y la dejó balanceándose del gancho al que se sujetaba como si de ello dependiera su vida. A continuación la lanzó de un empujón encima del taburete, cuyo asiento le apretó el sexo desnudo, mientras las piernas sobresalían indefensas por detrás.

Entonces él le propinó la peor tunda de golpes, fuertes manotadas que hicieron que sus pantorrillas temblaran y le escocieran como antes le habían escocido sus muslos. Pero no importaba cuánto se entretuviera con las piernas, siempre volvía a golpear sus nalgas, castigándolas con toda su fuerza hasta que Bella se sofocaba en sus propios sollozos y tenía la impresión de que aquello se eternizaba.

De repente, se detuvo.

—Soltad el gancho —ordenó él, y luego la cogió, la puso sobre su hombro y la llevó al otro lado de la habitación, donde la arrojó en la cama.

Bella cayó de espaldas sobre la almohada e inmediatamente las nalgas y muslos, irritados e hinchados, notaron una picazón y cierta aspereza. En cuanto giró la cabeza a un lado, Bella vio las joyas que relucían sobre la colcha, y entonces supo cómo la torturarían en cuanto él se pusiera sobre ella.

Pero aún así, lo deseaba con tanta intensidad que cuando vio que se alzaba sobre ella, no sintió el dolor palpitante en su cuerpo sino un torrente de jugos que se deslizaba entre sus piernas y soltó un nuevo gemido mientras se abría a él.

No podía evitar levantar las caderas, mientras rogaba para no desagradarle.

El príncipe se arrodilló sobre ella y sacó su miembro erecto de los pantalones; a continuación, la levantó para ponerla de rodillas y empalarla sobre su miembro.

Ella gritó y la cabeza le cayó hacia atrás. Sentía una gran cosa dura que se movía dentro de su orificio irritado y tembloroso. Pero notó que el órgano se bañaba en sus jugos y, mientras el príncipe la penetraba más adentro y la empujaba sobre él, le pareció un espetón que restregaba contra algún núcleo misterioso en su interior enviando el éxtasis por todo su cuerpo y obligándola a soltar quejidos y gemidos en contra de su voluntad. Las embestidas del príncipe eran cada vez más rápidas; luego, él también gimió, y la sostuvo muy cerca, con el pecho contra sus doloridos senos, los labios sobre la nuca de Bella, su cuerpo relajándose lentamente.

—Bella, Bella —susurró él—. Ciertamente me habéis conquistado, como yo a vos. Nunca volváis a provocar mis celos. ¡No sé qué haría si eso pasara!

—Mi príncipe —gimió ella y lo besó en la boca; cuando vio la angustia en su rostro, lo cubrió de besos—. Soy vuestra esclava, mi príncipe.

Pero él sólo gemía, apretaba la cara contra su cuello, y parecía ausente.

—Os amo —imploró ella. Luego él la tendió sobre la cama y, acercándose a su lado, cogió el vino del estante situado junto a la cama. Durante un buen rato, mientras él contemplaba fijamente el fuego, pareció que estaba ausente.

EL PRÍNCIPE ALEXI

Bella soñó un sueño de hastío. Vagaba por el castillo en el que había vivido toda su vida, sin nada que hacer, y de tanto en tanto se detenía en un ancho asiento situado al pie de una ventana para observar las diminutas figuras de los campesinos en los campos que recogían la hierba recién cortada en almiares. En el cielo no había nubes y le disgustó su aspecto, su uniformidad y vastedad.

La princesa tenía la impresión de que no podía hacer nada que no hubiera hecho ya mil veces antes y luego, de pronto, llegó a sus oídos un sonido que no supo identificar.

Lo siguió, y a través de la puerta vio a una anciana, encorvada y fea, que estaba manejando un extraño artilugio, una gran rueda giratoria con un hilo que se enrollaba en un huso.

—¿Qué es? —preguntó Bella con gran interés.

—Venid a verlo vos misma —dijo la vieja, cuya voz era sumamente llamativa, ya que sonaba joven y fuerte, completamente ajena a su aspecto.

Al parecer, Bella acababa de tocar esta máquina prodigiosa con su rueda zumbante cuando sufrió un profundo desvanecimiento y oyó que todo el mundo se lamentaba a su alrededor.

—¡... dormid, dormid durante cien años!

Bella quiso gritar, «¡Insoportable, insoportable, esto es peor que la muerte!», porque aquello parecía una intensificación del tedio contra el que siempre había luchado desde que tenía uso de razón, el vagar de una habitación a otra...

Pero se despertó. No estaba en casa, sino echada en la cama del príncipe, y sintió debajo de ella la punzada de la colcha enjoyada.

Las sombras saltarinas del fuego iluminaban la estancia. Vio el relumbrar de los postes tallados de la cama, y los coloridos cortinajes que caían en torno a ella. Bella se sintió animada y exaltada por el deseo, y se levantó de tan ansiosa que estaba por despojarse del peso y la textura de su sueño. Entonces se dio cuenta que el príncipe no estaba a su lado, sino allí, junto al fuego, con el codo apoyado en la piedra de la que pendía un blasón con espadas cruzadas. Aún llevaba la capa de brillante terciopelo rojo y las altas y puntiagudas botas de cuero vueltas hacia abajo. Estaba absorto, el rostro endurecido por la contemplación.

La pulsación que latía entre las piernas de Bella se aceleró. Se agitó y soltó un débil suspiro que despertó al príncipe de sus pensamientos. Él se aproximó a ella. No podía ver su expresión en la oscuridad.

—Bien, sólo hay una respuesta —le dijo a Bella—. Deberéis acostumbraros a todas las vistas

del castillo, y yo me habituaré a veros acostum-
brada a ellas.

El príncipe tiró de la cuerda de la campana que
estaba junto a la cama, luego levantó a Bella y la
sentó en el extremo del lecho, de forma que las
piernas le quedaron recogidas debajo del cuerpo.

Entró un paje, tan inocente como el muchacho que había castigado al príncipe Alexi con tanta diligencia. Era un paje extremadamente alto,
como todos, y tenía unos brazos poderosos. Bella
estaba convencida de que los habían escogido por
estas cualidades. No cabía duda de que, si se lo ordenaban, podría sujetarla boca abajo por los tobillos, pero mostraba un rostro sereno, sin el menor
indicio de mezquindad.

—¿Dónde está el príncipe Alexi? —preguntó
el soberano. Parecía enfadado y decidido, y andaba a paso regular de un lado a otro mientras hablaba.

—Oh, esta noche tiene problemas muy serios,
alteza. La reina está muy inquieta por su torpeza,
puesto que debería ser un ejemplo para otros, así
que ha ordenado que lo aten en el jardín, en una
postura sumamente incómoda.

—Sí, bien, haré que esté aún más incómodo.
Pedidle permiso a su majestad y traedlo a mi presencia. Y que venga el escudero Félix con él.

Bella se asombró al oír todo esto. Intentó mantener el rostro tan calmado como el del paje, pero
sentía algo más que alarma. Iba a ver al príncipe
Alexi otra vez y no se imaginaba cómo podría
ocultar sus sentimientos ante su señor. Si al menos
pudiera distraer su atención...

Pero cuando Bella soltó un leve susurro, el príncipe le ordenó de inmediato que permaneciera en silencio, que se quedara sentada donde estaba y que bajara la vista.

El cabello caía a su alrededor, le hacía cosquillas en los brazos y los muslos, y fue consciente, casi con placer, de que no podía hacer nada para escapar de ello.

El escudero Félix apareció casi de inmediato. Tal como ella sospechaba, se trataba del paje que anteriormente había azotado al príncipe Alexi con tanto vigor. Llevaba consigo la pala de oro, que colgó a un lado del cinturón cuando hizo una reverencia ante el príncipe.

«Todos los que sirven aquí son escogidos por sus atributos», pensó Bella mientras le observaba, ya que él también era rubio y su cabello ofrecía un marco excelente para su joven rostro, aunque en cierta forma era más ordinario que el de los príncipes cautivos.

—¿Y el príncipe Alexi? —preguntó el príncipe. Mostraba un color subido, sus ojos brillaban casi con malicia, y Bella se asustó aún más.

—Lo estamos preparando, alteza —respondió el escudero Félix.

—¿Y por qué os demoráis tanto? ¿Cuánto tiempo ha servido Alexi en esta casa para mostrar tanta falta de respeto?

En aquel instante trajeron al príncipe Alexi.

Bella intentó disimular su turbación. Alexi estaba desnudo, como antes, por supuesto; Bella no esperaba menos, y a la luz del fuego advirtió su rostro sonrojado, y su cabello caoba que caía suelto sobre los ojos, que mantenía bajos como si no se atreviera a alzarlos ante el príncipe heredero. Ambos tenían más o menos la misma edad, ciertamente, y parecida altura, pero ahí estaba el príncipe Alexi, más moreno, indefenso y humilde, ante el heredero, que se movía a zancadas de uno a otro lado, con la expresión fría y despiadada, ligeramente perturbada. El príncipe Alexi mantenía las manos detrás del cuello, y su órgano rígido.

—¡Así que no estabais listo para mí! —exclamó su alteza. Se acercó un poco más al príncipe Alexi, inspeccionándolo. Miró el órgano tieso y, luego, con la mano, le dio un brusco manotazo, que hizo retroceder a su vasallo en contra de su voluntad.

»Quizá necesitéis un poco de instrucción para estar... siempre... preparado —susurró. Las palabras salieron lentamente, con una cortesía deliberada.

El heredero levantó la barbilla del príncipe Alexi y le miró a los ojos. Bella los observaba a ambos sin el menor atisbo de timidez.

—Aceptad mis disculpas, alteza —dijo el vasallo. Su voz sonó con un timbre bajo, calmado, sin mostrar rebelión ni vergüenza.

Los labios del heredero esbozaron lentamente una sonrisa. Los ojos del vasallo eran más grandes y poseían la misma serenidad que su voz. A Bella le pareció que incluso podrían disipar la furia de su señor, pero esto era imposible.

El príncipe pasó la mano por el órgano de su esclavo y le dio una palmetada juguetona, y luego otra.

El sumiso vasallo bajó de nuevo la vista pero conservó la gracia y la dignidad de las que Bella había sido testigo anteriormente.

«Así es como debo comportarme —pensó ella—. Debo tener estas maneras, esta fuerza, para aguantarlo todo con la misma dignidad.»

La princesa estaba maravillada. El príncipe cautivo se veía obligado a mostrar su deseo, su fascinación, a todas horas, mientras que ella podía ocultar su anhelo entre sus piernas; no pudo evitar dar un respingo al ver que su señor pellizcaba los pequeños pezones endurecidos del príncipe Alexi, y luego levantaba otra vez el mentón del joven cautivo para inspeccionar su rostro.

Detrás de ellos, el escudero Félix observaba la situación con indisimulado placer. Se había cruzado de brazos, permanecía de pie, con las piernas separadas, y los ojos se le movían, ávidos de deseo por el cuerpo del príncipe Alexi.

—¿Cuánto tiempo lleváis al servicio de mi madre? —requirió el príncipe.

—Dos años, alteza —dijo el humilde príncipe con tono pausado. Bella estaba verdaderamente asombrada. ¡Dos años! A ella le pareció que toda su vida anterior no había sido tan larga; pero aún se mostró más cautivada por el timbre de su voz que por las palabras que pronunció. Aquella voz hizo que él pareciera todavía más palpable y visible.

Su cuerpo era un poco más grueso que el de su señor, el príncipe heredero, y el vello marrón oscuro de su entrepierna era hermoso. Bella veía el escroto, apenas entre sombras.

—¿Fuisteis enviado aquí por vuestro padre para prestar vasallaje?

—Como exigió vuestra madre, alteza.

—¿Y para servir cuántos años?

—Tantos como le plazca a vuestra alteza, y a mi señora, la reina.

—¿Cuántos años tenéis? ¿Diecinueve? ¿Y sois un modelo entre los demás tributos?

El príncipe Alexi se sonrojó.

Con un fuerte golpe en la espalda. El príncipe le obligó a darse la vuelta propinándole un empujón para situarlo frente a Bella, y a continuación lo encaminó hacia la cama.

Bella se irguió, notó el rubor y el calor en su rostro.

—¿Acaso sois el favorito de mi madre? —requirió el príncipe.

—Esta noche no, alteza —repuso el vasallo sin el menor atisbo de sonrisa.

El príncipe heredero recibió estas palabras con una risa apacible y dijo:

—No, hoy no os habéis comportado muy bien, ¿cierto?

—Únicamente puedo suplicar perdón, alteza —respondió.

—Haréis más que eso —le dijo el soberano al oído mientras lo empujaba más cerca de Bella—. Sufriréis por ello. Y daréis a mi Bella una lección de buena voluntad y de perfecta sumisión.

En ese momento el príncipe había vuelto la mirada hacia Bella. La escrutaba despiadadamente. Ella bajó la vista, aterrorizada ante la posibilidad de contrariarlo.

—Mirad al príncipe Alexi —le ordenó, y cuando Bella alzó los ojos, vio al hermoso cautivo a tan sólo unos centímetros de distancia. Su pelo desgreñado le velaba parcialmente la cara, y la piel le pareció deliciosamente suave. Bella temblaba.

Tal como temía que sucedería, el príncipe levantó otra vez el mentón del esclavo, y cuando éste la miró con sus grandes ojos marrones, le sonrió por un instante, de forma muy lenta y serena, sin que el príncipe heredero se diera cuenta. Bella se sació de él con la vista, pues no tenía otra elección, y abrigaba la esperanza de que el príncipe advirtiera únicamente su apuro.

—Besad a mi nueva esclava y dadle la bienvenida a esta casa. Besadle los labios y los pechos —ordenó el soberano, y le retiró las manos de la nuca para que las posara silenciosa y obedientemente a los costados.

Bella jadeó. El príncipe Alexi volvió a sonreírle fugazmente mientras su sombra caía sobre ella, que sintió cómo sus labios se aproximaban a su boca y el impacto del beso que le recorría todo el cuerpo. La princesa notó cómo aquel padecimiento localizado entre sus piernas formaba un fuerte nudo y, cuando los labios del príncipe cautivo tocaron su pecho izquierdo, y el derecho también, se mordió el labio inferior con tanta fuerza que podría haber sangrado. El cabello del príncipe Alexi le rozó la mejilla y los pechos mientras él acataba la orden. Luego retrocedió, mostrando aquella ecuanimidad seductora.

Bella no pudo evitar llevarse las manos a la cara. Pero el príncipe se las retiró de inmediato.

—Miradlo bien, Bella. Estudiad este ejemplo del esclavo obediente. Acostumbraos de tal modo que no lo veáis a él, sino más bien al ejemplo que representa para vos —dijo su amo y señor. Y bruscamente volteó al príncipe Alexi para que Bella pudiera observar las marcas rojas en sus nalgas.

Era evidente que había recibido un castigo mucho peor que el de Bella: estaba magullado y sus muslos y pantorrillas cubiertos de ronchas blancas y rosadas. El príncipe observaba todo esto casi con indiferencia.

—No volváis a apartar la mirada —ordenó el príncipe—, ¿me habéis entendido, Bella?

—Sí, mi príncipe —respondió Bella al instante, demasiado ansiosa por demostrar su obediencia. En su dolorosa angustia, le invadió un extraño sentimiento de resignación. Debía mirar el joven cuerpo de exquisita musculatura; tenía que observar sus nalgas tensas y hermosamente moldeadas, pero era incapaz de ocultar su fascinación, de fingir tan sólo sumisión.

El príncipe había dejado de observarla. Asía las dos muñecas del esclavo en su mano izquierda y había tomado del escudero Félix, no la pala de oro, sino un largo bastón plano enfundado en cuero y de aspecto pesado con el que rápidamente propinó a Alexi varios golpes sonoros en las pantorrillas.

Arrastró al cautivo hasta el centro de la estancia. Puso el pie en el travesaño del taburete y empujó al vasallo sobre la rodilla al igual que había hecho antes con Bella. El príncipe Alexi estaba de espaldas a la princesa, de manera que ésta no sólo veía su trasero sino también su escroto entre las piernas. El bastón plano de cuero golpeaba de lleno las marcas rojas que surcaban la piel de Alexi en todas direcciones. El príncipe cautivo no oponía resistencia. Apenas profirió un sonido. Tenía los pies plantados en el suelo y en su actitud no mostraba ninguna tentativa de escapar al alcance del bastón, como seguramente hubiera hecho Bella.

Pero la princesa, mientras observaba, asombrada e intrigada por su control y aguante, percibió las señales de tensión en él. Se movía de forma sumamente leve, las nalgas se elevaban y descendían, las piernas temblaban; luego oyó un minúsculo gemido, un sonido susurrado que reprimía con los labios cerrados. El príncipe se enzarzó a golpes con él. La piel adquiría un rojo cada vez más oscuro con cada enérgico azote del bastón y, luego, cuando parecía que su deseo había alcanzado el punto máximo, ordenó al cautivo que se colocara ante él apoyado sobre sus manos y rodillas, a cuatro patas.

Entonces Bella vio el rostro surcado de lágrimas, aunque el príncipe Alexi no había perdido la compostura. Éste se arrodilló ante su soberano y esperó.

Su alteza levantó la bota puntiaguda y la empujó por debajo de su vasallo, alcanzándole el extremo del pene.

Luego cogió al joven cautivo por el pelo y le levantó la cabeza.

—Desabrochadlos —dijo tranquilamente, señalando sus pantalones.

Inmediatamente, el príncipe Alexi se movió

para acercar sus labios a la bragueta de su señor. Con una habilidad que asombró a Bella, soltó los broches que escondían el sexo abultado del príncipe y lo dejó al descubierto. El órgano se había alargado y endurecido y el esclavo lo besó con ternura. Pero seguía padeciendo enormemente y cuando su alteza insertó su real miembro en su boca, el príncipe Alexi no estaba preparado para ello. Cayó ligeramente hacia atrás sobre sus rodillas y tuvo que estirarse para alcanzar al príncipe heredero, con sumo cuidado, y evitar caer. Inmediatamente después lamió el órgano de su señor, con grandes movimientos hacia atrás y hacia delante que maravillaron a Bella; lo hizo con los ojos cerrados, mientras sus manos permanecían a ambos lados, atentas a la orden del príncipe quien no tardó muchó en mandarle parar.

Era evidente que no quería llevar su pasión hasta el apogeo tan rápidamente. No sería tan sencillo.

—Id hasta el cofre del rincón —ordenó su alteza— y traedme la argolla que hay dentro.

El príncipe Alexi se dispuso a obedecer moviéndose a cuatro patas, pero era obvio que su señor no estaba satisfecho, así que chasqueó los dedos y al instante el escudero Félix condujo al cautivo con su pala. Lo guió hasta el arcón y continuó atormentándolo a golpes mientras Alexi lo abría, extraía, con los dientes una gran argolla de cuero y se la llevaba a su amo.

Sólo entonces el príncipe envió al escudero Félix de vuelta al rincón. El cautivo se mostraba tembloroso y sin aliento.

—Colocadla —dijo el príncipe.

Alexi sostenía la argolla por una pequeña pieza dorada y, sujetándola de este modo con los dientes, la deslizó por el pene del príncipe, aunque sin soltar la pieza.

—Servidme, seguidme adonde yo vaya —ordenó el príncipe, que en aquel instante empezó a andar lentamente por la habitación, con las manos en las caderas, mientras miraba a su esclavo que hacía un terrible esfuerzo para seguirlo de rodillas, con los dientes en la anilla de cuero.

Parecía que el vasallo besara a su señor o que estuviera trabado a él. Retrocedía en cuclillas, con las manos estiradas. Evitaba tocar al príncipe para que su acción no fuera considerada una irreverencia.

Su dueño y señor andaba a grandes zancadas sin tener en cuenta las dificultades de su esclavo. Se aproximó a la cama, luego se dio la vuelta y caminó de regreso hasta la chimenea, con su vasallo esforzándose ante él.

De pronto, giró bruscamente a la izquierda para quedarse de frente a Bella y el príncipe Alexi tuvo que agarrarse a él para mantener el equilibrio. Sólo se sujetó durante un instante, pero al hacerlo apretó la frente contra el muslo de su señor y éste le rozó el cabello distraídamente. Pareció casi un gesto cariñoso.

—¿Así que os desagrada esta postura ignominiosa, no es cierto? —le susurró. Pero antes de que el príncipe Alexi pudiera contestar, su alteza le asestó un fuerte golpe en la cara que lo envió hacia atrás y lo apartó de él. Luego lo empujó para que se quedara a cuatro patas.

—Recorre la habitación de un lado a otro —dijo, al tiempo que chasqueaba los dedos dándole una orden al escudero Félix.

Como siempre, el criado se mostró encantado de obedecer. Empujó al príncipe Alexi por el suelo hasta la pared más alejada y le hizo volver hasta la puerta. ¡Bella le detestaba!

—¡Más rápido! —dijo el príncipe en tono tajante.

El esclavo se movía lo más rápido que podía. Bella no soportaba oír el tono furioso de su amo y se llevó la manos a los labios para taparse la boca. Pero el príncipe quería más rapidez. La pala arremetía una y otra vez sobre las nalgas de Alexi y la orden llegó repetidamente hasta que el cautivo se retorcía para obedecer las órdenes. Bella percibía su terrible padecimiento, y vio cómo perdía toda su gracia y dignidad. Entonces entendió el sarcasmo del príncipe. La serenidad y la gracia del príncipe cautivo habían sido, obviamente, su consuelo.

Pero ¿realmente las había perdido? ¿O simplemente las entregaba también al príncipe con toda tranquilidad? Ella era incapaz de distinguirlo. Se estremecía con los golpes de la pala y cada vez que el príncipe Alexi se daba la vuelta para cruzar la estancia, Bella observaba perfectamente sus nalgas atormentadas.

Sin embargo, el escudero Félix se detuvo súbitamente.

—Le he hecho sangre, alteza.

El príncipe Alexi estaba de rodillas con la cabeza agachada, jadeando.

Su alteza lo miró y luego hizo un gesto de asentimiento.

Chasqueó los dedos para que el cautivo se levantara y una vez más le alzó la barbilla y le miró a la cara surcada de lágrimas.

—Por esta noche habéis logrado que suspenda el castigo en virtud de esa piel tan delicada —dijo.

Le dio la vuelta para ponerlo frente a Bella. El príncipe Alexi mantenía las manos en la nuca y su rostro, enrojecido y húmedo, le pareció a ella de una hermosura indescriptible. Rebosaba de una emoción indecible. Cuando se lo aproximaron de un empujón, incluso oía los fuertes latidos de su corazón.

«Si vuelve a besarme, me moriré —pensó Bella—. Nunca conseguiré disimular mis sentimientos ante el príncipe.»

«Y si la regla consiste en que me pueden azotar hasta que salga sangre...» No tenía una idea real de lo que esto podía significar, aparte de un dolor mucho mayor del que ya había sufrido. Pero incluso eso sería preferible a que su alteza descubriera lo fascinada que se sentía por el príncipe Alexi. «¿Por qué lo hace?», se preguntó con desesperación.

Pero el príncipe empujó al cautivo hacia delante.

—Pon tu cara en su regazo —dijo— y rodéala con tus brazos.

Bella se quedó boquiabierta y se incorporó, mientras el príncipe Alexi se apresuraba a obedecer. La princesa observó con la mirada baja el pelo caoba que cubría su propio sexo mientras sus brazos la rodeaban y sentía los labios de él contra sus muslos. Su cuerpo estaba caliente y palpitante; podía oír los latidos de su corazón y, sin pretenderlo, alargó las manos para cogerle por la cadera.

El príncipe separó de una patada las piernas del príncipe Alexi y, cogiendo bruscamente con la mano izquierda la cabeza de Bella para poder besarla, introdujo su órgano en el ano de su esclavo.

El príncipe Alexi gimió por la brutalidad y rapidez de las embestidas. Bella sentía la presión mientras el príncipe cautivo era impelido hacia ella cada vez más deprisa. Su alteza la había soltado y ella lloraba, pero seguía pegada al príncipe Alexi. Luego su señor dio la embestida final con un gemido, las manos pegadas a la espalda del cautivo, y permaneció quieto dejando que el placer le recorriera todo el cuerpo.

Bella intentaba mantenerse inmóvil.

El príncipe Alexi la soltó, pero no sin esbozar una pequeña sonrisa secreta entre sus piernas, justo en lo alto de su vello púbico y, en el momento en que lo apartaban de ella, sus ojos oscuros se estrecharon de nuevo para dedicarle una sonrisa.

—Montadlo en el pasaje —dijo el príncipe al escudero—. Comprobad que nadie le satisfaga. Mantened su tormento, y recordadle cada cuarto de hora su deber con su príncipe, pero no lo satisfagáis.

Se llevaron al príncipe Alexi de la estancia.

Bella permaneció sentada contemplando la puerta abierta. Pero el espectáculo no había terminado. El príncipe se estiró, la cogió por el cabello y le dijo que le siguiera.

—Poneos sobre vuestras manos y rodillas, querida mía. Ésa será siempre la forma en que os moveréis por el castillo —dijo—, a no ser que se os ordene lo contrario.

Bella se puso en movimiento a toda prisa y lo siguió afuera, hasta el borde de la escalera.

A mitad del descenso había un ancho rellano desde el cual se podía ver directamente el gran salón, y en el descansillo una estatua de piedra aterrorizó a Bella. Era alguna clase de dios pagano con un falo erecto.

En aquel instante estaban clavando al príncipe Alexi en este falo, con las piernas separadas sobre el pedestal de la estatua. Tenía la cabeza echada hacia atrás, sobre el hombro de la estatua. Soltó otro gemido cuando el falo lo empaló, y luego se quedó quieto mientras el escudero Félix le ligaba las manos a la espalda.

La estatua tenía el brazo derecho levantado, y los dedos de piedra de la mano formaban un círculo como si en otro tiempo hubieran sujetado un cuchillo o algún otro instrumento. El escudero colocaba en ese instante la cabeza del príncipe Alexi sobre el hombro de la estatua, justo debajo de la mano de piedra, y a través de ésta colocó un falo de cuero que dobló para que se ajustara perfectamente dentro de la boca del príncipe Alexi.

De este modo, amarrado a la estatua, parecía que ésta lo violaba por el ano y por la boca. Además, su propio órgano, tan tieso como antes, permanecía extendido y duro mientras el falo de la estatua seguía en su interior.

—Quizás ahora os acostumbraréis un poco

más a vuestro príncipe Alexi —dijo el príncipe con absoluta tranquilidad.

«Pero es demasiado terrible —pensó Bella— que tenga que pasar la noche de un modo tan miserable.» La espalda del príncipe Alexi estaba dolorosamente arqueada, y sus piernas obligadas a permanecer muy separadas. La luz de la luna que entraba por la ventana situada a su espalda trazaba una larga línea que descendía por su garganta, por su pecho lampiño y su vientre plano.

El príncipe tiró dulcemente del cabello de Bella, sosteniéndolo en su mano derecha y, tras conducirla de vuelta a la cama, la tumbó sobre el lecho y le dijo que se durmiera, cosa que él mismo no tardó en hacer a su lado.

EL PRÍNCIPE ALEXI Y FÉLIX

Casi había amanecido. El príncipe estaba tumbado, profundamente dormido, y Bella, que estuvo esperando a que sus respiraciones delataran su sueño, se deslizó fuera de la cama. A cuatro patas, esta vez por cautela, no por obediencia, alcanzó el pasillo. La princesa había permanecido mucho rato echada en la cama mirando a la puerta y sabía que ésta en ningún momento se había cerrado por completo, y que podría intentar escaparse en silencio si reunía el suficiente valor para hacerlo.

Bella gateó por el corredor hasta llegar a lo alto de los escalones.

La luz de la luna caía de lleno sobre el príncipe Alexi, lo que le permitió ver que su órgano continuaba erecto, y que el escudero Félix hablaba con él tranquilamente. No podía oír lo que decía pero Bella se enfureció al ver al criado despierto puesto que esperaba que estuviera también dormido.

Desde su escondrijo, la princesa vio que el escudero se situaba delante del príncipe Alexi y volvía a atormentarle el órgano sexual propinándole una descarga de palmetazos que resonaron en la escalera vacía. El príncipe cautivo soltó un gemido y Bella alcanzó a ver su agitada respiración.

El criado caminaba inquieto de un lado a otro. Luego miró al príncipe y volvió la cabeza de izquierda a derecha como si tratara de descubrir a alguien. Bella, aterrada sólo de pensar en la posibilidad de ser descubierta contuvo la respiración.

El escudero se acercó al príncipe Alexi y, rodeándole la cadera con los brazos, introdujo el miembro erecto en su boca y empezó a chuparlo.

Bella estaba fuera de sí, llena de frustración y rabia. Esto era precisamente lo que ella pretendía hacer. Había desafiado todos los peligros para hacerlo, y en aquel instante sólo podía observar cómo el escudero Félix mortificaba al pobre príncipe. Sin embargo, pudo apreciar que el criado no sólo se limitaba a atormentar al príncipe Alexi, sino que daba la impresión de que se entregaba por completo. Devoraba con verdadero entusiasmo el miembro de Alexi y seguía un ritmo regular. Bella comprendió que el príncipe no gemía de dolor sino que lo hacía porque en aquel instante no podía reprimir su pasión desenfrenada.

El cuerpo tenso y cruelmente atado del príncipe se estremeció, soltó un quejido prolongado seguido de otro, y después permaneció inmóvil mientras el escudero se apartaba y retornaba a las sombras.

Parecía que ambos volvían a hablar. Bella, todavía atónita, apoyó la cabeza contra la balaustrada de piedra.

Al cabo de un rato, el escudero intentó despertar al príncipe Alexi y le volvió a torturar su miembro, pero éste no parecía muy dispuesto, y entonces el criado se temió que lo descubrirían y adoptó una actitud amenazadora. El príncipe Alexi no se había despertado sino que seguía profundamente dormido, atado con aquellas dolorosas ligaduras, de lo que Bella se alegró enormemente.

La princesa se dio la vuelta e inició silenciosamente el camino de vuelta al dormitorio, pero de pronto reparó en que había alguien cerca de ella.

Se asustó tanto que casi gritó, pero habría sido un error que con toda seguridad hubiera acabado con ella, así que se tapó la boca, levantó la vista y vio en las sombras distantes la figura de lord Gregory que la observaba. Era el noble de pelo gris que tanto se había empeñado en disciplinarla, el mismo que la había llamado malcriada.

Él ni se movió. Permaneció quieto, observándola.

Bella, cuando dejó de temblar, se apresuró cuanto pudo para volver a la cama y se deslizó bajo la colcha al lado del príncipe, que continuaba durmiendo profundamente.

La princesa, tumbada en la oscuridad, esperaba que lord Gregory apareciera, pero no lo hizo, y Bella dedujo que al noble señor ni se le pasaría por la imaginación despertar al príncipe, así que al cabo de un rato estaba medio adormecida.

En ese estado de semiconsciencia se imaginó al príncipe Alexi de mil formas diferentes, la rojez de su carne irritada después de la paliza con la pala, sus hermosos ojos marrones y su cuerpo fuerte, compacto. Recordaba su pelo satinado contra ella, el beso secreto que sintió en sus muslos y, después de la terrible humillación que él había padecido, Bella revivió aquella sonrisa, tan serena y cariñosa, que el príncipe le había dedicado.

El tormento que la princesa sentía entre sus piernas no era mayor que antes, pero no se atrevía a autocomplacerse por miedo a ser descubierta; era demasiado indecoroso pensar en cosas de ese tipo, y estaba segura que el príncipe nunca lo permitiría.

LA SALA DE LOS ESCLAVOS

Era media tarde cuando Bella se despertó. El príncipe y lord Gregory estaban enzarzados en una discusión, y Bella, aterrorizada, se quedó inmóvil. Sin embargo, no tardó en percibir que lord Gregory, obviamente, no le había contado al príncipe lo que había visto. Con toda seguridad, su castigo hubiera sido terrible. Más bien se trataba de que lord Gregory era partidario de llevar a Bella a la sala de esclavos, para que la prepararan debidamente.

—Alteza, estáis enamorado de ella —dijo lord Gregory—, pero sin duda recordaréis vuestra propia censura respecto a otros príncipes, especialmente con vuestro primo, lord Stefan, debido a su excesivo amor por su esclavo.

—No es un amor excesivo —respondió el príncipe con aspereza, pero luego se detuvo, como si lord Gregory hubiera dado en el clavo, y añadió—: Quizá deberíais llevarla a la sala de esclavos, aunque sólo por un día.

En cuanto lord Gregory sacó a Bella de la habitación, soltó la pala que llevaba sujeta al cinturón y empezó a propinarle crueles azotes mientras ella, a cuatro patas, gateaba a toda prisa por delante de él.

—Mantened la cabeza y los ojos bajos —dijo él con frialdad—, y levantad las rodillas con gracia. La espalda debe ser en todo momento una línea recta, y no miréis a los lados, ¿queda claro?

—Sí, milord —respondió Bella tímidamente. Podía ver una gran extensión de piedra ante sí y, aunque los azotes de la pala no eran muy fuertes, la ofendían enormemente; puesto que no venían del príncipe. En aquel preciso instante, Bella se percató de que se encontraba a merced de lord Gregory. Quizá se había imaginado que él no la golpearía, que no se lo permitirían, pero obviamente no era éste el caso, y entonces supo que él podría contarle al príncipe que ella había sido desobediente aunque no fuera cierto, y que si así fuera ella no tendría ocasión de defenderse.

—Moveos más rápido —le dijo—. Adoptaréis siempre un paso rápido que demuestre afán por complacer a vuestros señores y damas —añadió, y una vez más la alcanzó uno de aquellos rápidos y precisos azotes degradantes, que de pronto, parecían mucho peores que las palizas más fuertes.

Habían llegado hasta una puerta estrecha y Bella distinguió que ante ella se extendía una rampa larga y curva. Aquello era ingenioso ya que ella no podría haber bajado la escalera a cuatro patas pero, en cambio, por allí podía continuar en la misma postura, y así lo hizo, con las puntiagudas botas de cuero justo a su costado.

Lord Gregory utilizó de nuevo varias veces la pala, así que cuando llegaron a la puerta de entrada a una vasta estancia del piso inferior las nalgas de Bella ardían ligeramente.

Sin embargo, lo que llamó la atención de la princesa fue que allí había gente.

No vio a nadie en el corredor de arriba, y sintió que la timidez la torturaba cuando cayó en la cuenta de que en esta sala había mucha gente que se movía y hablaba.

En aquel instante le dijeron que se sentara sobre los talones, con las manos enlazadas detrás del cuello.

—Ésta será siempre vuestra posición cuando os digan que descanséis —dijo lord Gregory— y debéis mantener la vista baja.

Bella obedeció, pero alcanzó a ver la estancia: a lo largo de tres paredes había unas repisas excavadas en el muro, en las cuales, sobre unos camastros, dormían numerosísimos esclavos, varones y mujeres.

No llegó a ver al príncipe Alexi, pero sí vio a una hermosa muchacha de pelo negro y traserito rollizo que parecía estar profundamente dormida, a un joven rubio que al parecer estaba atado por la espalda, aunque no podía distinguirlo con claridad, y a otros, todos ellos en un estado soñoliento, o más bien adormecido.

Ante ella se sucedía una hilera de muchas mesas y entre éstas había cuencos con agua humeante de los que surgía una deliciosa fragancia.

—Aquí es donde siempre os lavarán y acicalarán —informó lord Gregory con la misma voz seria— y cuando el príncipe haya dormido lo suficiente con vos, tanto como si fuerais su amor, éste será además el lugar donde dormiréis, a no ser que su alteza dé órdenes específicas respecto a vos. Vuestro criado se llama León. Él se ocupará de todos los detalles referentes a vuestra persona, y vos le mostraréis el mismo respeto y obediencia que a todos los demás.

Bella vio ante él la figura delgada de un hombre joven, justo al lado de lord Gregory. Cuando se acercó un poco más, lord Gregory chasqueó los dedos y le dijo a Bella que mostrara su respeto.

La princesa le besó las botas al instante.

—Debéis respeto hasta a la última fregona —dijo lord Gregory— y si alguna vez detecto la más mínima altanería en vos, os castigaré con toda severidad. No estoy tan... digamos, impresionado con vos como el príncipe.

—Sí, milord —respondió Bella con sumo respeto, aunque estaba furiosa puesto que creía que no había dado muestras de altanería.

Pero la voz de León la calmó de inmediato:

—Venid, querida —le dijo, y se acompañó de una palmadita contra el muslo para que ella lo siguiera. Al parecer, lord Gregory desapareció en cuanto León condujo a Bella al interior de un nicho revestido de ladrillo donde humeaba una gran bañera de madera. La fragancia a hierbas era intensa.

León le indicó que se incorporara, le cogió las manos, se las colocó detrás de la cabeza y le dijo que se arrodillara dentro de la bañera.

Bella se introdujo en la pila y sintió la deliciosa agua caliente que le llegaba casi hasta el pubis. León recogió su cabello en un rodete en la nuca y lo sujetó con varias horquillas. En aquel instante podía verle con claridad. Era de mayor edad que los pajes, pero igual de bello; tenía unos ojos almendrados que conmovían por su bondad. Le dijo a Bella que mantuviera las manos detrás del cuello mientras él procedía a hacerle un lavado general del que iba a disfrutar.

—¿Estáis muy cansada? —le preguntó.

—No tanto, mi...

—Mi señor servirá —dijo con una sonrisa—. Incluso el más humilde mozo de establo es vuestro señor, Bella —explicó— y debéis contestar siempre respetuosamente.

—Sí, mi señor —susurró.

Él ya había empezado a bañarla, y el agua caliente que se escurría hacia abajo le sentaba sumamente bien. Le enjabonó el cuello y los brazos.

—¿Acabáis de despertaros?

—Sí, mi señor —dijo.

—Ya veo, pero seguro que estáis cansada del largo viaje. Los primeros días los esclavos siempre están sobreexcitados. No sienten su agotamiento. Luego, cuando se les pasa, duermen muchas horas. Pronto lo experimentaréis y notaréis también las agujetas en los brazos y las piernas. No me refiero a los castigos, sólo a la fatiga. Cuando esto suceda, os masajearé para calmaros el dolor.

Su voz era tan dulce que Bella simpatizó con él de inmediato. Llevaba las mangas subidas hasta los codos y un vello dorado le cubría los brazos; los dedos trabajaban con precisión mientras le lavaba las orejas y la cara, procurando que el jabón no le entrara en los ojos.

—Os habrán castigado con mucha severidad, ¿no es cierto?

Bella se sonrojó.

Él se rió tranquilamente.

—Muy bien, querida mía, estáis aprendiendo. Nunca respondáis a una pregunta así; podría interpretarse como una queja. Cuando os pregunten si os han castigado demasiado, si habéis sufrido mucho, u otra cosa por el estilo, lo más inteligente que podéis hacer es sonrojaros.

Mientras seguía hablando casi con cariño, empezó a lavarle los pechos, y Bella se ruborizó aún más. Notó que se endurecían sus pezones y, pese a que ella no veía nada más que el agua jabonosa que tenía delante, estaba segura de que él se daba cuenta, mientras sus manos se ralentizaban poco a poco para luego hacer una suave presión en la parte interior del muslo:

—Separad las piernas, queridísima —dijo él.

Bella obedeció y separó más las piernas, y luego aún más al ser empujada por León. Él se había quedado quieto y se secaba la mano en la toalla que llevaba en la cintura. Entonces procedió a tocarle el sexo, lo que provocó que Bella se estremeciera.

Tenía el sexo húmedo e hinchado de deseo y, para su horror, aquella mano le tocó una pequeña y dura protuberancia en la que se acumulaba buena parte de su anhelo. Bella retrocedió involuntariamente.

—Ah —él retiró los dedos y, dándose la vuelta, llamó a lord Gregory.

—Aquí tenemos una flor sumamente preciosa —dijo—. ¿Habéis observado?

Bella se puso como la grana. Los ojos se le inundaron de lágrimas, y necesitó todo su control para no bajar las manos y cubrirse el sexo mientras sentía que León le separaba aún más las piernas y le tocaba con delicadeza aquella protuberancia.

Lord Gregory soltó una risita.

—Sí, es un princesa verdaderamente destacable —dijo—. Debería haberla observado más minuciosamente.

Bella emitió un apagado sollozo de vergüenza pero el violento deseo que experimentaba entre sus piernas no cesaba.

Cuando lord Gregory le habló, Bella sintió que el rostro le quemaba:

—Los primeros días, la mayoría de nuestras princesitas están demasiado asustadas para demostrar tal voluntariedad por servir, Bella —dijo con el mismo tono frío—. Suele ser necesario despertarlas y educarlas, pero ya veo que vos sois muy apasionada y estáis sumamente encantada con vuestros nuevos señores y con todo lo que os quieren enseñar.

Bella se esforzó por contener las lágrimas. Ciertamente esto era más humillante que cualquier otra cosa que le hubiera sucedido antes.

Lord Gregory la cogió por la barbilla del mismo modo en que el príncipe levantó el mentón del príncipe Alexi, para forzarla a mirarle a la cara.

—Bella, poseéis una gran virtud. No es motivo de vergüenza, sólo significa que deberéis aprender otra forma más de disciplina. Estáis convenientemente despierta a los deseos de vuestro amo, pero debéis aprender a controlar ese deseo igual que veis que los esclavos varones lo controlan.

—Sí, milord —susurró Bella.

León se retiró y volvió al cabo de un momento con una pequeña bandeja blanca en la que había varios pequeños objetos que Bella no podía ver.

A continuación, lord Gregory le separó las piernas y aplicó a aquella pequeña pepita dura de carne atormentada una especie de emplasto que la cubría y que quedó adherido a ella. Lo modeló hábilmente con los dedos como si no quisiera que Bella disfrutara de esto.

Después de superar el horror inicial, Bella sintió un gran alivio. De haber alcanzado el placer final, se hubiera estremecido y ruborizado con la liberación total de ese tormento, y esto le hubiera supuesto sufrir la mayor de las vejaciones.

Sin embargo, el pequeño emplasto le produjo un tormento añadido. ¿Qué podría significar?

Lord Gregory pareció leer sus pensamientos.

—Esto evitará que os resulte demasiado fácil satisfacer vuestro indisciplinado y recién descubierto deseo, Bella. No lo aliviará, sino que simplemente evitará, digamos, el alivio accidental, hasta que adquiráis el debido control de vuestro cuerpo. No había previsto comenzar esta instrucción detallada tan pronto, pero ahora me veo en la obligación de deciros que nunca se os permitirá experimentar el pleno placer, salvo por capricho de vuestro amo o ama. Nunca, jamás, debéis tocaros vuestras partes íntimas con vuestras manos, ni tampoco debéis intentar aliviar vuestro obvio padecimiento de otro modo.

«Unas palabras muy bien escogidas —pensó Bella—, pese a toda su indiferencia para conmigo».

Lord Gregory desapareció de inmediato y León continuó bañándola.

—No os asustéis ni sintáis vergüenza —le dijo—. No os dais cuenta de que es una gran ventaja. Hubiera sido muy difícil que os enseñaran a sentir tal placer, y mucho más humillante. Vuestra pasión innata os dota de una frescura que de otro modo no puede conseguirse.

Bella lloró en silencio. El pequeño emplasto aplicado entre sus piernas la hacía mucho más consciente de sus sensaciones carnales. No obstante, las manos y la voz de León la sosegaron.

El criado le dijo finalmente que se tumbara en el baño para que él pudiera lavarle su hermoso y largo cabello, y ella experimentó una sensación muy agradable cuando el agua caliente le recorrió el cuerpo.

Una vez aclarada y seca, Bella se tumbó en una de las camas próximas, boca abajo, para que León pudiera aplicarle un aceite aromático en la piel.

A ella le pareció una delicia.

—Y bien, con toda seguridad —dijo León mientras le masajeaba los hombros— querréis hacer algunas preguntas. Preguntad, si así os place. No es bueno para vos que os confundáis innecesariamente, ya hay bastante que temer sin necesidad de sufrir temores imaginarios.

—¿Entonces, puedo... hablaros? —preguntó Bella.

—Sí —dijo—. Soy vuestro criado. En cierto modo, os pertenezco. Cada esclavo, no importa su categoría, ni el agrado que provoca o no, tiene un criado, que se debe a ese esclavo, a sus necesidades y deseos, así como debe preparar al esclavo para el maestro. Pero bien, por supuesto, habrá veces en las que tendré que castigaros, no porque me plazca, pese a que no puedo imaginarme castigar a una esclava más bella que vos, sino por cumplir las órdenes de vuestro amo. Puede ordenar que se os castigue por desobediencia, o simplemene que se os prepare para él con algunos golpes. Yo sólo lo haré porque es mi obligación...

—Pero ¿eso... eso os produce placer? —preguntó Bella con timidez.

—Es difícil resistirse a una belleza como la vuestra —contestó mientras hacía penetrar el aceite en la parte posterior de los brazos y en las fisuras de los codos—. Y preferiría mucho más serviros y cuidaros.

Volvió a aplicarle aceite y de nuevo frotó enérgicamente su cabello con la toalla, ajustando a continuación la almohada que tenía bajo la cara.

Le resultaba tan agradable estar allí tumbada, con aquellas manos trabajando sobre ella.

—Pero, como decía antes, podéis preguntarme cuando os dé permiso. Recordad, sólo cuando os lo autorice, y acabo de hacerlo.

—No sé qué preguntar —susurró—. Hay tantas cosas que quisiera saber...

—Bueno, seguro que ahora ya debéis saber que aquí todos los castigos son para complacer a vuestros amos y damas...

—Sí.

—Y que nunca os harán algo que realmente os lastime. Nunca os quemarán, ni os cortarán, ni os lesionarán —dijo.

—Vaya, eso es un gran alivio —dijo Bella, aunque ya conocía estos límites antes de que se los explicaran—. Pero, los demás esclavos —preguntó— ¿están aquí por diversos motivos?

—En su mayoría han sido enviados como tributos —contestó León—. Nuestra reina es muy poderosa y gobierna a muchos aliados. Por supuesto, todos los tributos están bien alimentados, custodiados y bien tratados, exactamente igual que vos.

—Y... ¿qué les sucede a ellos? —preguntó Bella vacilante—. Quiero decir, todos ellos son jóvenes y...

—Regresan a sus reinos cuando la reina lo ordena y, obviamente, en mejores condiciones gracias a su servidumbre aquí. Dejan de ser tan vanidosos, muestran un gran autocontrol y, a menudo, poseen una visión diferente del mundo que les permite alcanzar una mayor capacidad de comprensión.

Bella difícilmente podía imaginar lo que esto quería decir. León seguía untando aceite en sus pantorrillas escocidas y en la tierna carne de la parte posterior de las rodillas. Se sintió amodorrada. La sensación era cada vez más deliciosa, aunque apenas se resistía, pues no quería permitir que aquel anhelo entre sus piernas la atormentara. Los dedos de León eran fuertes, casi un poquito demasiado fuertes. Se desplazaron hasta los muslos que el príncipe había enrojecido con su correa tanto como las pantorrillas y las nalgas. Bella se movió un poco para apretarse contra la cama blanda y firme, y sus pensamientos se fueron aclarando lentamente.

—Entonces, puede que me envíen a casa —comentó, aunque esto no representaba prácticamente nada para ella.

—Sí, pero esto nunca debéis mencionarlo y, ciertamente, nunca preguntaréis sobre ello. Sois propiedad de vuestro príncipe, su esclava por entero.

—Sí... —susurró.

—Rogar por vuestra liberación sería algo terrible —continuó León—. Aunque, de todos modos, con el tiempo os enviarán a casa. Hay pactos diferentes para cada esclavo. ¿Veis a aquella princesa de allí?

En un gran hueco en la pared, sobre una cama que parecía una especie de repisa, se hallaba tumbada una muchacha de pelo oscuro en la que Bella se había fijado anteriormente. Su piel era aceitunada, de un tono más subido que el del príncipe Alexi, que también era moreno, y su cabello era tan largo que se distribuía en mechones ondulados sobre su trasero. Dormía con la cara hacia la sala, con la boca ligeramente abierta sobre la almohada plana.

—Es la princesa Eugenia —dijo León— y según lo acordado debía ser devuelta al cabo de dos años. El plazo casi se ha cumplido y tiene el corazón destrozado. Quiere quedarse con la condición de que la prolongación de su esclavitud exima a dos esclavos de prestar vasallaje. Su reino podría acceder a estas condiciones para poder retener a otras dos princesas.

—¿Queréis decir que quiere quedarse?

—Oh, sí —dijo León—. Está loca por lord William, el primo mayor de la reina, y no puede soportar la idea de ser enviada a casa. Aunque hay otros que siempre se rebelan.

—¿Quiénes son? —preguntó, pero, rápidamente, antes de que León pudiera responder, añadió intentando sonar indiferente—. ¿Es el príncipe Alexi uno de los que se rebelan?

Podía sentir la mano de León que se acercaba a sus nalgas y, de repente, todas aquellas ronchas y puntos irritados volvieron a la vida cuando sus dedos los tocaron. El aceite le quemó ligeramente mientras León añadía más gotas generosamente. Luego, aquellos fuertes dedos comenzaron a masajear la carne, sin tener en cuenta la rojez. Bella dio un respingo, pero incluso este dolor escondía cierto placer. Sintió cómo las nalgas eran moldeadas por sus manos, que las levantaban, las separaban, y luego las volvían a calmar. Se ruborizó al pensar que León le hacía esto, porque antes le había hablado de un modo muy civilizado. Cuando su voz continuó, sintió una nueva variante de turbación. «Esto no tiene fin —pensó—; las formas de ser humillada.»

—El príncipe Alexi es el favorito de la reina —contestó León—. Su majestad no puede vivir separada de él mucho tiempo y, aunque es un modelo de buena conducta y entrega, él es, a su manera, un rebelde implacable.

—Pero ¿cómo puede ser eso? —preguntó Bella.

—Ah, debéis concentrar vuestra mente en complacer a los amos y a las damas —dijo León—, pero os diré esto: el príncipe Alexi parece haber sometido su voluntad como le corresponde a un buen esclavo, y sin embargo, hay un núcleo en él al que nadie llega.

Bella se sintió cautivada con esta respuesta. Recordó al príncipe Alexi apoyado en sus manos y rodillas, con su fuerte espalda y la curva de su trasero, y cómo le habían obligado a ir de un lado a otro de la alcoba del príncipe. También recordó la belleza de su rostro. «Un núcleo al que nadie llega», se dijo pensativa.

León la había vuelto boca arriba y cuando lo vio doblado sobre ella, tan próximo, sintió vergüenza y cerró los ojos. Él hacía penetrar el aceite friccionando su vientre y sus piernas, y Bella juntó las piernas con fuerza e intentó volverse de lado.

—Os acostumbraréis a mis servicios, princesa —dijo—. Con el tiempo, no pensaréis en nada cuando yo os acicale. —Le empujó los hombros contra el camastro, y sus dedos extendieron rápidamente el aceite por la garganta y los brazos.

Bella abrió los ojos con cautela para observar la dedicación a su trabajo. Los ojos claros de León se movían por su cuerpo sin pasión pero obviamente concentrados y absortos.

—¿Obtenéis placer... de ello? —preguntó en un susurro, asombrándose al oír que estas palabras salían de su propia garganta.

Él vertió un poco de aceite en la palma de su mano izquierda y, tras dejar la botella a su lado, frotó el aceite para hacerlo penetrar en los pechos, levantándolos y apretándolos como había hecho antes con sus nalgas. Bella volvió a cerrar los ojos y se mordió el labio. Sintió que le masajeaba los pezones con brusquedad. Casi soltó un lamento.

—Estaos quieta, querida mía —dijo él desapasionadamente—. Vuestros pezones son tiernos y es necesario endurecerlos un poco. Vuestro señor, enfermo de amor, todavía no los ha ejercitado demasiado, por el momento.

Bella se asustó al oír esto. Sentía sus pezones dolorosamente duros y sabía que su cara se había puesto muy colorada. Parecía que toda la sensibilidad de sus pechos se expandía y bombeaba en dirección a aquellos pequeños y duros pezones.

Gracias a Dios, León soltó sus pechos con un fuerte apretón. Pero entonces le separó las piernas y frotó con aceite la parte interior de los muslos, algo que le resultó incluso peor. Bella notaba cómo su sexo palpitaba. Se preguntaba si desprendería el suficiente calor como para que él pudiera sentirlo con sus manos.

Bella deseó que acabara pronto.

Pero mientras continuaba echada, con la cara roja y temblando, él le separó aún más las piernas, y para su horror, también le apartó los labios del pubis con los dedos, como si fuera a examinarla.

—Oh, por favor —susurró ella y giró la cara de un lado a otro con los ojos escocidos.

—Vamos, Bella —la regañó cariñosamente—, nunca, jamás debéis suplicar nada a nadie, ni siquiera a vuestro leal y devoto criado. Debo inspeccionaros para comprobar si estáis escocida y, como pensaba, lo estáis. Vuestro príncipe ha sido bastante... fiel.

Bella se mordió el labio y cerró los ojos mientras él ensanchaba el orificio y empezaba a untarlo. Bella sintió que iba a romperse en dos, e incluso bajo el emplasto, aquella pequeña protuberancia de sensibilidad palpitaba por encima de la abertura que los dedos de León habían ensanchado. «Si lo toca, me moriré», pensó, pero él fue lo bastante cuidadoso para no hacerlo, aunque Bella sintió cómo sus dedos entraban en ella y masajeaban los labios de su vagina.

—Pobrecita esclava encantadora —le susurró con ternura—. Ahora, incorporaos. Si fuera por mí, os dejaría descansar. Pero lord Gregory quiere que veáis la sala de adiestramiento y la de castigos. Os arreglaré el pelo rápidamente.

Cepilló el cabello de Bella y lo peinó formando rodetes en la nuca mientras ella permanecía sentada, todavía temblando, con las rodillas levantadas y la cabeza reclinada.

LA SALA DE ADIESTRAMIENTO

Bella no estaba segura de si odiaba a lord Gregory. Quizás había algo consolador en su porte autoritario. La princesa se preguntaba cómo podría ser su vida allí sin alguien que la dirigiera de un modo tan absoluto, y sin embargo, él sólo parecía estar obsesionado con su obligaciones.

En cuanto la apartó de las manos de León, lord Gregory le propinó palazos antes de ordenarle que se pusiera de rodillas y que lo siguiera. Tenía que mantenerse junto al tacón de su bota derecha y observar todo lo que estuviera a su alrededor.

—Pero nunca debéis mirar a las caras de vuestros amos y amas, nunca intanteréis encontrar su vista y de vos no saldrá ningún sonido —indicó—, salvo cuando me respondáis.

—Sí, lord Gregory —susurró. El suelo que se extendía bajo ella estaba muy bien barrido y pulimentado, pero de todos modos le dañaba las rodillas ya que era de piedra. No obstante, Bella se apresuró a seguirlo, pasando junto a las demás camas ocupadas por esclavos que recibían cuidados, y a los baños en los que dos jóvenes eran lavados, igual que lo habían hecho con ella; los ojos de ambos destellaron al mirarla con cierta curiosidad cuando Bella se arriesgó a echarles una rápida ojeada.

«Hermosos», se dijo.

Pero cuando una joven de sorprendente belleza se cruzó en su camino guiada por un paje, Bella sintió un intenso ataque de celos. Era una muchacha con una melena de pelo plateado mucho más espeso y rizado que el suyo, y estaba de rodillas, sus enormes y magníficos pechos colgaban mostrando perfectamente unos grandes pezones rosados. El paje que la conducía con la pala parecía entretenerse mucho con ella, se reía de cada uno de sus grititos, la obligaba a moverse más deprisa con la fuerza de sus golpes y se burlaba dándole órdenes alegremente.

Lord Gregory se detuvo como si él también disfrutara de la visión de esta muchacha mientras la alzaban y la introducían al baño y le separaban las piernas como habían hecho con Bella. Ésta no pudo evitar fijarse otra vez en sus pechos y en el gran tamaño de los pezones. Sus amplias caderas eran grandes para el tamaño de la muchacha, y ante el asombro de Bella, la muchacha no estaba realmente llorando cuando la introducían en el agua. Sus gemidos eran más bien quejas mientras la seguían zurrando con la pala.

Lord Gregory mostró su aprobación:

—Preciosa —dijo para que Bella pudiera oírle—. Hace tres meses era tan salvaje e indomable como una ninfa del bosque, pero la transformación es verdaderamente exquisita.

Lord Gregory giró bruscamente a su izquierda y, puesto que Bella no se dio cuenta a tiempo, recibió un sonoro azote, al que siguió otro.

—Veamos, Bella —dijo lord Gregory, mientras atravesaban una puerta que daba a una larga habitación—, ¿os intriga saber cómo se prepara a otros para que muestren la pasión que vos exhibís con tal desenfreno?

Bella sabía que sus mejillas estaban encendidas. No podía resignarse a responder.

La estancia estaba débilmente iluminada por un fuego situado no muy lejos, pero sus puertas estaban abiertas al jardín. Aquí Bella vio a muchos cautivos colocados sobre mesas, en la misma posición en la que ella había estado en el gran salón, cada uno de ellos con un paje de servicio. Éstos trabajaban diligentemente sin tener en cuenta los gritos o estremecimientos procedentes de las otras mesas.

Varios jóvenes estaban arrodillados con las manos amarradas a sus espaldas. Los azotaban regularmente al tiempo que les daban placer a sus miembros erectos. En una de las mesas un paje frotaba suavemente un pene congestionado mientras trabajaba con la pala. En otra, dos pajes asistían despiadadamente al mismo príncipe.

Bella comprendió lo que estaba pasando, aun cuando lord Gregory no se lo explicara. Vio la confusión y el padecimiento de los jóvenes príncipes, sus rostros que se debatían entre el esfuerzo y el abandono. El más próximo a ella estaba a cuatro patas, su sexo tieso era martirizado lentamente, pero en cuanto empezaron los azotes, se quedó fláccido. Como consecuencia, las zurras cesaron y las manos se ocuparon de nuevo de endurecerlo.

A lo largo de las paredes había otros príncipes con las extremidades extendidas, sus muñecas y tobillos ligados a los ladrillos mientras sus órganos aprendían a obedecer con caricias, besos y succiones.

«Oh, es peor para ellos, mucho peor», pensó Bella, aunque sus ojos y su mente se quedaron prendados de sus exquisitas dotes. La princesa miraba las nalgas redondeadas de los que permanecían arrodillados a la fuerza; le encantaron los pechos pulidos, la musculatura delgada de sus extremidades y, sobre todo, quizá, la nobleza con la que soportaban el sufrimiento en sus hermosos rostros. Pensó de nuevo en el príncipe Alexi y deseó comérselo a besos. Quería besarle los párpados y los pezones del pecho; quería relamer su miembro.

Entonces vio a un joven príncipe al que ponían a cuatro patas para que chupara el pene de otro. Mientras ejecutaba el acto con gran entusiasmo, era azotado a su vez por un paje, que parecía, como todos los demás, deleitarse en aquel tormento. Los ojos del príncipe estaban cerrados, se embebía del sexo poderoso de su compañero acariciándolo con sus labios; sus propias nalgas se encogían con cada lametazo y, cuando el pobre príncipe parecía a punto de culminar su pasión, el que chupaba era obligado por el paje a retirarse, que se llevaba a su obediente esclavo hasta otro pene erecto.

—Aquí, como podéis ver, se les enseñan hábitos a los jóvenes príncipes esclavos —dijo lord Gregory—, aprenden a estar siempre preparados para sus amos y amas. Una lección difícil de aprender y de la que vos, en términos generales, estáis exenta. No es que no se os exija esa prontitud, sino que a vos se os exime de tener que hacer tal exhibición de ella.

Lord Gregory la encaminó para que se acercara a las esclavas a las que se estimulaba de un modo diferente. Aquí Bella vio a una hermosa princesa pelirroja con las piernas separadas, sostenidas por dos pajes que efectuaban un masaje con las manos en el pequeño nódulo situado entre sus piernas. Sus caderas subían y bajaban, y evidentemente era incapaz de controlar su propio movimiento. Suplicaba para que no la molestaran más, y justo cuando su rostro se había enrojecido del modo más terrible y daba la impresión de que no podía controlarse más, la abandonaron, manteniendo sus piernas separadas para que gimiera miserablemente.

Otra muchacha de gran hermosura era azotada mientras un paje movía la mano izquierda entre sus piernas para estimularla.

Para horror de Bella, varias de las esclavas estaban de cara a la pared, montadas sobre falos con los que se estimulaban contorsionándose salvajemente mientras los pajes que se ocupaban de ellas les propinaban palazos despiadados.

—Podréis ver que cada esclavo recibe una enseñanza individualizada. Esta princesa tiene que estimularse a sí misma sobre el falo hasta que logre su completa satisfacción. Sólo entonces cesarán los azotes, no importa lo irritada que esté. Pronto aprenderá a asociar la pala y el placer como una misma cosa, y sólo así podrá alcanzar el placer a pesar de la pala. O cuando se le ordene, diría yo. Por supuesto que ocasionalmente sus señores o amas les permitirán obtener tal satisfacción.

Bella miró fijamente la fila de cuerpos que forcejeaban. Las muchachas tenían las manos atadas por encima de sus cabezas y los pies por debajo. Disponían de poco espacio para moverse sobre los falos de cuero. Se retorcían, intentaban ondularse lo mejor que podían, mientras inevitables lágrimas corrían por sus rostros. Bella sintió lástima de ellas, aunque deseó vehementemente cabalgar sobre el falo. Sabía que a ella no le hubiera llevado mucho tiempo complacer al paje que la azotaba, aunque se avergonzaba de pensarlo. Mientras miraba a la princesa que estaba más cerca, una muchacha con bucles rojizos, vio cómo ésta lograba finalmene su propósito, con la cara teñida de rojo y todo su cuerpo abandonado en un temblor violento. El paje la azotó con toda su fuerza. Finalmente se relajó, aunque estaba demasiado fatigada para sentir vergüenza; el paje le dio una suave palmada de aprobación y la dejó.

Allí donde Bella miraba, veía algún tipo de adiestramiento.

Más cerca, una muchacha con las manos enlazadas por encima de la cabeza aprendía a permanecer inmóvil de rodillas mientras le acariciaban las partes íntimas, sin bajar las manos para taparse.

A otra la obligaban a llevar sus pechos hasta la boca del paje que se los lamía, y a sostenérselos mientras otro paje la examinaba. Lecciones de control, de dolor y placer.

Las voces de los pajes eran severas en algunos casos, otras eran tiernas, mientras los monótonos vapuleos de las palas resonaban por todas partes. También había muchachas con los miembros extendidos que, de tanto en tanto, eran atormentadas para despertarlas y enseñarles lo que podían sentir, si es que todavía no lo sabían.

—Pero para nuestra pequeña Bella estas lecciones no son necesarias —dijo lord Gregory—. Es una alumna consumada que no necesita aprendizaje. Quizá debiera ver la sala de castigos y comprobar cómo se fustiga a los esclavos desobedientes utilizando ese mismo placer que aquí han aprendido a experimentar.

LA SALA DE CASTIGOS

Frente a la puerta de la nueva sala, lord Gregory hizo una indicación a uno de los atareados pajes.

—Traed aquí a la princesa Lizetta —dijo alzando ligeramente la voz—. Sentaos sobre los talones, Bella, con las manos en la nuca y observad, sacad algún provecho de todo esto.

Al parecer, la desgraciada princesa Lizetta acababa de llegar. Bella advirtió al instante que estaba amordazada aunque de un modo bastante simple. Llevaba en la boca un pequeño cilindro forrado de cuero, con forma de hueso para perros, que le habían colocado a la fuerza entre los dientes en la parte interior, como si fuera una embocadura. Aunque hubiera querido hacerlo caer con la lengua, daba la impresión de que no hubiera podido.

La princesa Lizetta lloraba y pataleaba furiosa, y el paje que le sujetaba las manos a la espalda hizo un gesto para que otro paje la cogiera por la cintura y la llevara hasta lord Gregory.

La colocaron de rodillas justo delante de Bella, su pelo negro por delante de la cara y sus pechos morenos cimbreantes.

—Tiene mal genio, milord —dijo el paje con aire bastante hastiado—, tenía que ser la presa de la caza en el laberinto y se negó a divertir a los nobles y damas; la terca necedad de siempre.

La princesa Lizetta se echó el pelo negro a la espalda con un movimiento brusco de la cabeza y a pesar de la mordaza soltó un gruñido de desprecio que asombró a Bella.

—Y descaro, también —dijo lord Gregory. Estiró la mano y le alzó la barbilla. Cuando levantó la mirada hacia el lord, sus ojos oscuros mostraron toda su furia. Volvió la cabeza tan repentinamente que en un instante se libró de él.

El paje le propinó varios fuertes azotes pero ella no dio muestras de arrepentimiento. De hecho, sus pequeñas nalgas parecían duras.

—Dobladla para el castigo —dijo lord Gregory—. Creo que es la hora de presenciar un verdadero tormento.

La princesa Lizetta soltó varios gemidos agudos. Parecían expresiones de rabia y también de protesta. Daba la impresión de que no contaba con esto y, mientras la llevaban por delante de Bella y lord Gregory hasta el interior de la sala de castigos, los pajes le colocaron unos grilletes de cuero en las muñecas y en los tobillos, cada uno de los cuales llevaba un pesado gancho de metal incrustado.

Luego la alzaron, entre forcejeos, hasta colgarla de una gran viga no muy alta que cruzaba toda la sala. Las muñecas pendían de un gancho que colgaba por encima de la cabeza, e izaron sus piernas directamente por delante de ella, de modo que los tobillos se sujetaban también al mismo gancho. De hecho, se quedó doblada en dos, con las piernas y los brazos hacia arriba. A continuación colocaron a la fuerza su cabeza entre las pantorrillas, de manera que Bella podía ver claramente su cara, y ataron una correa de cuero a su alrededor, que apretaba firmemente sus piernas contra el torso.

Pero, para Bella, el aspecto más cruel y terrorífico de aquella postura era que mostraba por completo las partes íntimas de la princesa, ya que estaba colgada de forma que su sexo era visible por entero para todo el mundo: los labios rosados y el vello oscuro, incluso el pequeño orificio marrón entre las nalgas. Todo esto sucedía justo encima del rostro escarlata de Bella, que no podía imaginarse una exhibición peor y tuvo que bajar la mirada tímidamente. De vez en cuando echaba un vistazo a la muchacha cuyo cuerpo suspendido se movía lentamente como si lo agitara una corriente de aire, haciendo crujir los eslabones de cuero de las muñecas y los tobillos.

Pero la muchacha no estaba sola. Bella se percató de que a tan sólo unos pocos metros de distancia otros cuerpos, también doblados e indefensos, colgaban de la misma viga.

La cara de la princesa Lizetta seguía colorada de rabia, pero en cierto modo se había tranquilizado; en aquel instante intentaba volverse para esconder su expresión contra la pierna, pero el paje más próximo a ella le ajustó la cara hacia delante.

Bella echó un vistazo a las demás.

No muy lejos, a la derecha, había un joven alzado exactamente en la misma posición. Parecía muy joven; no debía de tener más de dieciséis años, como mucho. Era rubio, con el pelo rizado, y tenía el vello púbico ligeramente rojizo. Su órgano estaba erecto, la punta brillante, y allí, expuestos a todo el mundo, mostraba su escroto y, cómo no, la pequeña abertura del ano.

Había otros más, varias jóvenes princesas y otro príncipe, pero estos dos primeros ocuparon toda la atención de Bella.

El príncipe rubio gemía dolorosamente. Tenía los ojos secos, pero parecía esforzarse por cambiar de posición allí colgado de los grilletes de cuero, aunque tan sólo conseguía que su cuerpo se volviera un poco a la izquierda.

Mientras tanto, un joven de aspecto en cierto modo más impresionante que el de los pajes y vestido de forma diferente, con terciopelo azul muy oscuro, recorría la hilera de esclavos doblados y esposados; al parecer inspeccionaba su cara y la configuración de sus órganos despiadadamente exhibidos.

El joven retiró hacia atrás el cabello de la frente del príncipe, que gimió. Parecía que intentaba darse impulso hacia delante, pero el hombre vestido de terciopelo azul le frotó suavemente el pene e hizo que aumentara el volumen de sus gemidos, que sonaron aún más suplicantes.

Bella inclinó la cabeza pero continuó observando al hombre vestido de terciopelo que se acercaba a la princesa Lizetta.

—Es una esclava testaruda, sumamente difícil —le dijo a lord Gregory.

—Un día y una noche de castigo la subyugarán —respondió el noble. Bella se sintió horrorizada con sólo pensar en permanecer así expuesta durante tanto tiempo. Al instante decidió que haría cualquier cosa para ahorrarse semejante castigo, pero no pudo evitar sentir un temor terrible a que, pese a todos sus esfuerzos, pudiera sucederle a ella. De pronto se imaginó a sí misma colgada en aquella posición y soltó un minúsculo gemido, aunque apretó los labios para contenerlo.

Para asombro de la princesa, el hombre vestido de terciopelo había empezado a acariciar el sexo de la princesa Lizetta con un pequeño instrumento que, como tantas otras cosas en este lugar, estaba cubierto de un fino cuero negro. Se trataba de un vara de tres puntas que tenía cierto parecido con una garra. En cuanto molestó a la indefensa princesa, ésta empezó a retorcerse en sus ataduras.

Bella comprendió de inmediato lo que sucedía. El sexo rosa de la esclava, cuya visión aterraba a la princesa debido a la desprotección que mostraba, pareció hincharse y madurar. Bella podía distinguir incluso las gotitas de humedad que aparecían allí.

Mientras continuaba observando, Bella sintió cómo su propio sexo también se humedecía. Advirtió el duro emplasto que le habían colocado allí, sobre la protuberancia de sensibilidad, y que aparentemente no hacía nada para evitar la creciente palpitación.

En cuanto la indefensa princesa despertó de esta manera, el hombre vestido de terciopelo dejó de molestarla, esbozó una sonrisa de aprobación y continuó su recorrido por la hilera de esclavos, deteniéndose de nuevo para molestar y atormentar al príncipe de pelo rubio cuyas súplicas exentas de orgullo y dignidad se oían a pesar de su mordaza de cuero.

La siguiente víctima, otra princesa, estaba incluso más entregada a sus ruegos mudos por autosatisfacerse. Su sexo era pequeño, de gruesos labios, como una boca entre una mata de rizos marrones. Todo su cuerpo se retorcía esforzándose por conseguir mayor contacto con el lord vestido de terciopelo, que en aquel instante la dejó para ir a molestar y atormentar a otro.

Lord Gregory chasqueó los dedos.

Bella volvió a apoyarse a cuatro patas y lo siguió.

—¿Es necesario que os diga que sois muy adecuada para este tipo de castigo, princesa? —preguntó.

—No, milord —susurró Bella, que se preguntaba si lord Gregory tendría poder para castigarla de este modo sin ningún motivo. Añoró al príncipe y los días en que él era el único que tenía poder sobre ella. No podía pensar en nada más que en él. ¿Cómo había osado contrariarlo al mirar al príncipe Alexi? Pero sólo de pensar en el príncipe Alexi, Bella se sumía en el más desvalido padecimiento, aunque si pudiera estar en los brazos de su alteza, no pensaría en nadie sino en él; ansiaba su tierno castigo.

—Sí, querida mía, ¿queríais hablar? —preguntó lord Gregory, pero en su tono había algo rudo.

—Decidme únicamente cómo obedecer, milord, cómo agradar, cómo evitar esta disciplina.

—Para empezar, preciosa mía —dijo con enfado—, dejad de admirar y de contemplar a los esclavos varones cada oportunidad que se os presenta. ¡No os recreéis tanto en todo lo que os muestro para asustaros!

Bella se quedó boquiabierta.

—Y nunca, nunca más, volváis a pensar en el príncipe Alexi.

Bella sacudió la cabeza:

—Haré lo que me digáis, milord —dijo con ansiedad.

—Recordad que la reina no está en absoluto complacida con la pasión que su hijo siente por vos. Desde que era un muchacho ha estado rodeado por un millar de esclavos y en ninguno de ellos ha encontrado un objeto de devoción como vos. A la reina no le gusta.

—Oh, pero ¿qué puedo hacer yo? —lloriqueó suavemente Bella.

—Podéis exhibir una obediencia intachable a todos vuestros superiores, y no hacer nada que parezca rebelde o inusual.

—Sí, milord —repitió Bella.

—Sabéis que anoche os vi observando al príncipe Alexi —dijo en un susurro amenazador.

Bella se encogió. Se mordió el labio e intentó no llorar.

—Podría explicárselo a la reina en este mismo instante.

—Sí, milord —susurró.

—Pero sois muy joven y encantadora. Por una

ofensa así, sufriríais el tormento más terrible; os expulsarían del castillo y os enviarían al pueblo, y eso sería más de lo que podríais soportar...

Bella empezó a temblar. «El pueblo, ¿qué quería decir con esto?»

Lord Gregory continuó:

—No estaría bien que un esclavo particular de la reina o del príncipe de la corona fuera condenado a un castigo tan ignominioso, jamás un esclavo favorito sufrió tal condena —inspiró profundamente como para enfriar su furia—. Cuando estéis debidamente adiestrada, seréis una esclava espléndida, y no hay razón por la que finalmente el príncipe, y todo el mundo no deban disfrutar de vos. Estoy aquí, en definitiva, para hacer algo por vos, no para veros destruida.

—Sois sumamente amable y misericordioso —susurró Bella, pero las palabras «el pueblo», habían causado una impresión indeleble. Si al menos pudiera preguntar...

Una joven dama acababa de entrar en la estancia, y cruzó la puerta con mucho ímpetu. Su largo pelo rubio estaba recogido en gruesas trenzas y llevaba un vestido de color borgoña intenso ribeteado de armiño. Antes de que Bella volviera a bajar la vista, pudo ver a la dama por entero, sus mejillas rubicundas y los grandes ojos marrones que recorrían la sala de castigos como si buscaran a alguien.

—Oh, lord Gregory, qué placer veros —dijo, y mientras él se inclinaba, ella hizo una graciosa reverencia. Bella se quedó anonadada ante su encanto y a continuación se sintió avergonzada y vulnerable. Contempló las preciosas pantuflas plateadas de la dama y los anillos que llevaba en los dedos de la mano derecha, que recogían los faldones graciosamente.

—¿En qué podría serviros, lady Juliana? —preguntó lord Gregory. Bella se sentía desconsolada. Agradeció que la dama en ningún momento la mirara pero luego se sintió otra vez pésimamente. Ella no era nada para esta mujer que estaba vestida; ella, una dama, era libre de hacer todo lo que le apeteciera, mientras que a Bella, una abyecta esclava desnuda, sólo le permitían postrarse de rodillas ante ella.

—Oh, pero si está ahí, esa traviesa Lizetta —dijo la dama, y la jovialidad desapareció de su rostro mientras sus labios temblaban levemente. Cuando se acercó a la princesa, había dos pequeños puntos de color en sus mejillas—. Hoy ha sido tan consentida y mala.

—Bueno, está siendo castigada con toda severidad por ello, milady —dijo lord Gregory—. Treinta y seis horas aquí deberían mejorar su genio.

La dama dio varios pasos al frente con suma delicadeza para escudriñar el sexo que exhibía la princesa Lizetta. Y ésta, ante la estupefacción de Bella, no intentó esconder su rostro sino que continuó mirando fija y suplicantemente a los ojos de la dama. Profirió varios gemidos tan implorantes como los que anteriormente había emitido el príncipe que tenía a su lado. Y mientras se retorcía en el gancho, su cuerpo se meció ligeramente hacia delante.

—Sois una niña mala, eso es lo que sois —susurró la dama como si regañara a una criatura—. Me habéis decepcionado. Había preparado la cacería para diversión de la reina y os había escogido a vos especialmente.

Los gemidos de la princesa Lizetta se tornaron más insistentes. Parecía haber perdido la esperanza o el orgullo o la rabia. Mostraba el rostro contraído y rosado, la mordaza parecía sumamente dolorosa y sus enormes ojos destellantes suplicaban a la dama.

—Lord Gregory —dijo la dama—, pensad en algo especial.

Entonces, la dama alargó la mano con gran delicadeza y refinamiento y pellizcó con fuerza los labios públicos, que exudaron humedad. Bella estaba horrorizada, pero la tortura continuaba puesto que ahora la dama pellizcaba consecutivamente el labio derecho y el izquierdo, lo que provocó que la muchacha mostrara una mueca de dolor y angustia.

Mientras tanto, lord Gregory chasqueó los dedos diciéndole al caballero que sostenía el instrumento de hierro parecido a una garra unas palabras de las que Bella sólo pudo oír: «intensificará el castigo.»

Al cabo de un instante apareció con un pequeño cántaro y un pincel y, mientras la dama retrocedía unos pasos, el lord cogió el pincel y empapó el sexo desnudo de la princesa Lizetta de un almíbar espeso. Unas pocas gotas cayeron al suelo. La princesa, a pesar de la mordaza, comunicó una vez más toda su miseria con sus sollozos apagados, pero la dama se limitó a sonreír inocentemente y a sacudir la cabeza.

—Atraerá cualquier mosca que tengamos por aquí —dijo lord Gregory—, y si no hay ninguna provocará la inevitable comezón cuando se seque. Es de lo más molesto.

La dama no parecía satisfecha. De todas formas su lindo e inocente rostro estaba sereno y suspiró:

—Supongo que por el momento servirá, pero preferiría que estuviera atada a una estaca en el jardín, con las piernas separadas, y dejar que las moscas y los pequeños insectos voladores encontraran su boca melosa. Se lo merece.

Volvió a expresar su agradecimiento a lord Gregory y Bella se asombró una vez más al ver su brillante cara rubicunda. Llevaba las trenzas peinadas con pequeñas perlas y finas cintas de banda azul.

Bella, perdida casi en su contemplación de todo esto, de repente se asustó al darse cuenta de que la dama la miraba.

—¡Oooooh, pero si es la preciosidad del príncipe! —Exclamó, y entonces avanzó hacia Bella que sintió que la mano de la dama le alzaba la cara—. Y qué dulce y hermosa es, ¿verdad?

Bella cerró los ojos e intentó refrenar el temblor de sus pechos cimbreantes. Creyó que no podría soportar el trato autoritario de esta joven dama, pero aun así no había nada que pudiera hacer.

—Oh, cuánto me gustaría que hubiera ocupado el lugar de Lizetta. Hubiera sido un reto para todo el mundo —dijo la dama.

—Eso es imposible, milady —dijo lord Gregory—. El príncipe es sumamente posesivo con ella. No puedo permitir que participe en semejante espectáculo.

—Pero, con toda seguridad, podremos volver a verla. ¿Le harán correr el sendero para caballos?

—Estoy seguro, en su momento —dijo lord Gregory—. Hasta ahí no llegan los caprichos del príncipe. Pero, aquí, sí podéis examinarla si así lo deseáis. No hay normas que lo prohíban.

Lord Gregory levantó a Bella por las muñecas y, con el mango de la pala, la obligó a adelantar las caderas.

—Abrid los ojos y mantenedlos bajos —susurró. Bella no podía soportar ver las manos de esta delicada dama que se movían hacia ella. Lady Juliana le tocó los pechos y a continuación le pasó la mano por su liso estómago.

—Pues sí, es deslumbrante y está tan llena de ternura.

Lord Gregory se rió tranquilamente:

—Cierto, y vos sois muy perspicaz al apreciarlo.

—Luego, gracias a esa ternura, resultan las mejores —dijo lady Juliana ciertamente admirada. Pellizcó la mejilla de Bella como lo había hecho con los labios ocultos de la princesa Lizetta—. ¡Vaya!, lo que daría por pasar una hora tranquila a solas con ella en mis aposentos.

—En su momento, en su momento —repitió lord Gregory.

—Sí, y apuesto a que rechaza la pala, con su espíritu tan tierno.

—Sólo con su espíritu —dijo lord Gregory—. Es obediente.

—Ya veo. Bien, mi niña. Ahora tengo que irme. Podéis creer que sois exquisita. Me encantaría teneros sobre mis rodillas. Os azotaría con la pala hasta el amanecer. Participarías en un montón de juegos escapando de mí en el jardín, seguro. —Entonces besó afectuosamente a Bella en la boca y se fue tan deprisa como había llegado, entre un revuelo de terciopelo borgoña y trenzas voladoras.

Justo antes de que Bella tomara la pócima para dormir que le tendía León, le rogó que le ayudara a entender el significado de lo que había oído.

—¿Qué es el sendero para caballos? —preguntó en un susurro—. Y el pueblo, milord, ¿qué significa ser enviado allí?

—No mencionéis nunca el pueblo —le advirtió León con calma—. Ese castigo es para los incorregibles, y vos sois la esclava del mismísimo príncipe de la corona. En cuanto al sendero para caballos, lo descubriréis muy pronto.

La tendió sobre la cama y ató sus tobillos y muñecas con correas, apartándolos del resto del cuerpo para que ni siquiera durmiendo pudiera tocarse.

—Soñad —le dijo—, porque esta noche el príncipe os requerirá.

OBLIGACIONES EN LA ALCOBA
DEL PRÍNCIPE

El príncipe estaba acabando de cenar cuando llevaron a Bella a su presencia. El castillo bullía de vida. Las antorchas llameaban en los largos y altos pasillos abovedados. El príncipe estaba en una especie de biblioteca y comía solo, sentado en una mesa estrecha. A su alrededor se movían varios ministros con documentos para firmar, y sólo se oían sus pasos y el sonido de los rollos de pergamino.

Bella se arrodilló junto a la silla del príncipe, atenta al ruido del roce de su pluma, y cuando se cercioró de que no se daría cuenta, alzó la vista para mirarlo.

Le pareció que estaba resplandeciente. Llevaba un sobretodo de terciopelo azul ribeteado de plata, con su escudo de armas blasonado en una gruesa faja de seda. Los lazos laterales del sobretodo estaban aflojados y a través de ellos Bella podía ver su camisa blanca. También pudo admirar los músculos firmes de sus piernas enfundadas en unos largos y ajustados pantalones de franela.

El príncipe dio unos cuantos bocados más de aquella carne mientras a Bella le servían un plato sobre el suelo empedrado. La princesa bebió rápidamente con los labios el vino que el príncipe vertió en un cuenco para ella y comió la carne con toda la delicadeza que le permitía no hacer uso de los dedos. Tenía la impresión de que él la estaba observando. El príncipe le pasó unos pedazos de queso y fruta, y emitió un leve sonido de satisfacción. Al final, Bella limpió el plato con la lengua.

La princesa hubiera hecho cualquier cosa para demostrar lo contenta que se sentía de estar de nuevo con él, y súbitamente recordó que todavía no le había besado las botas por lo que se apresuró a hacerlo inmediatamente. El olor a cuero limpio, lustrado, le pareció delicioso. Sintió su mano en la parte posterior del cuello y, cuando levantó la vista, él le dio, una a una, un racimo de uvas, llevándoselas a la boca subiendo cada una de ellas un poco más para que al cogerla Bella tuviera que levantarse sobre sus talones.

El príncipe meneó la última uva en el aire. Bella se lanzó hacia arriba para cogerla en la boca y la alcanzó. Luego, vencida por la vergüenza, inclinó la cabeza. ¿Estaría él satisfecho? Después de todo lo que había presenciado a lo largo del día, él parecía su salvador. Ahora que estaba con él, la princesa hubiera llorado de felicidad.

Lord Gregory hubiese deseado que ella comiera con los esclavos, e incluso le mostró el comedor, donde había dos largas filas de príncipes y princesas, todos ellos arrodillados y con las manos atadas a la espalda, que comían con sus ávidas boquitas de los platos colocados en una mesa baja que tenían delante. Estaban reclinados de tal forma que, cuando ella pasó, se sintió aturdida al ver tal cantidad de traseros irritados. Eran todos parecidos pero cada cuerpo era diferente. Los príncipes mostraban menos su cuerpo si mantenían las piernas juntas, ya que de esta manera su escroto quedaba oculto, pero las muchachas no podían hacer nada para esconder sus labios púbicos, y aquello la alarmó.

El príncipe la reclamó de inmediato en su habitación, y al instante Bella estaba con él. León le retiró el pequeño sello de su centro secreto de placer y ella sintió el primer estremecimiento de deseo. No le importaba que los sirvientes se movieran a su alrededor o que el último ministro esperara, solícito, en las proximidades. La princesa besó de nuevo las botas de su alteza.

—Es muy tarde —dijo él—. Habéis descansado largo rato y veo que os ha sentado muy bien.

Bella esperó.

—Miradme —le dijo.

Cuando ella lo hizo, se sintió aturdida por la belleza y ferocidad de sus ojos negros. Tuvo la impresión de que se le cortaba la respiración.

—Venid —dijo él, levantándose y despidiendo al ministro—. Es la hora de la lección.

El príncipe se dirigió veloz a su alcoba y ella lo siguió andando a cuatro patas, apresurándose a adelantarse cuando él esperó a que ella abriera la puerta, para dejarlo pasar y entrar luego tras él.

«Si al menos pudiera dormir aquí y vivir aquí», pensó Bella. No obstante, sintió miedo cuando vio que él se volvía hacia ella con las manos en la cintura. Recordó los azotes que recibió con la correa la noche anterior y se estremeció.

Junto a él había un alto velador. El príncipe alargó la mano, la metió en un pequeño cofrecito cubierto por un paño y sacó lo que parecía un manojo de campanillas de cobre.

—Venid aquí, mi querida niña consentida —dijo amablemente—. Decidme, ¿habéis atendido alguna vez a un príncipe en su alcoba, lo habéis vestido y servido? —preguntó.

—No, mi príncipe —contestó Bella, y se apresuró a situarse a sus pies.

—Incorporaos sobre vuestras rodillas —ordenó él.

Ella obedeció colocándose las manos detrás del cuello, y entonces vio las campanillas de cobre que el príncipe sostenía en la mano. Cada una de ellas estaba sujeta a una abrazadera de resorte.

Antes de que Bella pudiera protestar, él le aplicó una al pezón derecho, con sumo cuidado. No apretaba lo suficiente como para hacerle daño pero se agarró al pezón y lo estrujó, endureciéndolo. Ella contemplaba cómo le aplicaba otra al pezón izquierdo y, sin querer, tomó aliento al sentir la presión de la campanilla, lo que provocó que ambas campanas sonaran muy débilmente. Eran pesadas, y tiraban de ella. Entonces se sonrojó, deseó desesperadamente sacudírselas. Hacían que sus pechos pesaran más y notaba que le dolían.

Él le dijo que se levantara y abriera las piernas.

El príncipe sacó del cofrecillo otro par de campanillas, éstas del tamaño de nueces. Bella, gimoteando levemente, sintió que las manos del príncipe se movían entre sus piernas al tiempo que sujetaba rápidamente estas campanas a sus labios púbicos.

La princesa tenía la impresión de que ahora sentía partes de sí misma de las que hasta ese momento no había sido consciente. Las campanas le tocaban los muslos, tiraban de los labios y se insertaban en la carne, apretándola.

—Vamos, no es tan horroroso, mi pequeña doncella —susurró él y la premió con un beso.

—Si os complace, mi príncipe... —balbuceó Bella.

—Ah, eso está muy bien —dijo—. Y ahora a trabajar, hermosa mía. Quiero veros trabajar deprisa, pero con gracia. Quiero que todo se haga correctamente, pero con cierta destreza. En mi alacena, en un colgador, veréis mi escapulario de terciopelo rojo y mi cinto de oro. Traédmelos, deprisa, y dejadlos sobre la mesa. Luego me vestiréis.

Bella se apresuró a obedecer.

Avanzando de rodillas, descolgó las prendas y se apresuró a llevarlas a la alcoba. Dejó la ropa al pie de la cama, se dio la vuelta y esperó.

—Ahora desvestidme —dijo el príncipe—. Debéis aprender a utilizar las manos únicamente cuando no consigáis hacer algo de otro modo.

Bella cogió obedientemente entre los dientes los cordones de cuero del sobretodo, aflojó el nudo y vio cómo se soltaban. El príncipe se sacó la prenda por la cabeza y se la dio a Bella. A continuación, mientras él se sentaba en un taburete junto al fuego, ella empezó a desatar los numerosos botones. Parecía que topaba con un obstáculo tras otro. Bella era consciente del cuerpo del príncipe, de su perfume y calidez, y de su extraño ensimismamiento. Al poco rato, con su ayuda, consiguió sacarle la camisa. Había llegado el turno de los largos pantalones.

Él la ayudaba de vez en cuando, pero la mayoría de tareas las ejecutaba por sí sola. La princesa mordió cuidadosamente la lengüeta superior de las botas forradas de terciopelo y tiró con las manos de los talones hasta que salieron sin dificultad.

Le pareció que trabajaba duro un largo rato y prestó atención a todos los detalles de su vestimenta. A continuación debía vestirlo.

Con ambas manos, le puso la camiseta de seda blanca mientras él introducía los brazos. Pero aunque ajustó correctamente la abertura de los ojales con sus manos, hizo pasar cada botón con la boca, lo que complació al príncipe, que la alabó por ello.

Bella estaba cada vez más cansada; sentía los pechos doloridos debido a las pesadas campanas de cobre y también notaba el peso de las que colgaban entre sus piernas así como aquel roce en los muslos que la sacaba de sus casillas. Además, el cascabeleo no dejaba de sonar. Cuando finalizó y él acabó de ponerse un nuevo par de botas para ayudarla, el príncipe la cogió entre sus brazos y la besó.

—A medida que pase el tiempo, aprenderéis a trabajar más deprisa. No os costará nada vestirme o desvestirme, ni ejecutar cualquier tarea que os pida. Dormiréis en mis aposentos y estaréis a cargo de todo.

—Mi príncipe —susurró ella apretando sus pechos contra él, deseándolo con ansia. Le besó las botas a toda prisa y le vinieron a la mente, para acosarla y mortificarla, las imágenes de todo lo que había visto aquel día: el cruel castigo de la princesa Lizetta, el adiestramiento de los príncipes, y también recordó a quien no había visto pero que nunca había olvidado, al príncipe Alexi. Todo ello reapareció revuelto en su mente, avivando su pasión y aumentando su miedo. «Oh, si tan siquiera pudiera dormir en los aposentos del príncipe a partir de ahora.» No obstante, cuando pensó en aquellos esclavos varones que había visto en la sala...

El príncipe, como si intuyera que su mente no le prestaba la debida atención, empezó a besarla con rudeza.

Luego le ordenó que volviera de nuevo a ponerse a cuatro patas y que pegara la frente al suelo para que pudiera ver sus nalgas. Bella obedeció mientras las campanillas le recordaban todas sus partes desnudas.

—Mi príncipe —susurró en voz muy baja. Notaba algún cambio en su corazón que no acababa de entender. De todos modos estaba asustada, como siempre.

Él le ordenó que se levantara y de nuevo la cogió en sus brazos, y esta vez le dijo:

—Besadme como deseáis hacerlo.

Bella, llena de alegría, besó la suavidad fría de su frente, los oscuros mechones de su cabello, los párpados y las largas pestañas. Le besó las mejillas y luego la boca abierta. La lengua de él pasó al interior de su propia boca, todo su cuerpo se estremeció y él tuvo que sostenerla.

—Mi príncipe, mi príncipe —murmuró Bella, pese a que sabía que desobedecía—. Me da tanto miedo todo esto.

—Pero ¿por qué, hermosa? ¿Todavía no lo veis claro? ¿No os parece simple?

—Oh, pero ¿cuánto tiempo os serviré? ¿Va a ser así toda mi vida a partir de ahora?

—Escuchadme —estaba serio, pero no enfadado. La cogió por los hombros y luego le miró los pechos hinchados. Las campanillas de cobre temblaban cuando respiraba. Bella sintió sus manos entre las piernas, y luego los dedos dentro de ella, tocándola suavemente con un movimiento ascendente que hizo que su cuerpo se estremeciera de placer.

—Esto es todo lo que podéis pensar, todo lo que vais a ser —dijo—. En alguna vida anterior erais muchas cosas: un rostro bonito, un voz bonita, una hija obediente... Habéis mudado esa piel como si se tratara de un manto de sueños, y ahora sólo debéis pensar en estas partes de vos —le frotó los labios púbicos, le ensanchó la vagina, y luego le apretó los pechos casi con crueldad—. Ahora esto es lo que sois, lo único que sois, además de vuestro encantador rostro, pero sólo porque es el rostro encantador de una esclava desnuda e indefensa.

Entonces, como si no pudiera contenerse, el príncipe la abrazó y la llevó hasta la cama.

—Dentro de un rato debo tomar vino con la corte, y vos me serviréis allí, demostraréis vuestra obediencia a todo el mundo. Pero eso puede esperar...

—Oh, sí, mi príncipe, si eso os complace —Bella pronunció estas palabras en voz tan baja que posiblemente el príncipe no las oyó. Estaba tumbada sobre la colcha enjoyada y, pese a que su trasero y las piernas no tenían la carne tan viva como la noche anterior, sintió las dolorosas punzadas de las piedras preciosas.

El principe se arrodilló sobre ella, se colocó a horcajadas, le abrió la boca con los dedos y, mostrándole su duro pene, lo introdujo en la boca con un rápido movimiento descendente. Ella lo chupó, se embebió de él. Pero lo único que tenía que hacer era permanecer tumbada sin hacer nada ya que él mismo daba fuertes embestidas en su interior; así que cerró los ojos y olió la deliciosa fragancia del vello púbico, saboreó la salinidad de su piel al tiempo que el miembro erecto tocaba ligeramente el paladar una y otra vez mientras todo él casi no rozaba más que sus labios.

Bella gemía siguiendo el ritmo de sus movimientos y cuando él se retiró repentinamente, continuó jadeando y levantó las manos para abrazarlo. Entonces el príncipe se tumbó encima del cuerpo de Bella y le separó las piernas. Cuando él le quitó las campanas de cobre ella sintió el dolor en los labios púbicos.

La penetró. Bella notó que explotaba de placer. Su espalda se arqueó tan rígidamente que levantó el peso del príncipe con ella, empapando todo su cuerpo de placer. Sus caderas empujaban con un movimiento vigoroso y cuando él, finalmente, eyaculó, le asestó varias embestidas crueles hasta quedarse tumbado, exhausto.

Parecía que Bella dormía; soñaba. Luego oyó al príncipe que le decía a alguien que se encontraba allí de pie:

—Llevaosla, lavadla y engalanadla. Luego enviádmela a la sala de recepciones del piso superior.

DONCELLA DE SERVICIO

Bella no podía creer en su mala suerte cuando, al entrar en la sala de recepciones, vio que la encantadora lady Juliana estaba jugando al ajedrez con el príncipe, así como otras hermosas damas, sentadas ante diversos tableros. También había varios nobles, incluido un anciano cuyo pelo blanco le caía profusamente sobre los hombros.

¿Por qué tenía que estar lady Juliana, con sus gestos graciosos y su encanto, sus espesas trenzas peinadas esa noche con cinta carmesí, los pechos hermosamente moldeados por su vestido de terciopelo y su risa, que ya llenaba el aire mientras el príncipe le susurraba alguna agudeza?

Bella no sabía exactamente cuáles eran sus sentimientos. ¿Sentía celos? ¿O sencillamente la humillación habitual?

León la había engalanado de un modo tan cruel que hubiera preferido estar desnuda.

En primer lugar, León había eliminado a base de restregones todos los fluidos del príncipe. Luego trenzó un solo mechón tupido de cabello a cada lado, que sujetó hacia atrás con orquillas de tal manera que la mayor parte de la cabellera siguiera suelta. A continuación había colocado unas pequeñas abrazaderas adornadas con piedras preciosas en sus pezones; conectadas entre sí por dos cadenas de oro fino que parecían un collar.

Las abrazaderas le hacían daño y las cadenas se movían, como antes las campanas, cada vez que Bella respiraba. Pero, cuando verdaderamente se horrorizó fue al descubrir que aquello no era todo.

Los dedos rápidos, de movimientos elegantes, de León exploraron su ombligo, donde le aplicó un engrudo en el que incrustó un broche reluciente: una piedra preciosa rodeada de perlas. Bella se quedó sin respiración. Tenía la sensación de que alguien le apretaba allí, de que intentaban entrar en ella, como si el ombligo se hubiera convertido en una vagina. Esta sensación no cesaba, todavía la experimentaba en aquel mismo instante.

Luego, León colgó de sus orejas unos pesados pendientes que colgaban de apretadas abrazaderas de oro que le rozaban el cuello cuando se movía; y, por supuesto, sus labios públicos no podían aparecer desnudos sino que debían llevar el mismo adorno. Para la parte superior de los brazos, León escogió unos brazaletes en forma de serpiente, y manillas enjoyadas para las muñecas, cuyo efecto hacía que se sintiera aún más desnuda. Engalanada pero, no obstante, desnuda. Era desconcertante.

Finalmente, le rodeó el cuello con una gargantilla enjoyada y en la mejilla izquierda le colocó una pequeña gema, como marca de belleza, adherida con engrudo.

Le molestaba enormemente. Quería restregársela, y se imaginaba cómo relucía. Le parecía que incluso podía verla por el rabillo del ojo. Pero cuando se sintió realmente asustada fue en el instante en que León le echó la cabeza hacia atrás con un ligero movimiento y le ensartó un pequeño y delicado anillo de oro en la ventana de la nariz. Las puntas perforaban la piel, no en profundidad pero lo suficiente para mantenerse en su sitio. Sin embargo, Bella casi se puso a llorar, de tantas ganas como tenía de arrancarlo, igual que la joya; de hecho, quería desprenderse de todos aquellos adornos, aunque León la piropeaba:

—Ah, cuando me dan algo verdaderamente hermoso con que trabajar puedo lucir toda mi destreza —suspiró. Le cepilló enérgicamente el pelo y a continuación le dijo que estaba lista.

En aquel instante Bella entraba a cuatro patas en el enorme salón umbrío y se apresuró a acercarse al príncipe, a quien besó de inmediato las botas.

Él no levantó la vista del tablero de ajedrez y, para humillación de Bella, que bullía de vergüenza, fue lady Juliana quien la saludó.

—Ah, pero si es nuestra preciosidad; qué encantadora está. Incorporaos sobre vuestras rodillas, preciosa mía —dijo con su voz jovial, despreocupada, y se echó una de las trenzas por encima del hombro. Apoyó la mano en la garganta de Bella para examinar el collar enjoyado, y un hormigueo provocado por sus dedos pareció recorrer la carne de la princesa, que ni siquiera se atrevió a mirar furtivamente el rostro de la joven mujer.

«¿Por qué no estoy sentada ahí donde está ella, exquisitamente vestida, libre y orgullosa? —se preguntó Bella—. ¿Qué ha sido de mí, que debo estar aquí, arrodillada ante ella, para ser tratada como algo inferior a un ser humano? ¡Soy una princesa! —Luego pensó en todos los demás príncipes y princesas y se sintió ridícula—. ¿Tendrán estos mismos pensamientos?» Esta mujer la atormentaba más que cualquier otra persona.

Pero lady Juliana aún no estaba contenta.

—Levantaos, querida, para que pueda echaros un vistazo, y no me obliguéis a deciros que os pongáis las manos detrás del cuello ni que estiréis las piernas.

Bella oyó risas a su espalda y el comentario de alguien que decía que el nombre de la esclava del príncipe era, en efecto, muy apropiado. Bella se sintió aún más desprotegida al percatarse de que en esta sala no había más esclavos.

Cerró de nuevo los ojos, como cuando lady Juliana la inspeccionó por primera vez, y notó las manos de la dama en sus muslos y luego varios pellizcos en su nalgas. «Oh, ¿por qué no podrá dejarme en paz, no sabe cómo sufro?», pensó Bella, y mirando a través de los párpados pudo ver la sonrisa alegre de la dama.

—¿Qué piensa su majestad de ella? —preguntó lady Juliana con curiosidad genuina, mientras dirigía una rápida mirada al príncipe que continuaba sumido en sus reflexiones.

—No lo aprueba —murmuró el príncipe—. Me acusa de sentir pasión por ella.

Bella intentó mantener la calma, allí arrodillada como si estuviera de servicio. Oyó risas y retazos de conversaciones a su alrededor, así como el sonido sordo de la voz del anciano. Una mujer comentaba que la muchacha del príncipe debería servir el vino, ¿o no?, para que todo el mundo pudiera verla.

«¿No me han visto ya?», se preguntó Bella. ¿Es posible que fuera peor que en el Gran Salón? ¿Y qué sucedería si derramaba el vino?

—Bella, id hasta el aparador y coged la jarra. Servid el vino con cuidado, sin cometer errores, y regresad luego a mi lado —dijo el príncipe, sin mirarla.

La princesa avanzó entre las sombras para buscar la jarra de oro que estaba encima del aparador. Le llegó el aroma afrutado del vino y se volvió, sintiéndose torpe y desgarbada, para acercarse a la primera mesa. «Una simple doncella, una esclava», pensó de forma más vehemente que cualquier otro pensamiento que hubiera pasado por su mente mientras la exhibían en público.

Con manos temblorosas, sirvió el vino lentamente, una copa tras otra, y a través de sus ojos llorosos distinguió las sonrisas y oyó los cumplidos que le susurraban. De vez en cuando alguna mujer o algún hombre altivo se mostraban indiferentes a ella. En una ocasión la sorprendió un pellizco en el trasero y soltó un grito que provocó una risotada general.

Cuando se inclinaba sobre las mesas percibía la desnudez de su vientre, veía cómo temblaban las cadenas que conectaban sus pezones estrujados. Cada uno de sus gestos la hacía sentirse más desamparada.

Se apartó de la última mesa y del hombre que le sonreía, recostado, con el codo apoyado en el brazo de la silla.

Luego llenó la copa de lady Juliana y vio aquellos ojos tan brillantes y redondos que la miraban.

—Encantadora, encantadora. Oh, de verdad me gustaría que no fuerais tan posesivo con ella —dijo lady Juliana—. Dejad la jarra, querida mía, y acercaos.

Bella obedeció y regresó al lado de la silla de la dama. Se sonrojó al ver que ésta chasqueaba los dedos y le señalaba el suelo. La princesa se arrodilló y luego, movida por un extraño impulso, besó las pantuflas de lady Juliana. Todo pareció suceder muy lentamente. Bella se descubrió a sí misma inclinándose hacia las pantuflas de plata y luego besándolas fervorosamente.

—Qué encanto —dijo lady Juliana—. Concededme tan sólo una hora con ella.

Bella sintió la mano de la mujer que la acariciaba en la nuca, la tocaba suavemente y luego le recogía el pelo hacia atrás y lo alisaba con ternura. Le saltaron las lágrimas: «No soy nada», se dijo Bella. De nuevo experimentó aquella consciencia de sentir cierto cambio en sí misma, una especie de desesperación serena, que no era tal por las palpitaciones de su corazón.

—Ni siquiera la tendría aquí —dijo el príncipe en voz baja— de no ser porque mi madre ordena que sea tratada como cualquier otra esclava, para que otros la disfruten. Si por mí fuera, la tendría encadenada al poste de la cama. Le pegaría, observaría cada una de sus lágrimas y cada cambio de color.

Bella sintió que el corazón se le subía a la garganta como un pequeño puño que golpeara cada vez más rápidamente.

—Incluso la convertiría en mi esposa...

—Ah, os domina la locura.

—Sí —dijo el príncipe—. Eso es lo que ella ha conseguido. ¿Están ciegos los demás?

—No, por supuesto que no —dijo Juliana—, es encantadora. Pero cada cual busca su propio amor, eso ya lo sabéis. ¿Os gustaría que todos los demás estuvieran igual de locos por ella?

—No —sacudió la cabeza. Y sin apartar los ojos del tablero de ajedrez estiró la mano para acariciar los pechos de Bella, levantándolos y apretándolos, provocando que ella se estremeciera.

De repente todo el mundo se puso en pie.

Los presentes deslizaron las sillas hacia atrás, sobre el suelo empedrado, y se levantaron para hacer una reverencia.

Bella se volvió.

La reina había entrado en la estancia. Bella pudo entrever su largo manto verde, la faja de bordados de oro que rodeaba su cadera y aquel diáfano velo que escondía levemente su cabello negro y le caía por la espalda hasta el extremo de la vestimenta.

Bella se agachó todo lo que pudo sobre sus manos y rodillas sin saber cuál era su cometido. Tocó las piedras con la frente y contuvo el aliento. No obstante, pudo distinguir que la reina se aproximaba y se detenía justo ante ella.

—Sentaos todos —dijo la soberana— y volved a vuestros juegos. Y vos, hijo mío, ¿cómo os va con esta nueva pasión?

El príncipe se quedó sin palabras.

—Levantadla, mostradla —dijo la reina.

Levantaron a Bella por las muñecas y al instante se quedó de pie, con los brazos retorcidos a la espalda y su dorso forzado en un arco de dolor. De súbito estaba atemorizada, gimiendo. Las abrazaderas parecían desgarrar sus pezones, las joyas entre sus piernas la partían en dos. Sentía palpitar su corazón detrás de la gema incrustada en su ombligo, y también lo notaba en los lóbulos de sus orejas comprimidas y en los párpados.

Bella miraba al suelo, pero todo lo que podía ver era aquella cadena tremulante y la gran forma confusa de la reina, de pie sobre ella.

Luego, la mano de la reina golpeó repentinamente los pechos de Bella con tanta fuerza que la hizo gritar, y al instante sintió los dedos del paje que le cerraban la boca.

Gimió aterrorizada. Notó que le saltaban las lágrimas y que los dedos del paje se hundían en su mejilla. Y, sin pretenderlo, opuso resistencia.

—Eh, eh, Bella —susurró el príncipe—. No mostráis a mi madre vuestra mejor disposición.

Bella intentó calmarse, pero el paje la obligó a adelantarse con más rudeza.

—No es tan mala —dijo la reina. Bella pudo sentir la fuerza de su voz y su crueldad. Fuera lo que fuese lo que le hiciera el príncipe, en él no percibía una crueldad tan absoluta.

—Sólo me teme —dijo la reina—. Y desearía que vos me temierais más, hijo mío.

—Madre, sed benévola con ella, por favor, os lo ruego —dijo el príncipe—. Permitidme que la tenga en mis aposentos, y que sea yo mismo quien la adiestre. No la enviéis de nuevo a la sala de los esclavos.

Bella intentó serenar su llanto, aunque la mano del paje sobre su boca únicamente parecía empeorar las cosas.

—Hijo mío, cuando haya demostrado su humildad, ya veremos —dijo la reina—. Mañana por la noche ejecutará el sendero para caballos.

—Pero madre, es demasiado pronto.

—La disciplina será buena para ella; la volverá maleable —contestó la reina y, dicho esto se volvió con un amplio gesto que dejó caer tras ella la cola de su manto y salió del salón.

El paje soltó a la princesa.

Inmediatamente el príncipe la cogió por las muñecas y la apremió a salir al corredor, con lady Juliana tras él.

La reina había desaparecido y el príncipe, furioso, la hizo andar por delante de él. Los sollozos de Bella resonaban bajo los oscuros techos abovedados.

—Oh, encanto, pobre encanto exquisito —decía lady Juliana.

Por fin llegaron a las estancias del príncipe y, para desgracia de Bella, lady Juliana entró tras ellos como si en realidad no estuviera introduciéndose en la alcoba del príncipe.

«¿Es que no tienen ningún decoro ni reserva entre ellos mismos? —pensó Bella—. ¿O es que unos y otros se degradan como hacen con nosotros?»

Sin embargo, no tardó en darse cuenta de que tan sólo se encontraban en el estudio del príncipe, y rodeados de pajes. La puerta continuaba abierta.

Entonces lady Juliana apartó a Bella de las manos del príncipe, y sus suaves y fríos dedos la apremiaron a arrodillarse ante su silla.

A continuación la dama sacó, de algún lugar situado entre los pliegues de su vestido, un largo y estrecho cepillo con mango de plata y empezó a peinarla cariñosamente.

—Esto os calmará, mi pobre y preciosa niña —dijo—. No os asustéis.

Bella estalló en nuevos sollozos. Odiaba a esa dama tan encantadora. Quería destruirla. Se le ocurrían ideas salvajes, y sin embargo, al mismo tiempo, quería abrazarse a ella y llorar contra su pecho. Pensó en los amigos que había tenido en la corte de su padre, en sus damas de honor, en lo fácil que les resultaba mostrarse cariñosas entre ellas en tantísimas ocasiones, y quiso abandonarse al mismo afecto. El cepillado del pelo le provocó un hormigueo por todo el cuero cabelludo y también por sus brazos. Cuando la mano izquierda de la dama le cubrió los pechos y los meneó dulcemente, Bella se sintió indefensa. Abrió la boca y apoyó la frente en su rodilla, derrotada.

—Pobre, cariño —dijo la dama—. El sendero para caballos no es tan horrible. Después agradeceréis haber sido tratada tan rigurosamente al principio, porque eso debilitará vuestra resistencia mucho antes.

«Esos sentimientos ya me son conocidos», pensó Bella.

—Quizá —continuó lady Juliana con el movimiento rítmico del cepillo— yo misma deba cabalgar a vuestro lado.

¿Qué podía significar esto?

—Llevadla inmediatamente de vuelta a la sala de esclavos —ordenó el príncipe. No hubo ninguna explicación, ni despedidas, ¡ningún atisbo de ternura!

Bella se volvió, se precipitó a cuatro patas hasta el príncipe y besó fervorosamente sus botas. Una y otra vez, ambas botas, esperando algo que desconocía, quizás un abrazo sincero de él, algo que aliviara el temor que le infundía el sendero para caballos.

El príncipe aceptó los besos durante un buen rato, luego la levantó y la entregó a lady Juliana que enlazó las manos de Bella a la espalda.

—Sed obediente, hermosa —dijo la dama.

—Sí, de acuerdo, vos cabalgaréis a su lado —dijo el príncipe—. Pero debéis ofrecer un buen espectáculo.

—Por supuesto, disfrutaré muchísimo tratando de conseguir un buen espectáculo —dijo la dama—, y será lo mejor para todos. Ella es una esclava, y todos los esclavos desean un señor y una ama firmes. Puesto que no pueden ser libres, no les gustan las ambivalencias. Yo seré sumamente estricta con ella, pero siempre cariñosa.

—Llevadla de vuelta a la sala —dijo el príncipe—. Mi madre no me permitirá tenerla aquí.

EL SENDERO PARA CABALLOS

En cuanto Bella abrió los ojos al despertarse percibió una nueva excitación en el castillo.

La sala de esclavos estaba brillantemente iluminada por antorchas colocadas en todos los rincones, y en ella tanto los príncipes como princesas eran objeto de elaborados preparativos. Los criados peinaban y adornaban con flores el cabello de las princesas, y a los príncipes les aplicaban aceites y les peinaban los rizos rebeldes con idéntico esmero que a las muchachas.

Sin embargo, León sacó a Bella atropelladamente fuera de la cama. Parecía preso de una excitación excepcional.

—Es noche de fiesta, Bella —le dijo—, y os he dejado dormir mucho rato. Debemos apresurarnos.

—Noche de fiesta —susurró ella.

Al instante ya estaba colocada sobre la mesa para ser preparada.

León le dividió la melena y empezó a trenzar su cabello. Bella sintió el aire en el cuello, una sensación que le pareció odiosa. León había empezado a trenzar el pelo en lo alto de la cabeza, lo que la haría parecer más aniñada incluso que lady Juliana. A ambos lados de su cabellera le trenzaba una larga tirilla de cuero negro y en los extremos anudaba una pequeña campanilla de cobre. Cuando León las soltó, ambas trenzas cayeron pesadamente sobre los pechos de Bella, dejando su cuello y su cara al descubierto.

—Fascinante, fascinante —reflexionó León con su habitual aire de satisfacción—. Ahora, vuestras botas.

Le introdujo los pies suavemente en un par de altas botas de cuero negro. Le dijo que permaneciera de pie con las botas puestas mientras él se inclinaba para anudar los cordones sobre la rodilla. A continuación el criado alisó el cuero de la zona de los tobillos dejándolo pegado como un guante.

Hasta que Bella no levantó el pie no se dio cuenta de que cada bota lleva adherida una herradura al talón y a la punta. Los remates eran fuertes y resistentes para que nada pudiera dañar las punteras.

—Pero ¿qué sucede, qué es el sendero para caballos? —preguntó Bella con gran nerviosismo.

—¡Chsss!... —exclamó León, pellizcándole y pinchándole los pechos para darles «algo de color», según dijo él.

Luego le embadurnó los párpados y las pestañas con aceite, y extendió un poco de carmín por los labios y en los pezones. Bella retrocedió instintivamente pero los movimientos de León eran rápidos y seguros, apenas la tenían en cuenta.

Sin embargo, lo que más preocupaba a Bella era que sentía su cuerpo destemplado y vulnerable. Notaba el forro de cuero pegado a sus pantorrillas, y el resto de ella se sentía peor que desnuda. Esto todavía era más terrible que cualquiera de los pequeños adornos.

—¿Qué es lo que va a suceder? —preguntó otra vez. Pero León la había obligado a inclinarse sobre el extremo de la mesa y en aquel momento untaba sus nalgas con movimientos vigorosos.

—Están bien curadas —dijo—. Anoche, el príncipe debió adivinar que correríais hoy y decidió perdonaros.

Bella sintió los fuertes dedos de León que se empleaban a fondo en su carne y un indefinido terror la invadió. Así que iban a azotarla... pero eso siempre lo hacían. Sólo que, ¿lo harían en presencia de mucha gente?

Cada azote humillante recibido ante la mirada de otros le había supuesto a Bella un enorme sacrificio, aunque ahora sabía que podría soportar tantos golpes como fuera preciso si venían del príncipe.

Realmente no había recibido una zurra fuerte de verdad para complacer a otros desde la que sufrió en la fonda del camino, cuando la hija del mesonero la azotó para diversión de los soldados y de los lugareños que miraban por las ventanas.

«Pero llegará», pensó. La idea de que la corte la observara como si se tratara de un ritual hizo que sintiera una gran curiosidad, que al cabo de un instante dio paso al pánico.

—Milord, por favor, explicadme...

Entre el gentío que la rodeaba, vio a más muchachas que también llevaban el cabello trenzado y sus botas puestas. Así que no estaba sola. Además había príncipes, a los que asimismo les estaban calzando las botas.

Por toda la estancia se movía un grupo de jóvenes príncipes apoyados a cuatro patas que se encargaban de abrillantar el calzado todo lo rápido que podían, con las nalgas en carne viva y un pequeño cordón de cuero alrededor del cuello que llevaba sujeto un letrero que Bella no alcanzó a leer.

Mientras León la obligaba a ponerse en pie y daba unos toques finales a los labios y las pestañas, uno de estos príncipes empezó a sacar brillo a sus botas sin dejar de lloriquear. Sus nalgas no podían estar más rojas, y Bella vio que el letrero que colgaba del cuello rezaba: «Estoy en desgracia» en letras pequeñas.

Un paje se acercó y propinó al príncipe un sonoro y fuerte golpe con un cinturón para que se diera prisa en atender a otra persona.

Sin embargo, Bella no tuvo tiempo para prestarles atención. León ya le había sujetado las detestables campanitas de cobre en los pezones.

La princesa se estremeció casi instintivamente pero estaban firmemente adheridas. León le dijo que doblara los brazos y que los estrechara correctamente contra la espalda.

—Y ahora, adelante, sólo tenéis que doblar ligeramente las rodillas y marchar, levantando bien alto las rodillas —le dijo.

Bella se puso en movimiento, torpemente, reacia a obedecer, pero luego vio por todas partes princesas que marchaban casi animadamente, con sus pechos vibrando graciosamene a medida que salían al pasillo.

La princesa se dio prisa. Era difícil levantar las pesadas botas con cierto decoro, pero no tardó en coger el ritmo junto a León, que caminaba a su lado.

—Ahora, querida —dijo—, he de deciros que la primera vez siempre resulta difícil. La noche de fiesta provoca miedos. Yo había pensado que os asignarían alguna labor más sencilla para ser la primera vez, pero la reina ha ordenado especialmente que participéis en el sendero para caballos, y lady Juliana será la encargada de guiaros.

—Ah, pero qué...

—¡Chsss!, o tendré que amordazaros, y eso disgustaría mucho a la reina, además de afear terriblemente vuestra boca.

Bella y todas las muchachas habían llegado a una gran habitación desde la que a través de pequeñas ventanas repartidas a lo largo de una pared, Bella pudo ver el jardín.

Varias antorchas colgadas de los árboles oscuros, ardían con un fulgor irregular sobre las ramas frondosas que se extendían sobre ellas. Justo al lado de estas ventanas se formó la hilera de muchachas, lo que permitió a Bella observar un poco más lo que había allí debajo.

Se oía un enorme clamor, como si una gran multitud estuviera conversando y riéndose. Luego, para su asombro, Bella vio que numerosos esclavos estaban distribuidos por todo el jardín, colocados en diversas posiciones para sufrir distintos tormentos.

Sobre altas estacas repartidas aquí y allá habían atado con correas a príncipes y princesas retorcidos en penosas posturas, los tobillos ligados a las estacas y los hombros doblados en lo alto de éstas. Parecían meros ornamentos a la luz de las antorchas, que hacían relucir sus miembros torcidos, el cabello de las princesas a merced del viento. Seguramente, lo único que podrían ver sería el cielo por encima de ellos, mientras todo el mundo contemplaba sus miserables torsiones.

Debajo de ellos había nobles y damas por doquier. La luz caía sobre un largo manto bordado, más allá iluminaba un sombrero puntiagudo con un velo que colgaba diáfanamente. Había cientos de personas en el jardín. Las mesas estaban un poco apartadas, colocadas entre los árboles, dispuestas por todas partes hasta donde la vista de Bella alcanzaba.

Esclavos y esclavas hermosamente engalanados se movían en todas direcciones llevando jarras en las manos. Ellas lucían pequeñas cadenas de oro sujetas a los pechos, los príncipes anillos de oro que adornaban los órganos erectos. Unos y otros se apresuraban a llenar las copas, pasaban las bandejas de comida y, al igual que en el gran salón, aquí también había música.

Entre la hilera de muchachas que había delante de Bella crecía la inquietud. La princesa oía llorar a una mientras el criado intentaba consolarla, pero la mayoría se comportaban obedientemente. Aquí y allá un criado frotaba más ungüento sobre unas nalgas rollizas o susurraba palabras de aliento a la oreja de una princesa. Bella se mostraba cada vez más aprensiva.

No quería mirar al patio, de tanto como le asustaba, pero no podía evitarlo. Cada vez descubría algún nuevo horror. A la izquierda había un gran muro decorado con esclavos cuyas extremidades eran estiradas, y sobre una gran carreta para servir descubrió varios esclavos sujetos a las ruedas gigantes, que rodaban cabeza abajo una y otra vez a medida que la carreta avanzaba.

—Pero ¿qué nos va a suceder? —susurró Bella. La muchacha que estaba delante de ella en la hilera, la que no podía ser acallada, en aquel instante colgaba de los tobillos, boca abajo, sostenida por un fuerte paje que la castigaba con presteza. Bella se quedó boquiabierta al ver que la azotaban, con sus trenzas caídas por el suelo.

—Chsss, es mejor para ella —dijo León—. Purgará su miedo y la agotará un poco. Así estará mucho más suelta en el sendero para caballos.

—Pero, decidme...

—Tranquilizaos. Primero veréis a los demás y de este modo comprenderéis. Cuando llegue vuestro turno, yo os instruiré. Recordad que se trata de una noche especial, de una gran festividad. Pero la reina estará observando, y el príncipe se enfurecerá si lo defraudáis.

Los ojos de Bella volvieron al jardín. La gran carreta con comida humeante había avanzado, y le permitió ver por primera vez las fuentes situadas a lo lejos. Allí también había esclavos atados, con los brazos enlazados entre sí, hundidos de rodillas en el agua alrededor del pilar central cuyo chorro centelleante se derramaba sobre ellos. Sus cuerpos relucían bajo el agua.

El criado que permanecía junto a la muchacha que estaba delante de Bella se rió entre dientes y dijo que sabía de alguien que se sentiría muy desdichado por perderse la noche de fiesta, pero que ella misma se lo había buscado.

—Desde luego que sí —asintió León cuando el criado se volvió y le dirigió una mirada—. Hablan de la princesa Lizetta —le explicó a Bella—, que sigue en la sala de castigos y que, sin duda, estará maldiciéndose por no poder asistir a toda esta excitación.

¡Perderse la excitación! Sin embargo, pese al temor que la dominaba, Bella asintió con un gesto, como si lo que oía fuera perfectamente natural. Se tranquilizó y pudo oír su propio corazón y sentir su cuerpo como si dispusiera de tiempo ilimitado para conocerlo. Notó el forro de las botas de cuero, el golpecito de las herraduras al chocar contra las piedras, el aire en su cuello y en su vientre. «Sí, esto es lo que soy, así que yo tampoco debería desear perdérmelo. Pero aun así, mi alma se rebela; ¿por qué me rebelo?», se preguntó.

—Oh, cómo desprecio a ese miserable lord Gerhardt, ¿por qué tiene que ser él quien me guíe? —Preguntó en voz baja la muchacha que se encontraba ante ella. El criado le contestó con algún comentario que la hizo reír—. Pero es tan lento —replicó—, saborea cada momento. ¡Y a mí lo que me gusta es correr! —El criado se rió de ella, que continuó—: ¿Y qué es lo que consigo?, los azotes más mezquinos. Soportaría los azotes si al menos pudiera apartarme y correr...

—¡Lo queréis todo! —dijo el criado.

—¿Y qué es lo que vos queréis? ¡No me digáis que no os gusta verme cubierta de moratones y casi llena de ampollas!

El mozo volvió a reír. Era jovial, de complexión pequeña, mantenía las manos entrelazadas a la espalda, y el cabello castaño le caía ligeramente sobre los ojos.

—Querida mía, lo amo todo en vos —respondió—, igual que lord Gerhardt. Ahora decid algo para animar a la pequeña mascota de León. ¡Está tan asustada!

La muchacha se giró y Bella vio su rostro impertinente, sus ojos que se volvían oblicuos en los extremos, un poco como los de la reina, aunque eran más pequeños y carecían de crueldad. Sus pequeños labios rojos dibujaron una amplia sonrisa:

—No os asustéis, Bella —dijo—, aunque no necesitáis ningún consuelo de mí. Vos tenéis al príncipe, yo sólo tengo a lord Gerhardt.

Una gran risotada recorrió el jardín. La música sonaba muy fuerte. Los músicos rasgaban laúdes y mandolinas, pero Bella pudo oír con bastante claridad el estruendo de los cascos de caballos que se aproximaban. Un jinete pasó lanzado por delante de las ventanas, con la capa volando tras él y su caballo engalanado con bridas de plata y oro que formaban un rayo de luz mientras avanzaba a toda velocidad.

—Oh, por fin, por fin —dijo la muchacha que estaba delante de Bella. Llegaron más jinetes y formaron una hilera a lo largo del muro, que casi bloqueó la vista del jardín. Bella no podía soportar mirarlos, pero lo hizo y vio que se trataba de damas y nobles de espléndido aspecto, cada uno con las riendas del caballo sujetas con su mano izquierda y una larga pala negra rectangular en la derecha.

—Vamos, a la otra sala —dijo lord Gregory, y los esclavos que habían esperado en la larga fila fueron conducidos a la siguiente estancia en donde permanecieron de pie mirando directamente hacia la puerta arqueada que daba al jardín. Bella descubrió entonces que la fila de esclavos la encabezaba un príncipe; también vio al lord montado a caballo que estaba preparado, mientras su corcel escarbaba la tierra ante el pasaje abovedado.

León desplazó un poco a Bella a un lado:

—Así podréis ver mejor —dijo.

El príncipe enlazaba sus manos detrás del cuello y avanzaba unos pasos.

Sonó una trompeta que cogió desprevenida a Bella y le hizo soltar un grito ahogado. Se oyó una exclamación procedente de la multitud que se encontraba detrás del pasaje. El joven esclavo fue obligado a salir para recibir de inmediato el saludo de la pala de cuero negro del lord que iba a caballo y al instante el esclavo se puso a correr. El lord montaba justo a su costado, mientras el sonido de la pala sonaba fuerte y nítido, así como el rumor de la multitud que parecía elevarse y entremezclarse con murmullos de risas.

Bella se asustó al ver que las dos figuras desaparecían juntas por el sendero. «No puedo hacerlo, no puedo —pensó—. No pueden obligarme a correr. Me caeré. Caeré al suelo y me protegeré. Ya era bastante horrible estar atada, amarrada de lante de tanta gente, pero esto es imposible...», se decía la princesa.

Otro jinete estaba ya colocado a la espera, y de repente una joven princesa fue obligada a salir. La pala acertó en el blanco, la princesa profirió un gritito e inmediatamente inició su carrera desesperada a lo largo del sendero para caballos, con un jinete a caballo que la perseguía y la azotaba con fiereza.

Antes de que Bella pudiera apartar la vista otro esclavo se había puesto en marcha. Su vista se enturbió al descubrir a lo lejos una línea confusa de antorchas que señalaba el sendero y que parecía continuar a través de los árboles, más allá de una panorámica interminable de nobles y damas en plena celebración.

—Bien, Bella, ya veis lo que se requiere de vos. No lloréis. Si lloráis será más duro. Debéis concentrar vuestra mente en correr rápido, manteniendo las manos detrás del cuello. Aquí, colocadlas ahora. Debéis levantar bien altas las rodillas e intentar no retorceros para escapar de la pala. Os alcanzará, hagáis lo que hagáis, pero os advierto, no importa cuántas veces repita esto, siempre querréis escapar a la pala. Y ahí está la estratagema, en mantener la gracia.

Otro esclavo inició la carrera, y luego uno más.

La joven que había llorado antes volvía a estar boca abajo, colgando, mientras la azotaban.

—¡Qué espanto! —exclamó la princesa que estaba delante de Bella—. Se va a llevar una buena zurra en un instante.

De repente delante de Bella sólo quedaban tres esclavos y el pasaje arqueado.

—Oh, no, no puedo... —gritó a León.

—Tonterías, querida mía, seguid el sendero. Se desenvolverá lentamente ante vos, distinguiréis los giros con antelación. Únicamente debéis deteneros si veis parado al esclavo que va delante; esto sucede de vez en cuando, ya que al pasar ante la reina los esclavos deben pararse para recibir sus elogios o reprobaciones. Ella se encuentra en un gran pabellón a vuestra izquierda, pero no dirijáis mirada alguna hacia su majestad mientras apretáis el paso o la pala os cogerá desprevenida.

—Oh, por favor, me desmayaré, no puedo...

—Bella, princesa —dijo la bonita muchacha que estaba delante de ella—, limitaos a seguir mi ejemplo.

Enseguida, Bella comprobó horrorizada que ya no quedaba nadie más aparte de esta muchacha.

Sin embargo, luego colocaron ante ella a la esclava que acababa de ser azotada, y la condujeron afuera. La muchacha estaba frenética y sollozaba, pero mantenía las manos detrás del cuello y al instante estaba corriendo al lado del jinete, un lord alto y joven que no paraba de reír y que retrasaba mucho la pala cada vez que iba a lanzarla.

De repente apareció otro jinete, el anciano lord Gerhardt, y Bella observó aterrorizada a la guapa princesa, que salió para recibir los primeros golpes y continuar corriendo al lado del jinete efectuando graciosos movimientos ascendentes con las rodillas. Pese a todas las quejas de la doncella, el caballo del lord parecía moverse con enorme rapidez y la pala resonaba con mucha fuerza y sin piedad.

Bella fue obligada a salir al umbral que daba al jardín. Por primera vez pudo contemplar la corte en pleno, las docenas y docenas de mesas que se desperdigaban por el césped y que aparecían en gran número diseminadas por el bosque situado más allá. Había sirvientes y esclavos desnudos por doquier. Quizás el recinto fuera tres veces más grande de lo que había juzgado desde las ventanas.

Bella se sintió pequeña e insignificante por culpa del terror que la dominaba. Estaba perdida, repentinamente, sin nombre o sin alma. «¿Qué soy ahora?», podría haberse preguntado, pero también era incapaz de pensar. Como si viviera una pesadilla, vio todos los rostros de los que estaban en las mesas más próximas. Nobles y damas se retorcían para ver el sendero para caballos. Más a su derecha asomaba el pabellón de la reina, entoldado y engalanado con flores.

La princesa, jadeante, intentaba recuperar el aliento, y cuando levantó la vista y vio la espléndida figura montada de lady Juliana, sus ojos se llenaron de lágrimas de gratitud, aunque estaba convencida de que la azotaría con toda su fuerza para cumplir con su obligación.

Las trenzas de la encantadora dama estaban peinadas con la misma plata que enhebraba el vestido que resaltaba su sugerente silueta. Parecía hecha para la silla en la que estaba montada. Llevaba el mango de la pala atado con una correa sujeta a su muñeca, y le sonreía.

No tuvo tiempo para ver ni pensar nada más.

Bella corría hacia delante, sentía el crujido del sendero para caballos bajo sus herraduras y oía el fuerte resonar de los cascos a su lado.

Aunque había pensado que sería imposible soportar tal degradación, sintió el primer golpe estrepitoso contra sus nalgas desnudas, tan enérgico que casi le hizo perder el equilibrio. El dolor punzante se propagó como un fuego cálido pero Bella seguía avanzando a toda prisa.

Las fuertes pisadas de los cascos la ensordecían. La pala la alcanzaba una y otra vez, casi la levantaba del suelo y la obligaba a seguir adelante. Su llanto sonaba con fuerza a través de sus dientes apretados. Las lágrimas nublaban las antorchas que definían con claridad el sendero que se extendía ante ella, y la princesa seguía corriendo. Avanzaba velozmente en dirección a los árboles que encerraban el recorrido, pero era imposible escapar a la pala.

Era tal como León le había advertido: la pala la atrapaba una y otra vez y cada golpe le producía alguna horrible sorpresa ya que ella intentaba superar a la montura. Podía oler al caballo, y cuando abrió los ojos e intentó cobrar aliento entre jadeos, vio que a ambos lados del camino había mesas iluminadas por las antorchas y abundantemente surtidas. Nobles y damas bebían, comían y reían; quizá se volvían para echarle un vistazo, no lo sabía, ella sólo sollozaba y corría como una loca tratando de alejarse de los golpes, que cada vez llegaban con más fuerza.

«Oh, por favor, por favor, lady Juliana», quería gritar, pero no se atrevía a pedir clemencia. El sendero había doblado y ella lo siguió para encontrar únicamente más y más nobles que disfrutaban del banquete. Confusamente, ante ella, apenas distinguía la figura del otro jinete y de la esclava, que le habían sacado una gran distancia.

Le quemaba la garganta tanto como su carne irritada.

—Más rápido, Bella, más rápido, y levantad más las piernas —berreaba lady Juliana al viento—. Así, mucho mejor, querida mía.

De nuevo llegaba un estallido de dolor, y otro. La pala encontraba sus muslos con un impacto que la levantaba del suelo y parecía abarcar completamente sus nalgas.

Bella no pudo evitar soltar un grito. Al poco, sus súplicas se oían tan claramente como el repicar de los cascos del caballo en las pavesas.

Sentía una terrible presión en la garganta y le quemaban incluso las suelas de los pies, pero nada le dolía tanto como los rápidos y fuertes paletazos.

Lady Juliana parecía poseída por algún genio maligno. Atrapaba a Bella desde un ángulo y luego desde otro, la levantaba una y otra vez con más golpes, le propinaba un sonoro y fuerte paletazo y a continuación otros tres o cuatro más en rápida sucesión.

El sendero volvió a doblar y Bella distinguió, aún lejos, los muros del castillo. Ya estaban de regreso. Pronto llegarían al pabellón entoldado de la reina.

Bella tuvo la impresión de que se quedaba sin pizca de aliento, aunque lady Juliana, en un gesto compasivo, redujo el ritmo, al igual que los jinetes que iban delante. Bella corría cada vez más despacio, con las rodillas más altas, y notó que una gran corriente relajadora la recorría. Oía sus propios sollozos sofocados, las lágrimas le caían por la cara y, sin embargo, sintió cómo la invadía una sensación sumamente desconcertante.

De repente la envolvía una especie de calma. No lo comprendía. Ya no oponía resistencia, aunque la obligación de rebelarse la aguijoneaba. Quizá simplemene estaba agotada. Sí sabía, sin embargo, que era una esclava desnuda de la corte y que podía sucederle cualquier cosa. Cientos de nobles y damas la observaban con deleite. Para ellos no era nada más que una entre muchos: aquello se había repetido miles de veces con anterioridad, y volvería a repetirse. Debía hacerlo lo mejor posible o si no acabaría colgada de la viga de la sala de castigos, donde sufriría para diversión de nadie.

—Levantad las rodillas, mi precioso encanto —le repitió lady Juliana al tiempo que reducían la marcha—. Oh, si pudierais ver lo exquisita que estáis. Lo habéis hecho espléndidamente.

Bella movió la cabeza. Sentía las pesadas trenzas sobre su espalda. De repente, cuando la pala la golpeó, se desplazó lánguidamente, siguiendo su movimiento. Era como si esta extraña relajación la ablandara por completo. ¿Se referían a esto cuando le explicaron que el dolor la ablandaría? De todos modos, aquel abandono le daba miedo, esa desesperanza... ¿era desesperanza? No lo sabía. En aquel momento había perdido la dignidad. Se veía a sí misma como lady Juliana tenía que haberla visto, con toda seguridad. Casi pareció mostrarse satisfecha al imaginárselo: irguió la cabeza y sacó los pechos orgullosa.

—Eso es, encantador, encantador —la animaba lady Juliana a viva voz. El otro jinete había desaparecido.

El caballo encontró de nuevo el paso; la pala volvió a golpearla violentamente y guió a Bella a través de las mesas que se amontonaban, mientras la multitud era cada vez más numerosa y el castillo estaba más próximo. De pronto se habían detenido ante el pabellón.

Lady Juliana hizo girar de lado su montura y, con pequeños paletazos punzantes, atrajo a Bella hacia sí y la obligó a ponerse firme.

Bella no levantó la vista pero pudo ver las largas guirnaldas de flores, la confusa imagen blanca del entoldado que se hinchaba plácidamente como un globo en la brisa, y un montón de figuras sentadas detrás del enrejado adornado del pabellón.

Su cuerpo parecía consumido por el fuego. Era incapaz de recuperar el aliento, y entonces oyó la conversación que mantenían por encima de ella, la voz pura y gélida de la reina y las risas de sus acompañantes. La princesa tenía la garganta irritada, las nalgas le palpitaban dolorosamente, y entonces lady Juliana susurró:

—Le habéis agradado, Bella. Ahora besadme la bota y dejaos caer de rodillas para besar la hierba ante el pabellón. Hacedlo con brío, muchacha mía.

Bella obedeció sin vacilar. De nuevo sintió aquella sensación calmada de... ¿qué era? ¿Liberación? ¿Resignación?

«Nada puede salvarme», pensó. En torno a ella todos los sonidos se entremezclaron en un clamor ensordecedor. Tenía la impresión de que su trasero brillaba del dolor, y se imaginó que de él emanaba una gran luz.

De nuevo volvía a estar de pie, y otro fuerte golpetazo la envió llorando al interior de la cámara oscura del sótano del castillo.

Los esclavos eran arrojados dentro de unos barriles, donde lavaban apresuradamente sus cuerpos escocidos con agua fría. Bella sintió el fluir del agua sobre la carne raspada y luego la suave toalla que la secaba.

Al cabo de un instante, León la tenía en pie.

—Habéis agradado maravillosamente a la reina. Exhibisteis una forma magnífica, como si hubierais nacido para el sendero para caballos.

—Pero el príncipe... —susurró Bella. Sintió náuseas y por error imaginó al príncipe Alexi.

—Esta noche no estará con vos, preciosa. Está bastante ocupado con miles de distracciones. Es preciso que vos os instaléis en un lugar en el que podáis servir y a la vez descansar. La ejecución del sendero para caballos ya es bastante por una noche para una novicia.

Le soltó las trenzas y le peinó el pelo en ondas. Bella ya podía respirar a fondo y con regularidad, y reclinó la frente en el pecho de León.

—¿De verdad he estado graciosa?

—De un hermosura indescriptible —le susurró—, y lady Juliana está absolutamente enamorada de vos.

En aquel instante León le ordenó que se pusiera de rodillas y lo siguiera.

Pronto volvió a encontrarse en medio de la noche, sobre el cálido césped, rodeada por la ruidosa multitud. Veía las patas de las mesas, los vestidos recogidos, manos que se movían en las sombras. No muy lejos oyó carcajadas y, luego, apareció ante ella una larga mesa de banquetes cubierta con bandejas de dulces, frutas y pasteles. Dos príncipes se encargaban de servir y a ambos lados había pilares decorativos en los que habían instalado a algunas esclavas cuyas manos sostenían por encima de la cabeza, y las piernas, ligeramente separadas, estaban encadenadas a la parte inferior.

Cuando Bella se aproximó, retiraron a una de las esclavas y la amarraron a toda prisa en su lugar. La princesa se quedó de pie, firmemente sujeta, con la cabeza y las hinchadas nalgas apretadas contra el pilar.

Desde allí, incluso con los párpados bajos, podía ver toda la fiesta que transcurría a su alrededor. Se sintió atada firmemente a su puesto, incapaz de moverse, pero no le importó. Lo peor ya había pasado.

Tampoco le importó que un noble que caminaba a su lado se detuviera a sonreírle y a pellizcarle los pezones. Se asombró al ver que le habían retirado las pequeñas campanitas. El cansancio era tan atroz que ni siquiera se había dado cuenta de esto.

León seguía cerca, pegado a su oreja, y Bella

estaba a punto de murmurar alguna pregunta referente al tiempo que permanecería allí cuando distinguió claramente, delante de ella, al príncipe Alexi.

Estaba tan hermoso como lo recordaba. Su cabello caoba descendía ondulante sobre las cavidades de su bello rostro, y sus cálidos ojos marrones estaban fijos en ella. Los labios dibujaron una sonrisa mientras se acercaba a la mesa y tendía su jarra para que la llenara una de las personas que servía.

Bella lo observó furtivamente por el rabillo del ojo. Vio su sexo grueso y duro, y el exuberante vello que lo rodeaba. La visión del paje Félix chupándolo la invadió con repentina pasión.

Bella debió de gemir o agitarse porque el príncipe Alexi, tras echar una ojeada al distante pabellón antes de inclinarse sobre la mesa para recoger unos dulces, se acercó y la besó en la oreja, haciendo caso omiso de León, como si éste no existiera.

—Comportaos, príncipe revoltoso —le dijo León, y no bromeaba.

—Os veré mañana por la noche, querida mía —susurró Alexi con una sonrisa—, y no temáis a la reina porque yo estaré con vos.

La boca de Bella tembló. Estuvo a punto de echarse a llorar, pero él ya se había ido. En aquel instante León se aproximaba otra vez a su oreja y ahuecando la mano le susurró:

—Mañana por la noche veréis a la reina durante unas horas en sus aposentos.

—Oh, no, no... —se lamentó Bella, sacudiendo la cabeza de un lado a otro.

—No seáis tonta. Esto es muy favorable. No podríais desear nada mejor. —Mientras hablaba, León deslizó la mano entre sus piernas y le pellizcó delicadamente los labios del pubis.

Bella sintió cómo se acaloraba.

—He estado en el pabellón mientras corríais. La reina ha quedado realmente impresionada sin pretenderlo —continuó—, y el príncipe dijo que siempre habéis exhibido la misma forma y brío. Una vez más pidió clemencia para vos, y rogó a la reina que no censurara su pasión. Accedió a no veros esta noche a cambio de disponer de una docena más o menos de nuevas princesas que desfilaran ante él...

—¡No me expliquéis más! —se quejó Bella en voz baja.

—Pero ¿no os dais cuenta? La reina se quedó prendada de vos, y él lo sabe. Os observó con suma atención mientras corríais, y estaba impaciente porque llegarais al pabellón. Fue ella quien sugirió que quizá debería probar vuestros encantos personalmente para comprobar si era cierto que no erais tan consentida y engreída como había supuesto. Os recibirá en sus aposentos mañana por la noche después de la cena.

Bella lloró suavemente. Se sentía demasiado apocada para contestar.

—Pero, princesa, esto es un gran privilegio. Hay esclavos que sirven durante años sin que la reina jamás se fije en ellos. Disfrutaréis de una verdadera oportunidad para hechizarla. Y lo conseguiréis, querida mía, lo lograréis, es imposible que falléis en esto. El príncipe ha sido inteligente por una vez. Lo ha comprendido y ha sabido contener sus sentimientos.

—Pero ¿qué me hará? —gimoteó Bella—. Y el príncipe Alexi, ¿lo verá todo? Oh, ¿qué me hará ella?

—Vamos, vos seréis un juguete para ella, por supuesto. Sólo deberéis complacerla.

LA ALCOBA DE LA REINA

Ya había transcurrido media noche cuando llegó la reina.

Bella había dormitado, se despertó una y otra vez, y descubrió, como si se encontrara en medio de una pesadilla, que seguía encadenada en la alcoba atiborrada de ornamentos de la soberana. Estaba sujeta a la pared: los tobillos atados con correas de cuero, las muñecas levantadas por encima de la cabeza y las nalgas apretadas contra la fría piedra que tenía a su espalda.

Al principio, el contacto con la piedra le resultó agradable. De vez en cuando se retorcía para que el aire le refrescara la irritación. Era evidente que la carne escocida había mejorado considerablemente desde que pasó la severa prueba de la noche anterior en el sendero para caballos, pero a Bella aún le dolía y sabía que el destino que le deparaba aquella noche era sufrir nuevos tormentos.

No obstante, el sufrimiento que le ocasionaba su propia pasión no era menor. ¿Qué había despertado el príncipe en ella para que, tras una noche sin satisfacción, se sintiera tan lasciva? Lo que la despertó del sueño en la sala de los esclavos fue la excitación que notó entre las piernas, y continuaba sintiéndola de vez en cuando mientras esperaba en los aposentos reales.

La habitación estaba sumida en sombras. Allí reinaba una quietud ininterrumpida. Docenas de gruesas velas quemaban en sus pesados soportes dorados, mientras la cera se derramaba en riachuelos por las tracerías de oro. La cama, con sus tapices adornados, parecía una profunda caverna.

Bella cerraba y abría los ojos a intervalos irregulares, y cuando estaba otra vez a punto de quedarse dormida oyó cómo se abrían de par en par las pesadas puertas dobles. De pronto, apareció ante ella la alta y delgada figura de la reina.

La soberana se desplazó hasta el centro de la alfombra. Su vestido de terciopelo azul se ajustaba a sus caderas enfajadas y se acampanaba delicadamente hasta casi cubrir sus pantuflas negras puntiagudas. Contempló a Bella con aquellos ojos negros entrecerrados, sesgados hacia arriba en los extremos, lo que le confería una expresión cruel, y luego, cuando sonrió, aquellas mejillas que un instante antes parecían tan duras como la porcelana formaron unos hoyuelos.

Bella bajó inmediatamente la vista. Petrificada, observó disimuladamente cómo la reina se alejaba de ella y se sentaba ante un ornamentado tocador, de espaldas a un alto espejo.

Con un gesto informal despidió a las damas que esperaban de pie en la puerta. Sin embargo, una figura permaneció allí, de pie. Bella, aunque no se atrevió a mirar, estaba segura de que se trataba del príncipe Alexi.

«Así que su atormentadora ya había llegado», pensó Bella. Notaba en sus oídos los fuertes latidos de su corazón, un estruendo más que una pulsación; sentía las ligaduras que la sujetaban, mostrándola tan desvalida que no hubiera podido defenderse de nadie ni de nada. También era consciente del peso de los senos, y de la humedad entre sus piernas, que la inquietaba enormemente. ¿Lo descubriría la reina y lo utilizaría como excusa para castigarla de nuevo?

Además de miedo, aún perduraba en ella, desde la noche anterior, cierta sensación de desamparo. Sabía cómo aparecía, pero no podía hacer nada para evitarlo así que lo empezaba a aceptar.

Quizás esta aceptación era un nuevo poder. Desde luego necesitaba todas sus fuerzas, ya que estaba a solas con una mujer que no sentía ningún aprecio por ella. Evocó mentalmente el recuerdo del amor del príncipe, las caricias cariñosas de lady Juliana y sus afectuosas palabras de elogio, incluso los cuidados de las manos de León.

Pero la reina, la gran reina poderosa que lo dominaba todo, no sentía por ella sino frialdad y fascinación.

Bella se estremeció, muy a su pesar. La palpitación entre sus piernas parecía mitigarse para luego crecer levemente, cada vez con mayor intensidad. Estaba segura de que la reina la observaba, y podía hacerla sufrir puesto que no estaba el príncipe para presenciarlo, ni la corte. Nadie.

Sólo el príncipe Alexi.

Entonces lo vio salir de las sombras: una forma desnuda de proporciones exquisitas, con una piel dorada, oscura, que le hacía parecer una estatua pulida.

—Vino —dijo la reina. Al instante él se apresuró a servírselo.

Se arrodilló al lado de su majestad y le colocó la copa con dos asas entre las manos. Mientras ella bebía, Bella levantó la vista y vio que el príncipe Alexi le sonreía abiertamente.

Se quedó tan asombrada que casi se le escapó un pequeño gemido. Sus grandes ojos marrones estaban llenos del mismo afecto tierno que le había mostrado la noche anterior en el banquete, cuando pasó a su lado. Luego, su boca formó un beso silencioso antes de que Bella, consternada, pudiera apartar la vista.

¿Podría sentir cariño por ella, cariño de verdad, incluso deseo, como ella lo deseó la primera vez que lo vio?

De pronto ansiaba tocarlo. Quería sentir tan sólo por un instante la piel sedosa, el pecho sólido, esos pezones oscuros de color rosado. Qué exquisitos se veían en aquel pecho plano esos pequeños nódulos que parecían tan poco masculinos y que le daban un toque de vulnerabilidad femenina. ¿Cómo los habría castigado la reina?, se preguntaba Bella. ¿Los habrían estrujado y adornado en alguna ocasión, como con sus propios pechos?

Aquellos pequeños pezones eran muy provocativos.

Pero la palpitación que sentía entre sus piernas la previno; necesitó todo un ejercicio de voluntad para no mover sus caderas.

—Desvestidme —dijo la reina.

Desde sus párpados entrecerrados, Bella observó al príncipe Alexi que obedecía la orden con destreza y habilidad.

Qué torpe había sido ella hacía dos noches y qué paciencia demostró el príncipe.

Alexi utilizaba las manos en raras ocasiones. La primera tarea consistía en desabrochar con los dientes los cierres del vestido de la reina, y así lo hizo. A continuación recogió del suelo la indumentaria que había caído en torno a ella.

Bella se asombró al ver los desnudos pechos plenos y blancos de la reina bajo una fina blusa de encaje. Luego, él le quitó el manto ornado de seda blanca, que dejó al descubierto el pelo negro de la reina, suelto en bucles sobre los hombros.

Se llevó las vestimentas y volvió para quitarle las pantuflas, también con los dientes. Le besó los pies desnudos antes de hacer desaparecer el calzado y, a continuación, regresó con un camisón transparente guarnecido con encaje blanco, cuyo tejido era de un lustroso color crema. Era muy amplio y estaba recogido en infinitos pliegues.

Cuando la reina se levantó, el príncipe Alexi la desprendió de la blusa que aún llevaba puesta y se estiró completamente para colocarle el camisón sobre los hombros. Ella deslizó los brazos en el interior de las mangas de amplios pliegues y la prenda le cayó sobre el cuerpo como una campana.

A continuación, y de espaldas a Bella, el príncipe Alexi, que de nuevo estaba arrodillado, procedió a atar una docena de pequeños lazos de cinta blanca que cerraban la parte delantera del camisón hasta llegar al dobladillo, justo por encima de los empeines desnudos de la soberana.

Mientras él ataba el último de los lazos, las manos de la reina juguetearon ociosamente con el cabello caoba de Alexi, y Bella se descubrió a sí misma observando aquellas nalgas enrojecidas que, por supuesto, habían recibido un castigo recientemente. Sus muslos, las pantorrillas largas y duras, todo él encendía la pasión de Bella.

—Descorred los doseles de la cama —dijo la reina— y traed a la muchacha a mi lado.

A Bella la ensordecía su propio pulso. La fuerte presión en sus oídos y en su garganta parecía aumentar. De todos modos, oyó los tapices al descorrerse, y también vio a la reina sobre la colcha reclinada en medio de un nido de cojines de seda. Parecía más joven con el pelo suelto. Su rostro no delataba ningún indicio del paso de los años. Observaba a Bella con aquellos ojos tan apacibles que parecían pintados con esmalte en su rostro.

Bella sufrió una inoportuna sacudida de placer cuando vio al príncipe Alexi ante ella. Su imagen borró la visión de la amenazadora reina. Él se inclinó para desatarle los tobillos y Bella pudo apreciar que sus dedos la acariciaban deliberadamente. Cuando volvió a ponerse de pie ante ella, con las manos levantadas para soltarle las muñecas, Bella olió el perfume de su cabello y de su piel, y tuvo la impresión de que había algo absolutamente lascivo en él. Pese a su constitución cuadrada y compacta, el príncipe le parecía una exquisita delicia aromática, y se sorprendió a sí misma mirándole directamente a los ojos. Él sonrió y dejó que sus labios le tocaran la frente, donde permanecieron apretados en secreto hasta que las muñecas quedaron enteramente libres, sólo sujetas en sus manos.

A continuación la empujó delicadamente hacia abajo para que se pusiera de rodillas y con un gesto le indicó la cama.

—No, simplemente traedla —dijo la reina.

El príncipe Alexi levantó a Bella y se la echó sobre el hombro con tanta facilidad como podría haberlo hecho un paje, o el propio príncipe de la Corona cuando se la llevó del castillo de su padre.

Bajo ella, la carne de Alexi le pareció caliente y, desde su posición, colgando de su espalda, besó descaradamente sus nalgas.

Luego él la tumbó sobre la cama y Bella se halló junto a la reina, mirándola a los ojos, del mismo modo que la propia soberana la contemplaba desde su altura, apoyada en el codo.

El aliento de Bella salía entrecortado en rápidos jadeos. La reina le parecía ciertamente enorme. Bella percibió en aquel instante un gran parecido con el príncipe; la única diferencia, como siempre, era que la reina parecía infinitamente más fría. Aun así, había en su roja boca algo que en algún momento pudo haber sido un atisbo de dulzura. Tenía unas pestañas espesas, una barbilla firme, y al sonreír le aparecieron hoyuelos en las mejillas. Su cara tenía forma de corazón.

Bella, aturdida, cerró los ojos y se mordió el

labio con tanta fuerza que podría habérselo cortado.

—Miradme —dijo la reina—. Quiero veros los ojos, con naturalidad. No mostréis ninguna modestia, ¿me entendéis?

—Sí, majestad —contestó Bella.

Se preguntaba si la reina podría oír los latidos de su corazón. La cama parecía blanda, las almohadas suaves, y se sorprendió observando los grandes pechos de su majestad, el círculo oscuro de un pezón debajo del camisón, antes de volver a mirar obedientemente a los ojos de la reina.

Bella sintió una sacudida por todo su cuerpo, que finalmente se concentró formando un nudo en su estómago.

La reina se limitaba a estudiarla muy absorta. Entre sus labios aparecían los dientes perfectamente blancos, y esos ojos, oblicuos, alargados, tan profundamente negros que no revelaban nada.

—Sentaos aquí, Alexi —dijo la reina sin apartar la vista de ella.

Bella vio que el esclavo de la reina ocupaba su posición al pie de la cama, con los brazos cruzados sobre el pecho y la espalda apoyada en el poste.

—Pequeño juguete —dijo la reina a Bella en voz baja—. Quizás ahora entienda por qué lady Juliana está tan embelesada con vos.

Recorrió con su mano el rostro de la princesa, sus mejillas, sus pestañas. Le pellizcó la boca. Le alisó el pelo hacia atrás y a continuación le meneó los pechos a derecha e izquierda repetidas veces.

La boca de Bella temblaba pero no profirió ningún sonido. Sus manos estaban pegadas a los lados. La reina era como una luz que amenazaba con cegarla.

Si hubiera pensado en ello, allí tumbada tan cerca de la soberana, el pánico se habría apoderado de Bella.

La mano de la reina continuó acariciando su vientre, pellizcó la carne de los muslos y luego la parte posterior de las piernas, a la altura de las pantorrillas. Allí donde la tocaba, Bella sentía un hormigueo inintencionado, como si la propia mano tuviera algún poder espantoso. De repente odiaba a aquella mujer con mucha más violencia que la que nunca sintió por lady Juliana.

Entonces la reina empezó a examinar lentamente los pezones de Bella. Los dedos de su mano derecha torcían cada pezón, primero a un lado y luego a otro, y palpaban el suave círculo de piel que lo rodeaba. El aliento de Bella se volvió irregular; su sexo estaba empapado como si alguien hubiera exprimido una uva allí.

La reina era enormemente grande a su lado, y tan fuerte como un hombre. O, ¿simplemente se lo parecía porque enfrentarse a ella era algo impensable? Bella intentó recuperar la calma; trataba de pensar en la sensación de liberación que la invadió en el sendero para caballos, pero no lo conseguía. Fue una impresión frágil desde el principio, y ahora ni siquiera existía.

—Miradme —le ordenó la reina de nuevo con tono apacible. Bella estaba llorando cuando levantó la vista.

—Separad las piernas —ordenó la soberana.

Bella obedeció al instante. «Ahora se dará

cuenta —pensó Bella— y será tan desagradable como cuando lo descubrió lord Gregory. El príncipe Alexi también lo presenciará.»

La reina se rió.

—He dicho que separéis las piernas —repitió, y le propinó unas palmetadas violentas y punzantes en los muslos. Bella estiró las piernas separándolas todo lo que pudo y al instante fue consciente de su poca gracia. Cuando se quedó con las rodillas pegadas a la colcha pensó que sería incapaz de soportar aquella deshonra. Miró el artesonado que había en lo alto de la cama y se percató de que la reina le estaba abriendo el sexo igual que lo hizo León. Bella intentó tragarse sus propias lágrimas. El príncipe Alexi lo presenciaba todo. Ella recordó sus besos, sus sonrisas. Las luces de la habitación tremolaban, cuando notó su propio estremecimiento mientras los dedos de la reina palpaban la humedad de su punto secreto, al descubierto, jugaban con sus labios púbicos, alisaban el vello y cogían finalmente un mechón para estirarlo y manosearlo distraídamente.

Parecía que la reina estaba utilizando ambos pulgares para abrir brutalmente a Bella, quien a su vez intentaba mantener inmóviles las caderas. Ansiaba incorporarse y escapar, como una princesa miserable en la sala de adiestramiento que fuera incapaz de soportar que la examinaran de este modo. Sin embargo, no protestó; sus gimoteos sonaban débiles e imprecisos.

La reina le ordenó que se diera la vuelta.

¡Oh, bendito escondrijo!; podría esconder la cara entre las almohadas.

Pero aquellas manos frías, dominantes, estaban jugando en aquel instante con sus nalgas, abriéndolas, y tocándole el ano. «Oh, por favor —rogó en silencio, con desesperación. Sus hombros se agitaban con aquel llanto silencioso—. ¡Oh, esto es espantoso, espantoso!»

Cuando estaba con el príncipe al menos sabía qué quería de ella. Incluso en el sendero para caballos le habían dicho finalmente cuál era su cometido. Pero ¿qué pretendía esta malvada reina: que sufriera y que se rebajara ofreciéndose a sí misma, o simplemente que aguantara? ¡Y aquella mujer la despreciaba!

La reina friccionó la carne, la pinchó, como si comprobara su grosor, su suavidad, su elasticidad. Inspeccionó los muslos de Bella con los mismos movimientos precisos y luego le separó a la fuerza las rodillas y las levantó. También se elevaron sus caderas y Bella se quedó en cuclillas sobre la colcha, tendida boca abajo, con el sexo que sobresalía, colgando, y las nalgas separadas de manera que parecerían una fruta madura.

La mano de la reina reposaba debajo de su sexo como si lo sopesara, palpando la redondez y el volumen de los labios mientras los pellizcaba.

—Arquead la espalda —dijo la reina— y levantad el trasero, gatita, pequeña gatita en celo.

Bella obedeció. Los ojos se le llenaron de lágrimas de vergüenza. Temblaba violentamente, respirando a pleno pulmón. Sintió, muy a su pesar, que los dedos de la reina dominaban su pasión, apretaban la llama para que ardiera con más fuerza. Bella estaba segura de que sus labios púbicos se estaban hinchando y sus jugos fluían. No importaba cuán penosamente oponía su voluntad.

No quería darle nada a esa mujer malvada, a esa bruja de reina.

Estaba dispuesta a entregarse al príncipe, a lord Gregory, e incluso a nobles y damas sin nombre y sin rostro que la colmaran de lisonjas, pero ¡a esta mujer que la despreciaba...!

La reina se había sentado en la cama al lado de Bella.

La recogió con presteza como si se tratara de una blanda muñeca y la echó sobre su regazo, con el rostro alejado del príncipe Alexi, y las nalgas todavía expuestas, con toda seguridad, a la mirada escrutadora del hermoso esclavo.

Bella soltó un gemido boquiabierta. Sus pechos se restregaban contra la colcha y el sexo palpitaba contra el muslo de la reina. Era una especie de juguete en sus manos.

Sí, parecía exactamente un juguete, sólo que ella estaba viva, respiraba y sufría. Podía imaginarse qué debía de parecer ante los ojos del príncipe Alexi.

La reina le levantó el pelo y recorrió la espalda con el dedo hasta el extremo de la espina dorsal.

—Todos los rituales —dijo la reina con voz baja—, el sendero para caballos, las estacas en el jardín, las cacerías en el laberinto, así como los demás juegos ingeniosos son concebidos para mi diversión. Pero ¿he conocido alguna vez a un esclavo sin tener esta familiaridad con el siervo, la intimidad del esclavo sobre mi regazo listo para el castigo? Decidme, Alexi, ¿debo azotarla sólo con la mano para estar al nivel de esta familiaridad, sentir así su carne escocida, su calor, mientras observo cómo cambia de color? ¿O debo usar el espejo de fondo de plata, o una de las doce palas, todas ellas tan excelentes para este propósito? ¿Qué preferís, Alexi, cuando vos os encontráis sobre mi regazo? ¿Qué es lo que anheláis cuando no podéis contener las lágrimas?

—Si la azotaseis de ese modo podríais lastimaros la mano —fue la respuesta serena del príncipe Alexi—. ¿Queréis que os traiga el espejo de plata?

—Ah, pero no respondéis a mi pregunta —dijo la reina—. Traedme el espejo. No la azotaré con él. Más bien lo utilizaré para ver su rostro mientras la castigo.

Con los ojos llorosos, Bella vio cómo el príncipe Alexi se dirigía al tocador.

Luego, ante ella, apoyado en un cojín de seda, apareció el espejo, ladeado de tal forma que podía ver reflejado claramente en él el fino rostro blanco de la reina, cuyos ojos oscuros y su sonrisa la aterrorizaron.

«No debo revelarle nada», se dijo Bella con desesperación, cerrando los ojos mientras las lágrimas caían inevitablemente por sus mejillas.

—Ciertamente, la palma de la mano tiene algo superior —decía la reina, friccionando con la mano izquierda su cuello. Deslizó la mano bajo los pechos de Bella, los apretó entre sí y tocó los dos pezones con sus largos dedos—. ¿No es cierto que os he azotado con la mano con tanta fuerza como cualquier hombre, Alexi?

—Desde luego, majestad —respondió serenamente. Se encontraba otra vez detrás de Bella. Quizás había vuelto a su lugar, apoyado en el poste de la cama, pensó la princesa.

—Ahora enlazad las manos a la espalda, por la cintura, y mantenedlas así —dijo la reina. Entonces cubrió sus nalgas con la mano como lo había hecho anteriormente con sus pechos—. Contestad a mis preguntas, princesa.

—Sí, majestad —Bella respondió con un esfuerzo aunque, para mayor humillación, su voz rompió en sollozos y se estremeció al intentar reprimirlos.

—Y guardad silencio —ordenó la reina con tono severo.

Empezó a azotarla.

Sus nalgas recibieron un gran palmetazo seguido de otro. Si alguna vez una pala había sido más dolorosa, lo había olvidado. Bella intentó permanecer quieta, callada, sin que se le notara nada en absoluto, repitiéndose mentalmente aquella palabra una y otra vez, aunque sentía sus propios retortijones.

El proceso era idéntico al que le explicó León acerca del sendero de caballos: forcejeaba como si pudiera escapar a la pala; se escabullía para intentar evitarla. Y, de pronto, oía sus propios gritos jadeantes mientras los azotes la requemaban. La mano de la reina parecía inmensa, dura, y más pesada que la pala; se adaptaba a Bella mientras la zurraba. Bella estaba como loca, lloraba a lágrima viva, a gritos, y todo aquello para que la reina lo viera en su maldito espejo. Sin embargo no podía pararlo.

La otra mano de la reina le estrujaba los pechos, estiraba sus pezones una y otra vez, los soltaba y volvía a tirar de ellos, mientras continuaba azotándola y Bella sollozaba ininterrumpidamente.

Hubiera preferido cualquier otra cosa: precipitarse ante la pala de lord Gregory por el pasillo, el sendero para caballos; incluso el sendero para caballos era mejor, ya que el movimiento ofrecía cierta escapatoria. Aquí no había nada más que dolor, las nalgas inflamadas y desnudas para disfrute de la reina, que ahora buscaba nuevos puntos de ataque. Azotaba la nalga izquierda, y luego la derecha, y a continuación cubría los muslos de Bella con resonantes manotadas mientras las nalgas parecían hincharse y palpitar de modo insoportable.

«La reina tendrá que cansarse, deberá parar», se decía Bella.

Pero hacía un buen rato que se repetía esto y el tormento continuaba. Las caderas de Bella se levantaban y caían, se retorcía a un lado y sólo conseguía como premio recibir golpes más sonoros, más rápidos, como si la reina se violentara cada vez más. Era como cuando el príncipe de la Corona la azotó con la correa. La paliza se tornaba más violenta.

La reina se concentraba en aquel momento en la parte inferior de las nalgas, esa porción que lady Juliana había levantado con tanta intención con la pala; la azotaba con fuerza, durante largo rato, a ambos lados, antes de volver a subir y desplazarse a un lado, y luego a los muslos y todavía más arriba.

Bella apretó los dientes para ahogar sus gritos.

Abrió los ojos con implorantes súplicas desesperadas, pero únicamente vio el perfil severo de su majestad reflejado en el espejo. Los ojos de la reina estaban entrecerrados, su boca torcida, y, súbitamente, se quedó mirando fijamente a través del espejo, sin dejar de castigarla.

Las manos de Bella evitaron su firme apretón y forcejearon para cubrirse el trasero, pero la reina las sujetó de inmediato.

—¡Cómo os atrevéis! —susurró, y Bella volvió a estrecharlas con fuerza detrás del cuello, mientras sollozaba con la cara hundida en la colcha. La paliza continuaba.

Luego la mano de la reina se apoyó, inmóvil, en la carne ardiente de Bella.

Los dedos parecían aún fríos, pero lo cierto era que quemaban.

Y Bella no podía controlar su acelerada respiración ni aquellas lágrimas incontenibles.

No quería volver a abrir los ojos.

—Tendréis que ofrecerme vuestras disculpas por ese pequeño desliz indecoroso —dijo la reina.

—Yo, yo... —balbuceó Bella—. Lo siento, mi reina.

—Lo siento, majestad —susurró Bella frenéticamente—. Lo único que merezco es vuestro castigo por ello, mi reina. Sólo merezco vuestro castigo, majestad.

—Sí —susurró la soberana—. Lo tendréis. Pero, pese a todo... —La reina suspiró—. ¿No se ha portado bien, príncipe Alexi?

—Yo diría que se ha comportado muy bien, majestad, pero aguardaré vuestra opinión.

La reina se rió.

Con un movimiento brusco tiró de Bella hacia arriba.

—Daos la vuelta y sentaos en mi regazo —le dijo.

Bella estaba perpleja. No dudó en obedecer, y al sentarse se encontró de frente al príncipe Alexi. En esos momentos él no le importaba. Se hallaba tiritando sobre los muslos de la reina, temblorosa e irritada.

Notó la seda del camisón de la reina, fría bajo las nalgas ardientes, mientras la soberana la mecía con su brazo izquierdo.

Bella miró a través de las lágrimas para ver aquella mano derecha cuyos dedos blancos tiraban otra vez de sus pezones.

—No creí que fuerais tan obediente —dijo la reina, apretando contra sus amplios pechos a Bella, cuya cadera estaba pegada al estómago plano de la reina.

Bella se sintió empequeñecida e impotente, como si en los brazos de aquella mujer no fuera nada, tal vez algo pequeño, quizás un niño, pero no, ni siquiera un niño.

La voz de la reina se volvía cada vez dulce y envolvente.

—Sois dulce, como lady Juliana me dijo que erais —susurró con ternura al oído de Bella, que se mordió el labio.

—Majestad... —musitó, pero en realidad no sabía qué decir.

—Mi hijo os ha adiestrado bien, y hacéis gala de una gran percepción.

La mano de la reina se hundió entre las piernas de Bella y palpó el sexo que no se había enfriado ni se había secado en ningún momento. Bella cerró los ojos.

—Ah, decidme, ¿por qué os asusta tanto mi mano si os toca con tanta dulzura?

La reina se inclinó para besar las lágrimas de Bella, saboreándolas en sus mejillas y en sus párpados:

—Azúcar y sal —dijo.

Bella estalló en nuevos sollozos. La mano situada entre sus piernas friccionaba la parte más húmeda de ella. Sabía que estaba ruborizada, y el dolor y el placer se entremezclaron. Se sintió subyugada.

Su cabeza cayó hacia atrás contra el hombro de la reina, su boca cedió y se dio cuenta que la reina le besaba la garganta.

Murmuró algunas extrañas palabras que no pronunció para que la reina las oyera sino que eran una especie de súplica.

—Pobre esclava —dijo la reina—, pobre esclava obediente. Quería mandaros a casa para deshacerme de vos, para librar a mi hijo de su pasión; mi hijo, que está tan hechizado como vos lo estuvisteis, bajo el encantamiento de la que él liberó del hechizo, como si toda la vida fuera una sucesión de encantamientos. Pero poseéis un temperamento tan perfecto como él dijo, sois tan perfecta como los esclavos mejor adiestrados y, con todo, más pura, más dulce.

Bella jadeó, inundada por el placer que se acentuaba entre sus piernas, que aumentaba y crecía sin cesar. Creyó que sus pechos hinchados iban a explotar, y las nalgas, como siempre, no dejaban de palpitar. Sentía sin descanso cada centímetro de su carne abrasada.

—Vamos, venid. Decidme, ¿os azoté con mucha fuerza?

Apoyó sus dedos en la barbilla de Bella y le volvió la cara para que la mirara a los ojos. Aquellos enormes, negros e impenetrables ojos cuyas pestañas se rizaban hacia arriba y parecían una gran envoltura de vidrio de tan espesas y brillantes que eran.

—Y bien, respondedme —requirió la reina con sus labios rojos, y llevó su dedo a la boca de Bella tirándole del labio inferior—. Contestadme.

—Con... fuerza... mucha fuerza... mi reina... —dijo Bella dócilmente.

—Bien, sí, quizá para unas nalguitas tan puras. Pero hicisteis sonreír al príncipe Alexi con vuestra inocencia.

Bella se volvió como si la hubieran invitado a hacerlo, pero cuando lo miró fijamente, éste no sonreía, más bien se limitaba a mirarla con la más extraña de las expresiones. Era al mismo tiempo remota y afectuosa. Entonces, él miró a la reina sin prisa ni temor y sus labios esbozaron una sonrisa, como si eso fuera lo que ella quería de él.

Pero la reina volvió a ladear la cabeza de Bella hacia atrás y la besó. El oscuro y perfumado cabello ondulado cayó a su alrededor, y, por primera vez, Bella sintió la blanca piel aterciopelada del rostro de la soberana, sus pechos apretados contra ella.

Las caderas de Bella se agitaban rítmicamente hacia delante, empezó a jadear, pero justo antes de que esta sacudida que penetraba su sexo húmedo y palpitante fuera demasiado para ella, la reina se retiró y se apartó sonriente.

Cogió los muslos de Bella, que tenía las piernas abiertas, aunque lo que el pequeño sexo hambriento deseaba más que nada en el mundo era que las piernas se comprimieran contra él.

El placer se calmó ligeramente tornándose de nuevo en el gran ritmo interminable del anhelo.

Bella gimió, sus cejas se fruncieron, y de repente la reina la apartó de nuevo, abofeteándola en la cara con tal fuerza que Bella no pudo impedir soltar un grito.

—Mi reina, es tan joven y tierna —dijo el príncipe Alexi.

—No pongáis a prueba mi paciencia —contestó la reina.

Bella permanecía tumbada boca abajo llorando sobre la cama.

—Será mejor que llaméis a Félix y que traiga a lady Juliana. Ya sé lo joven y tierna que es mi pequeña esclava, y cuánto tiene que aprender, pero hay que castigarla por su pequeña desobediencia. Sin embargo, eso no es lo que me preocupa. Debo conocerla más, entender su talante, sus esfuerzos por complacer y... bien, se lo he prometido a lady Juliana.

No importaba con cuánta fuerza llorara Bella, ellos seguirían adelante, y el príncipe Alexi no podría detenerlos. La princesa Bella oyó llegar a Félix, sintió el caminar de la reina por la habitación y, finalmente, cuando sus lágrimas se habían transformado en un flujo constante y silencioso, la reina dijo:

—Bajad de la cama y preparaos para recibir a lady Juliana.

LADY JULIANA EN LA ALCOBA
DE LA REINA

Lady Juliana entró en la habitación del mismo modo que había entrado en la sala de castigos, con su paso ligero y saltarín y su redondo rostro lleno de hermosura y animación. Lucía un vestido rosa y en sus largas y gruesas trenzas llevaba rosas ensartadas con cinta del mismo color.

Parecía radiante y llena de regocijo, en contraste con la oscuridad de la vasta alcoba, cuyas antorchas arrojaban enormes sombras desiguales sobre el alto techo arqueado. La reina estaba en un rincón, sentada en una gran silla parecida a un trono, con los pies apoyados en un voluminoso cojín de terciopelo verde. Sus brazos descansaban sobre los de la silla y, cuando lady Juliana le hizo una reverencia, sonrió levemente. El príncipe Alexi, sentado sobre sus talones a los pies de la reina, besó con gran cortesía las pantuflas de la dama.

Bella se arrodilló en el centro de la alfombra floreada, aún bastante temblorosa, con el rostro humedecido por las lágrimas, y en cuanto lady Juliana se le acercó también le besó las pantuflas, aunque quizá con un poco más de fervor.

Bella estaba sorprendida de su propia acción. Se había sentido consternada al oír su nombre y, sin embargo, la recibió casi con beneplácito. Sentía que existía cierto vínculo entre ambas. Después de todo, ella la había colmado de atenciones cariñosas. Casi tenía la impresión de que lady Juliana estaba de su parte, aunque en ningún momento había dudado de que sería ella quien la castigaría a continuación. Sin duda la pala de lady Juliana había sido extremadamente diligente en el sendero para caballos. Aun así, sentía casi como si se tratara de una amiga de juventud que venía a abrazarla y por la que sentía una gran confianza y apego.

Lady Juliana le sonreía alborozada.

—Ah, dulce Bella, ¿está la reina satisfecha? —Mientras pasaba suavemente la mano por su cabello y la empujaba para que se sentara sobre sus talones, dirigió una mirada cortés a la soberana.

—Es tal y como dijisteis que sería —respondió la reina—. Pero quiero ver más de ella para poder juzgarla debidamente. Utilizad vuestra imaginación, encanto. Haced lo que os plazca con ella, para mí.

Inmediatamente, lady Juliana hizo un gesto al paje, que abrió la puerta para dar paso a otro joven que llevaba un gran cesto repleto de rosas de color rosáceo.

Lady Juliana tomó la cesta del brazo y los dos pajes se retiraron a las sombras, donde permanecieron de pie, quietos como estatuas. A Bella le intrigó el hecho de que su presencia ya no le importara. Si por ella fuera, podría haber habido toda una fila de pajes allí mismo.

—Alzad la vista, preciosa. Mostrad esos hermosos ojos azules vuestros —dijo lady Juliana— y observad lo que he preparado para entretener a la reina y para demostrar vuestro encanto. —Cogió una rosa de tallo bastante corto, no más de veinte centímetros—. Sin espinas, mi cielo. Os lo muestro para que de este modo temáis únicamente lo que verdaderamente es motivo de temor. Aquí no hay descuidos ni patochadas.

Bella pudo ver la cesta atestada de flores que estaban dispuestas con sumo cuidado.

La reina soltó una risa alegre y cambió de posición en su silla:

—Vino, Alexi —dijo—, vino dulce, pues esta habitación está ciertamente impregnada de dulzura.

Lady Juliana soltó una risa delicada, como si acabara de recibir un maravilloso cumplido, y empezó a bailar por la estancia, haciendo girar los faldones de color rosa y balanceando las largas trenzas.

Bella, pese a que su visión seguía enturbiada por el llanto, la observó admirada. La mujer le pareció, como la reina, inmensa y poderosa. El rostro sonriente de lady Juliana se volvió hacia Bella como una luz, y el brillo de las antorchas centelleó en el broche rojo oscuro que llevaba en la garganta, así como en las joyas que estaban cosidas tan diestramente a su amplia faja. Sus pantuflas de satén rosa, con tacones de plata, bailaban con ella hasta que llegó junto a la princesa, a quien besó con afecto en lo alto de la cabeza.

—Parecéis muy desdichada, y eso no está bien. Ahora incorporaos sobre vuestras rodillas, doblad los brazos hacia atrás para exhibir vuestros exquisitos pechos, eso es, y arquead la espalda con más gracia. Félix, cepillad su cabello.

Mientras el paje se apresuraba a obedecer y desenredaba cuidadosamente los largos mechones de Bella que caían por su espalda, la princesa vio que lady Juliana sacaba de un cofre próximo una larga pala ovalada.

Era blanca, lisa y elástica, muy parecida a la que utilizó en el sendero para caballos, pero más pequeña y liviana. De hecho, era tan flexible que lady Juliana, tras dejar el cesto de flores, podía hacerla vibrar empujando el extremo de la misma con el pulgar.

«El dolor será punzante pero no tanto como la mano de la reina, ni como el arma utilizada en el sendero para caballos», supuso Bella, aunque era consciente de que tenía tantas ronchas en las nalgas que cualquier golpe, por más ligero que fuera, le provocaría cierto dolor.

Lady Juliana, que se reía y le susurraba algo a la reina, como si fuera una niña, se volvió en cuanto Félix hubo acabado. Bella permanecía de rodillas, esperando.

—Así que nuestra graciosa soberana os ha zurrado sobre su regazo, ¿no es cierto? También habéis conocido el sendero para caballos, sabéis hacer de sirvienta y, además, habéis soportado la irritación y las exigencias de vuestro amo y señor, e incluso de vez en cuando alguna ruidosa manotada rutinaria de vuestro criado o de lord Gregory.

«Mi criado no me ha pegado nunca», pensó Bella enfadada, pero se limitó a responder como se esperaba de ella:

—Sí, milady...

—Pues ahora deberíais aprender un poco de verdadera disciplina, ya que en este jueguecito que he preparado se pone a prueba vuestra voluntad por complacer. Pero no creáis que no os beneficiará. Y bien... —cogió un manojo de rosas del cesto—, las esparciré por la estancia. ¿Sabéis lo que tenéis que hacer, preciosa mía? Correréis muy deprisa para recoger cada una de las flores con los dientes y las dejaréis en el regazo de vuestra soberana. Cuando ella haya acabado con vos, deberéis ir a coger otra, y otra, y una más. Lo haréis todo lo rápido que podáis, ¿sabéis por qué? Porque se os ordena que así lo hagáis, y porque el castigo será mayor si no os apresuráis a obedecer.

Levantó las cejas y le sonrió a Bella.

—Sí, milady —contestó Bella, incapaz de pensar, aunque la idea de tener que obedecer a toda prisa descubrió un nuevo y extraño matiz de recelo en ella. No le hacía ninguna gracia. La aterrorizaba. En el sendero para caballos se recordó sin ninguna gracia mientras corría rápidamente y sin aliento. Oh, pero no debía pensar en nada más que en obedecer.

—Poneos sobre vuestras manos y rodillas, niña mía. ¡Y, por supuesto, hacedlo muy, muy rápido!

Lady Juliana esparció al instante los pequeños capullos rosas de tallos encerados por toda la habitación.

Bella se dobló hacia delante para atrapar con los dientes la flor más próxima cuando se dio cuenta de que la dama estaba justo detrás de ella. El mango de la pala ovalada era tan largo que lady Juliana ni siquiera tuvo que inclinarse cuando le pegó a Bella quien, con un respingo, dejó caer la flor.

—¡Recogedla inmediatamente! —gritó lady Juliana—. Los labios de Bella rozaron la alfombra antes de conseguir atrapar la flor.

La pala se abalanzó con un terrorífico zumbido y golpeó sonoramente sus ronchas irritadas mientras ella se precipitaba a cuatro patas para llegar junto a la reina. Lady Juliana ya le había propinado otros siete u ocho palazos antes de que Bella pudiera dejar la flor obedientemente en el regazo de la reina.

—Ahora, daos la vuelta inmediatamente —ordenó la dama— e id a por otra.

Volvía a zurrar furiosamente a Bella, que corría en busca de otra flor. En cuanto la tuvo en sus labios, se precipitó hasta la reina, pero los golpes la perseguían. Bella quería gritar pidiendo paciencia mientras iba a por otra.

Recogió la cuarta, la quinta, la sexta, depositándolas una a una en el regazo de la reina, aunque no había forma de escapar de la pala, de su persistencia, ni de la voz de lady Juliana que la apremiaba de muy mal humor.

—Deprisa, mi niña, rápido, ponéosla entre los labios y volved a por otra una vez más.

Su ondeante falda rosa daba la impresión de estar en todas partes. Bella parecía rodeada por el destello de sus pequeñas pantuflas con tacón de plata, y a pesar de que las rodillas le abrasaban debido al roce con la áspera lana de la alfombra, ante sus ojos continuó la búsqueda, sin aliento, de las pequeñas rosas rosadas que había por todas partes, esparcidas ante sus ojos.

No obstante, no importaba cómo jadeara intentando cobrar aliento, ni lo húmedos que estuvieran su rostro y sus extremidades. No podía alejar de su mente el pensamiento de lo que estaba haciendo. Se imaginaba sus propias nalgas manchadas de ronchas blancas, los muslos enrojecidos y los pechos colgando entre los brazos mientras se arrastraba por el suelo como un animal despreciable. No había piedad para ella, y lo peor era que no podía complacer a lady Juliana, quien la incitaba e incluso en aquel instante la estaba pateando con la punta de su pantufla. Los llantos de Bella eran súplicas mudas, pero el tono de lady Juliana resonaba furioso, lleno de insatisfacción.

Era horroroso que la golpearan con tal rabia.

—¡Deprisa! ¿Me oís? —La voz de lady Juliana sonaba casi con desdén. La zurraba con toda su fuerza, y ahora soltaba pequeños chasquidos de impaciencia. Bella se raspaba los pezones en la alfombra cada vez que se inclinaba para obedecer y, de pronto, con un sobresalto, sintió la punta de la pantufla de lady Juliana en su pubis. Profirió un grito asustado y volvió con la rosa hasta la reina con la impresión de que alrededor de ella no cesaba la risa muda de los pajes y la más aguda carcajada de la reina. Pero lady Juliana había encontrado otra vez aquel punto tierno y metió a la fuerza la larga pantufla puntiaguda de satén justamente por la vagina de Bella.

De pronto, mientras Bella se daba la vuelta para encontrarse aún más rosas esparcidas en el suelo, sus sollozos se convirtieron en gemidos amortiguados. Se volvió hacia lady Juliana aun cuando la pala le azotaba los muslos y las pantorrillas, y besó y rebesó aquellas pantuflas de satén rosa.

—¿Qué? —exclamó lady Juliana con verdadera indignación—. ¿Os atrevéis a pedirme clemencia delante de la reina? ¡Condenada, condenada niña! —Dio una manotada a las nalgas de Bella, la agarró por el pelo con la mano izquierda y la levantó de un tirón, que forzó repentinamente la cabeza de la princesa hacia atrás, lo que la obligó a separar las rodillas para mantener el equilibrio.

Los sollozos de Bella sonaban ahora sofocados y desiguales. Lady Juliana le entregó la pala a uno de los pajes y éste le ofreció al instante un ancho y pesado cinturón de cuero.

Lady Juliana golpeó con éste el trasero de Bella y un ruido sordo resonó en la estancia. Volvió a golpearla de nuevo.

—¡Coged otra rosa, otra, dos, tres, cuatro, todas en la boca, sin más tardanza, y llevádselas a la reina inmediatamente!

Bella obedecía a toda prisa. Estaba tan desesperada por obedecer, por alejar la furia de lady Juliana que no sentía nada en absoluto. Sin duda, este juego era más feroz, y frenético que los peores momentos del sendero para caballos. Mientras Bella se volvía para recoger más rosas pequeñas, sintió que la reina le cogía la cara entre ambas manos y la inmovilizaba quieta para que lady Juliana pudiera pegarle.

No importaba. Si no era capaz de contentarlas, se merecía que la golpearan. Temblaba con cada azote de la correa, y aun así, bañada en lágrimas, levantaba el trasero para recibir nuevos castigos.

Pero la reina todavía no estaba satisfecha. En aquel instante la tenía cogida por el cabello, la mano tiraba hacia atrás de su cabeza, e hizo que se diera la vuelta mientras lady Juliana abofeteaba los pechos y el vientre de Bella y la azotaba con la ancha correa de cuero en el pubis.

La reina mantenía sujeta firmemente la melena de Bella.

—¡Abrid las piernas! —ordenó lady Juliana.

—Oooooh... —exclamó Bella que sollozaba a voz en grito, pero obedeció e impulsó desesperadamente las caderas hacia delante para recibir el furioso castigo. Debía complacer a lady Juliana, tenía que demostrarle que lo había intentado. Sus sollozos se volvieron más roncos y acongojados.

La correa alcanzó sonoramente sus labios púbicos una y otra vez. Bella no sabía qué era peor, si el pequeño estallido de dolor o la violación que este acto representaba.

La reina tiraba tanto de su cabeza que en aquel instante reposaba ya en su regazo. Bella sentía surgir sus propios sollozos de su pecho y de sus labios, casi lánguidamente.

«Estoy indefensa, no soy nada», pensaba, al igual que lo hizo en el sendero para caballos, en el instante de mayor agotamiento. El cinturón le golpeó los senos. Ya no podía soportarlo más, pero aunque su pubis quemada de dolor, ni siquiera se le ocurrió protegerse con los brazos. Sus propios sollozos le producían un delicioso alivio.

Paulatinamente, sintió cómo se debilitaba, cómo cedía. Notó que la mano de la reina le acariciaba la barbilla y a continuación se percató de que lady Juliana se dejaba caer en un frenesí de seda rosa y le besaba la garganta y los hombros.

—Así, así —dijo la reina—, mi valiente y pequeña esclava.

—Eso es, mi muchacha, mi virtuosa y encantadora muchacha —reafirmó inmediatamente lady Juliana como si le hubieran dado permiso. Los golpes habían cesado. Sólo los gritos de Bella llenaban la habitación—. Lo habéis hecho muy bien, muy bien; lo intentasteis con todas vuestras fuerzas, y cómo os esforzabais por conservar la gracia.

La reina empujó suavemente a Bella hacia los brazos de lady Juliana, quien se puso de pie levantándola en su abrazo, presionando con las manos sus nalgas inflamadas.

Los brazos de lady Juliana eran suaves y sus labios le hacían cosquillas, la acariciaban. Bella sintió sus propios senos contra el pecho voluminoso de lady Juliana y luego pareció perder toda consciencia de su propio peso y su sentido del equilibrio.

Flotaba en los brazos de lady Juliana. Notaba

la delicada tela del vestido de la dama y, debajo de éste, sus pechos redondos.

—Oh, dulce y pequeña Bella, mi Bella. Sois tan buena, tan, tan buena —susurró. Los labios de lady Juliana abrieron los de Bella, y su lengua tocó el interior de la boca de la princesa mientras sus dedos estrujaban con más ahínco las nalgas de Bella, cuyo sexo húmedo estaba pegado al vestido de la dama. Entonces sintió el montículo duro del sexo de lady Juliana.

—Bendita Bella, oh, me amáis, ¿no es cierto? Yo os deseo apasionadamente.

Bella no pudo evitar abrazarse a lady Juliana. Sentía la picazón de aquellas trenzas rubias, pero la piel de la dama era tierna y blanda, y sus labios fuertes y sedosos. Relamían la boca de Bella, sus labios hinchados, mientras los dientes la mordisqueaban aquí y allí como si estuvieran degustándola.

Entonces Bella miró a los ojos de lady Juliana, tan grandes e inocentes y llenos de tierna inquietud. Bella gimió y apoyó su mejilla en la de su señora.

—Es suficiente —dijo la reina con tono cortante.

Lenta, muy lentamente, Bella sintió que la liberaban. Alguien la obligaba a agacharse, y se dejó caer lánguidamente, hasta quedarse sentada en el suelo, apoyada sobre sus talones, con las piernas ligeramente separadas; para ella su sexo no era más que anhelo y dolor.

Inclinó la cabeza. Por encima de todo temía que este placer creciente escapara a su control. Estaba a punto de avergonzarse, de resollar, de agitarse con él, pues se sentía incapaz de ocultarlo a los demás. Así que separó las piernas y sintió que su pubis se abría y cerraba como una pequeña boca hambrienta desesperada por obtener satisfacción.

No obstante, no le importaba. Sabía que no había alivio para ella.

Le bastaba sentir la áspera lana de la alfombra contra sus nalgas doloridas, escocidas. Toda la vida parecía reducirse únicamente a las degradaciones del placer y el dolor. Le parecía que sus pechos llevaban un peso en el extremo. Dejó caer su cabeza a un lado y le invadió una gran oleada de relajación. ¿Qué más podría hacerle con sus juegos? Había dejado de importarle. «Hacedlo», pensó, y sus ojos se fundieron en lágrimas convirtiendo la luz de la antorcha en un fulgor molesto.

Alzó la mirada.

Lady Juliana y la reina estaban de pie. El brazo de la reina rodeaba el hombro de lady Juliana, que estaba a su lado. Ambas la miraban mientras lady Juliana se deshacía las trenzas y los pequeños capullos de rosa caían libres a sus pies sin que les prestara atención.

Aquel momento pareció prolongarse eternamente.

Bella volvió a incorporarse sobre sus rodillas, se movió hacia delante silenciosamente, se inclinó con gran delicadeza, y recogió uno de los pequeños capullos con los dientes y levantó la cabeza para ofrecérselo a ambas.

Sintió que le cogían la rosa, y luego los tranquilos y fríos besos de ambas mujeres se posaron en ella.

—Muy bien, querida mía —la felicitó la reina dando la primera muestra de verdadero afecto hacia ella.

Bella posó sus labios contra las pantuflas de su majestad.

En medio de su somnolencia oyó que la reina ordenaba a los pajes que se la llevaran y la encadenaran hasta la mañana siguiente a la pared del vestidor que había allí al lado.

—Extendedla, mantenedla con los miembros bien estirados.

Bella supo entonces, con una dulce desesperación, que aquel ansia que sentía entre sus piernas tardaría mucho en abandonarla.

CON EL PRÍNCIPE ALEXI

Sin duda, la reina dormía, quizá con lady Juliana entre sus brazos. Todos en el castillo dormían, y también más allá, en las aldeas y ciudades, los campesinos en su casitas y chozas.

A través de la alta y estrecha ventana del vestidor, el cielo proyectaba la luz blanca de la luna sobre la pared en la que Bella estaba encadenada, con los tobillos separados y las muñecas estiradas por encima de su cuerpo. Bella apoyó la cabeza a un lado y se quedó mirando fijamente la larga fila de magníficos vestidos, los mantos en los colgadores, las diademas de oro y adornos, las hermosas y ornadas cadenas, pilas y pilas de preciosas zapatillas.

Allí estaba ella, entre estos objetos, como si no fuera más que un mero adorno, una posesión, guardada junto con otras pertenencias valiosas.

Suspiró y se frotó deliberadamente el trasero contra la pared de piedra con la intención de castigarlo todavía más para sentir cierto alivio al dejar de hacerlo al cabo de pocos segundos.

Su sexo no dejaba de palpitar. Estaba pegajoso a causa de su propia flujo. ¿Sufriría todavía más que ella la pobre princesa Lizetta, encerrada en la sala de castigos? Ella al menos no estaba sola en la oscuridad. De pronto, hasta las personas que debían de pasar junto a la princesa Lizetta, burlándose de ella, importunándola y pasándole la mano por el sexo hinchado, le parecieron a Bella una compañía deseable. Estiró las caderas y las retorció todo lo que pudo. No encontraba ningún consuelo y no entendía por qué sentía aquel anhelo cuando tan sólo hacía un instante que el dolor había sido tan enorme que incluso besó implorante las pantuflas de lady Juliana. Se ruborizó al pensar en las palabras coléricas que le lanzó, aquellos azotes de censura que en cierta forma le habían dolido más que los otros.

Cómo se habrían de haber reído los pajes, puesto que probablemente una docena de princesas habrían jugado antes que ella a este jueguecito de la recogida de rosas, y seguramente lo habrían hecho mucho mejor.

Pero ¿por qué, por qué, justo al final, Bella había recogido el último capullo de rosa y había sentido cómo sus pechos se hinchaban de calor cuando lady Juliana se la cogió de los labios? En aquel momento tuvo la sensación de que sus pezones eran pequeños tapones que impedían que el placer se desatara. Extraño pensamiento. Entonces le parecieron demasiado ajustados para sus pezones, mientras su sexo se abría cada vez más, víctima de un anhelo terrible, y la humedad goteaba por el interior de sus muslos. Cuando pensó en la sonrisa del príncipe Alexi, en los ojos marrones de lady Juliana, y en el hermoso rostro de su príncipe, e incluso en la reina, sí, incluso en los labios rojos de la reina, sintió que se quemaba de agonía.

El sexo del príncipe Alexi era voluminoso y oscuro, como todo en él, y sus pezones también eran oscuros, de un rosado oscuro.

Bella movió la cabeza, la hizo girar apoyada en la pared. Pero ¿por qué había recogido la rosa y se la había ofrecido a la hermosa lady Juliana?

Se quedó ensimismada, observando la oscuridad, y al oír un crujido muy cerca de ella, pensó que era fruto de su imaginación.

Pero en la oscuridad del muro más próximo apareció una rendija de luz que fue ensanchándose poco a poco. Alguien había abierto una puerta y de pronto se deslizaba en el vestidor. Desatado y libre, el príncipe Alexi estaba de pie ante ella, y procedió a cerrar la puerta, muy cuidadosamente, tras él.

Bella contuvo el aliento.

Él se quedó inmóvil, como si necesitara acostumbrarse a la oscuridad y, luego, se adelantó y soltó las muñecas y los tobillos de Bella.

Ella siguió allí, de pie, temblando, pero enseguida lo rodeó con sus brazos. Él la sostenía contra su pecho, y su órgano erecto le estimulaba los muslos. Sintió la piel sedosa de su rostro y a continuación su boca se abrió sobre la suya, muy cerca, saboreándola.

—Bella —él suspiró profundamente y ella comprendió que él sonreía.

Bella alzó la mano para tocarle las pestañas. A

la luz de la luna, vio su rostro, sus dientes blancos. Tocó todo su cuerpo llena de ansia, desesperada, y luego lo bañó de besos sonoros.

—Esperad, esperad, mi amor, estoy tan ansioso como vos —susurró él. Pero ella no podía apartar sus manos de los hombros de él, de su cuello, de su piel satinada.

—Venid conmigo —dijo Alexi y, haciendo un esfuerzo por separarse, abrió otra puerta y la llevó por un largo pasillo de techo bajo.

La luna entraba por ventanas que no eran más que estrechas aberturas en la pared. Entonces, ante una de las numerosas y pesadas puertas, él se detuvo y Bella empezó a bajar por una escalera de caracol.

Estaba cada vez más asustada.

—Pero ¿adónde vamos? Nos atraparán, y ¿que será entonces de nosotros? —susurró.

Él abrió una puerta y la hizo pasar a un pequeño dormitorio.

Un minúsculo cuadrado de ventana les alumbraba. Bella atisbó una cama con abundante paja cubierta por una manta blanca. En la pared había un gancho del que colgaba la vestimenta de un sirviente, pero todo estaba descuidado como si el cuarto llevara mucho tiempo abandonado.

Alexi echó el cerrojo. Nadie podría entrar.

—Pensaba que queríais escapar —suspiró Bella con alivio—. Pero ¿no nos encontrarán aquí?

Alexi la miraba. La luna iluminaba la cara del príncipe y resaltaba la extraña serenidad que reflejaban sus ojos.

—Todas las noches, sin excepción, la reina duerme hasta el amanecer. Ha mandado retirarse a Félix, y si yo estoy al pie de su cama al amanecer, no nos descubrirán. Aunque siempre existe una posibilidad, y entonces nos castigarían.

—Oh, no me importa, no me importa —dijo Bella desesperadamente.

—A mí tampoco —empezó a decir él, pero su boca ya se había hundido en el cuello de Bella mientras ésta lo rodeaba con sus brazos.

Al instante estaban en la cama, sobre la suave manta. Las nalgas de Bella sentían las punzadas de la paja, pero no significaban nada comparadas con los besos húmedos e intensos de Alexi. Ella apretó sus senos contra su pecho, le rodeó la cadera con las piernas y se pegó a él.

Todas las molestias y tormentos de la larga noche la habían hecho enloquecer. Pero aún enloqueció más cuando él le introdujo aquel grueso sexo que ella había deseado desde el primer instante en que lo vio. Sus embestidas eran brutales, fuertes, como si él también estuviera dominado por una pasión reprimida. El sexo dolorido de Bella se quedó lleno, sus tiesos pezones palpitaban, y sacudió sus caderas, levantando a Alexi como lo hizo con el príncipe. Sintió cómo él la llenaba y la tenía firmemente amarrada.

Finalmente, Bella lanzó un gemido de alivio y sintió cómo él eyaculaba con un último y enérgico movimiento. Experimentó los fluidos calientes que la llenaban y se recostó jadeando.

Permaneció tumbada, contra el pecho de Alexi, y él la acunaba con su brazo, la mecía, sin dejar de besarla.

Cuando Bella besó sus pezones y los mordisqueó jugueteando con los dientes, el sexo de Alexi volvió a endurecerse y de nuevo se apretó contra ella.

Alexi se incorporó sobre sus rodillas, levantó a Bella y la puso sobre su órgano. Ella emitía susurros de aprobación mientras él la movía hacia delante y atrás, clavándola, con los dientes apretados.

—¡Alexi, mi príncipe! —gritó.

Su sexo húmedo, abierto sobre él, palpitó de nuevo con un ritmo frenético hasta que casi clamaba su alivio mientras él volvía a descargar en ella.

Hasta después de la tercera vez no descansaron tumbados sobre el lecho.

Sin embargo, ella seguía mordisqueando sus pezones y con las manos le palpaba el escroto, su pene. Él estaba apoyado sobre su codo y le sonreía. Le dejaba hacer todo cuanto quisiera, incluso cuando sus dedos sondearon su ano. Bella nunca antes había tocado a un hombre de esta manera. Se sentó e hizo que se diera la vuelta sobre la cama y entonces lo examinó de arriba abajo.

Después, abrumada por la timidez, se tumbó de nuevo a su lado, acurrucada en sus brazos, enterró la cabeza en su pelo cálido y perfumado y recibió plácidamente sus besos tiernos, profundos y cariñosos. Los labios de él jugaban con los suyos. El príncipe le susurró su nombre al oído y le colocó la mano entre las piernas para sellarla con la palma mientras se pegaba a ella.

—No podemos quedarnos dormidos —dijo

él—, o mucho me temo que para vos el castigo podría ser demasiado terrible.

—¿Y para vos no? —preguntó Bella.

Pareció reflexionar y luego sonrió:

—Probablemente no —contestó—, pero vos aún sois una principiante.

—¿Y tan mal lo hago? —preguntó.

—No, sois incomparable en todos los sentidos —dijo—. No dejéis que vuestros crueles amos y amas os engañen. Están enamorados de vos.

—Ah, pero ¿cómo nos castigarían? —preguntó—. ¿Con el pueblo quizá? —bajó la voz al decirlo.

—¿Y quién os ha hablado del pueblo? —preguntó él, un poco sorprendido—. Podría ser el pueblo... —estaba pensando— aunque ningún favorito de la reina o del príncipe de la Corona ha sido nunca enviado allí. Pero no nos atraparán y, si sucediera, diré que os amordacé y os forcé. Como mucho sufriríais unos pocos días en la sala de castigos, y lo que a mí me suceda no tiene importancia. Debéis jurarme que me dejaréis asumir la culpa, o de verdad os amordazaré y os devolveré inmediatamente a vuestras cadenas.

Bella bajó la cabeza.

—Yo os traje aquí. Soy yo quien merece ser castigado si nos atrapan. Esto será un pacto entre nosotros. Y no quiero que discutáis.

—Sí, mi príncipe —susurró ella.

—No, a mí no me habléis así —le rogó—. No era mi intención daros órdenes. Para vos soy Alexi, y nada más que eso. Lo siento si he sido rudo, pero no puedo permitir que os sometan a un castigo tan terrible. Haced lo que yo os digo porque... porque...

—Porque os adoro, Alexi —dijo Bella.

—Ah, Bella, mi amor, mi amor —fue su respuesta. Volvió a besarla—. Y ahora, contadme en qué pensáis, ¿por qué sufrís tanto?

—¿Que por qué sufro? Pero ¿no lo veis con vuestros propios ojos? ¿Creéis que ni por un instante he olvidado que me estabais observando esta noche? Ya veis lo que me han hecho, lo que os hacen a vos, lo que...

—Por supuesto que os observaba y me habéis complacido —dijo—. ¿Acaso vos no disfrutasteis viendo cómo me azotaba el príncipe de la Corona? ¿No gozasteis al ver cómo me castigaban en el gran salón el primer día que os trajeron? ¿Qué haríais si os dijera que derramé el vino aposta aquel primer día para que repararais en mí?

Bella se quedó estupefacta.

—Os pregunto qué es lo que experimentáis —continuó el príncipe—. No me refiero a lo que os hace padecer la pala ni a los incesantes juegos de nuestros amos, sino a lo que experimentáis en vuestro corazón. ¿A qué se debe este conflicto? ¿Qué os impide rendiros?

—¿Os habéis rendido vos? —requirió Bella, ligeramente enfadada.

—Por supuesto —dijo él tranquilamente—. Adoro a la reina y me encanta contentarla. Adoro a todos los que me atormentan, porque debo hacerlo. Es profundamente simple.

—¿Y no sentís dolor, ni humillación?

—Siento un gran dolor y una gran humillación.

Eso es algo que nunca dejará de suceder. Si así fuera, incluso durante poco tiempo, el talento inagotable de nuestros amos discurriría alguna otra manera de hacérnoslo sentir. ¿Creéis que no me sentí humillado en el gran salón cuando Félix me puso cabeza abajo y me azotó ante toda la corte, tan de improviso y por tan poco? Soy un príncipe poderoso, mi padre es un rey poderoso. Nunca lo olvido. Y, desde luego, fue doloroso ser tratado con tanta rudeza por el príncipe de la corona en consideración a vos. ¡Y pensó que con eso me amaríais menos!

—¡Estaba equivocado, tan equivocado! —dijo Bella que se sentó y se llevó las manos a las mejillas, consternada. Amaba a los dos, ahí radicaba la desgracia del asunto. Incluso en aquel preciso momento podía imaginarse al príncipe de la corona, con su delgado rostro blanco, las manos inmaculadas y aquellos ojos oscuros tan llenos de turbulencia y descontento. Para ella fue una agonía que no se la llevara a su cama después de haber superado la prueba del sendero para caballos.

—Deseo ayudaros porque os amo —dijo Alexi—. Quiero orientaros, pero veo que oponéis resistencia.

—Sí, pero no siempre —admitió ella con un vago susurro, apartando la vista, como si de repente se avergonzara de reconocerlo—. Experimento... tantos sentimientos.

—Contadme —dijo Alexi con autoridad.

—Bueno, esta noche... la rosa, el último capullo rosa... ¿Por qué lo recogí con los dientes y se lo ofrecí a lady Juliana? ¿Por qué? Ha sido tan cruel conmigo.

—Queríais satisfacerla. Es vuestra ama. Sois una esclava. Lo más elevado que podéis hacer es complacer, y en consecuencia procurasteis hacerlo, no sólo como respuesta a sus azotes y a sus órdenes, sino que en aquel momento lo hicisteis por propia voluntad.

—Ah, sí —dijo Bella, de eso se trataba—. Y, en el sendero para caballos... no sé cómo confesarlo, sentí cierto alivio en mi interior, como si me hubiera liberado de mi lucha; era simplemente una esclava, una pobre y desesperada esclava cuyo deber es esforzarse, pura y llanamente, sólo eso.

—Sois elocuente —le contestó con cariño—. Habéis aprendido mucho.

—Pero no quiero sentir esto. En el fondo quiero rebelarme, quisiera insensibilizarme contra ellos. Me atormentan sin cesar. Mi príncipe, si sólo fuera él...

—Pero aunque lo fuera, él siempre encontrará nuevas maneras de atormentaros, y no es el único. Decidme, ¿por qué no queréis rendiros a ellos?

—Bueno, seguro que lo sabéis. ¿Acaso vos no os rebelabais? ¿No? León dijo de vos que tenéis un núcleo al que nadie puede llegar.

—Tonterías. Simplemente lo entiendo y lo acepto todo. No hay resistencia.

—Pero ¿cómo puede ser?

—Bella, tenéis que aprenderlo. Debéis aceptar y ceder, y entonces lo veréis todo más claro.

—No estaría aquí con vos si cediera, porque el príncipe...

—Sí, podríais estar aquí conmigo. Yo adoro a mi reina y estoy aquí con vos. Os amo a las dos.

Me entrego a ello por entero, como a todo lo demás, aun cuando sé que puedo ser castigado. Y cuando me castiguen, sentiré un gran temor, sufriré, y lo entenderé y lo aceptaré. Bella, cuando aceptéis, floreceréis en el dolor, resurgiréis en vuestro sufrimiento.

—Anoche había una muchacha delante de mí en la fila que corrió el sendero para caballos justo antes que yo. Estaba resignada, ¿no es verdad? —preguntó Bella.

—No, olvidadla, ella no es nadie. Se trata de la princesa Claire: es tonta y traviesa, siempre lo ha sido y no tiene sensibilidad. No tiene profundidad, ningún misterio. Pero vos tenéis todo esto y siempre sufriréis más que ella.

—¿Adquiere todo el mundo, tarde o temprano, esta habilidad para aceptar?

—No, algunos nunca lo hacen, pero es muy difícil decir quién lo ha conseguido. Yo soy capaz de distinguirlo, pero nuestros señores no siempre son tan despiertos, os lo aseguro. Por ejemplo, Félix me dijo que ayer visteis a la princesa Lizetta amarrada a la viga en la sala de castigos. ¿Creéis que ella está resignada?

—¡Desde luego que no!

—Ah, pues lo está, y es una gran princesa esclava y una valiosa sierva. Pero adora estar atada, no poder moverse; y cuando está muy aburrida, tolera el enfado de sus superiores, tanto mejor si se divierten cuando ella permite que la castiguen.

—Ah, no, no habláis en serio.

—Por supuesto que sí. Ése es su estilo. Cada esclavo tiene el suyo, y vos debéis encontrar el vuestro. A vos nunca os resultará fácil. Sufriréis mucho antes de descubrirlo, pero ¿no os dais cuenta de que en el sendero para caballos y también esta noche, cuando le disteis la rosa a lady Juliana, ya sentisteis el comienzo? La princesa Lizetta es una luchadora. Vos deberíais ser condescendiente, como yo en gran parte lo soy. Ése debería ser vuestro estilo, una devoción exquisita y personal. Una gran calma, gran serenidad. En su momento quizá conozcáis a otros esclavos que sean ejemplares en este tipo de comportamiento. El príncipe Tristán, por ejemplo, el esclavo de lord Stefan, es incomparable. Su señor está enamorado de él, así como el príncipe de la Corona lo está de vos, lo que a la vez dificulta las cosas.

Bella suspiró profundamente. De repente la invadió la sensación que experimentó al arrodillarse ante lady Juliana y ofrecerle la rosa. Sintió que corría por el sendero para caballos, la brisa la rozaba, y su cuerpo ardía sin parar debido al esfuerzo.

—No sé, siento vergüenza cuando me entrego, siento como si me perdiera completamente a mí misma.

—Sí, eso es. Pero escuchad, tenemos esta noche para nosotros, aquí, en este pequeño cuarto. Quiero contaros la historia de mi llegada aquí y cómo conseguí encontrar el camino del que os hablo. Cuando acabe, si todavía os sentís rebelde, os pido que reflexionéis sobre ello. Continuaré amándoos, no importa, y seguiré luchando para disfrutar de los momentos en que pueda veros en secreto. Pero, si prestáis atención, veréis que podéis conquistar todo lo que esté a vuestro alrededor.

»No intentéis comprender de una vez todo lo que digo. Limitaos a escuchar y ya me diréis si, al final, la historia no os aporta cierta calma. Recordad que no es posible escapar de este lugar. No importa lo que hagáis, la corte encontrará la forma de obtener alguna diversión de vos. Incluso el esclavo más indómito y lleno de coraje puede ser atado y utilizado de mil maneras diferentes para divertir a todo el mundo. Así que aceptad esta barrera, y luego intentad comprender vuestros propios límites y cómo debéis ampliarlos.

—Oh, si sé que me amáis podré aceptarlo, aceptaré cualquier cosa.

—Os amo. Pero el príncipe os ama también. No obstante, debéis buscar vuestra propia senda de aceptación.

La abrazó, luego empujó dulcemente la lengua entre sus labios y la besó con violencia.

Le relamió los pechos hasta dejarlos casi irritados, mientras ella arqueaba la espalda, volvía a gemir y sentía crecer su pasión. Alexi la levantó por debajo de él y una vez más introdujo en ella su miembro.

Cuidadosamente, le dio la vuelta de modo que los dos permanecieran tumbados de costado, cara a cara.

—Mañana no habrá forma de estimularme y sólo por eso seré castigado —el príncipe sonrió—. Pero no me importa. Poseeros, abrazaros, y estar con vos merece la pena.

—No soporto la idea de que os castiguen.

—Podéis estar segura de que me lo merezco. Debo satisfacer a la reina. Yo le pertenezco, así como vos también pertenecéis al príncipe. Si os descubriera aquí tendría todo el derecho a castigarme aún más.

—Pero ¿cómo puedo pertenecerle a él y a vos al mismo tiempo?

—Tan sencillamente como pertenecéis a la vez a la reina y a lady Juliana. ¿No le disteis la rosa a lady Juliana? Apuesto a que antes de que acabe este mes, estaréis loca por contentarla. Os asustará la idea de disgustarla, ansiaréis su pala igual que la teméis.

Bella apartó la cara y la enterró en la paja porque aquello ya era cierto en aquel momento. Esa noche se había alegrado al ver a lady Juliana. Y el príncipe de la corona le inspiraba los mismos sentimientos.

—Ahora escuchad mi historia y lo entenderéis mejor. No es una explicación clara, pero veréis cómo se desentraña un misterio bastante complicado.

EL PRÍNCIPE ALEXI CUENTA SU CAPTURA Y ESCLAVITUD

—Cuando llegó el momento de prestar vasallaje a la reina —explicó el príncipe Alexi—, yo no me resignaba en absoluto a ser uno de los escogidos, aunque otros príncipes habían sido seleccionados para ir conmigo. A todos nos dijeron que nuestro tributo no duraría más de cinco años, como mucho, y que cuando volviéramos habríamos mejorado enormemente en sabiduría, paciencia, autocontrol y todo tipo de virtudes. Naturalmente, conocía a otros que habían prestado vasallaje y, aunque a todos les prohíben hablar de lo que aquí sucede, sabía que era una prueba severa y yo estimaba mi libertad. De modo que, cuando mi padre me dijo que mi obligación era ir, me escapé del castillo y vagué de pueblo en pueblo.

»La verdad, no sé cómo se lo tomó mi padre cuando se enteró. El hecho es que un destacamento de soldados de la reina hizo una batida en el pueblo donde yo me encontraba y se me llevaron junto con unos cuantos muchachos y muchachas plebeyos que iban a prestar otras formas de vasallaje. A ellos los entregaban a nobles y damas de menor rango para servir en sus mansiones particulares. Los príncipes y princesas como nosotros servimos sólo en la corte, como ya habréis observado.

»El día era soleado, resplandeciente. Yo caminaba solo por un campo al sur del pueblo e iba componiendo poesías mentalmente cuando descubrí a los soldados. Llevaba mi espadón, por supuesto, pero al instante me vi rodeado por unos seis jinetes. Supe que pertenecían a la reina en cuanto me percaté de que su intención era llevarme como esclavo. Arrojaron una red sobre mí y de inmediato me desarmaron, me desnudaron y me tiraron sobre la silla del capitán.

»Aquello bastó por sí solo para indignarme y hacerme pelear por mi libertad. Imaginaoslo: los tobillos atados con una basta cuerda, el trasero al aire, desnudo, la cabeza colgando. Con cierta frecuencia, el capitán no dudaba en ponerme la mano encima cuando no tenía otra cosa que hacer. Me pellizcaba y me pinchaba según le venía en gana, y parecía disfrutar de su superioridad.

Bella dio un respingo al oír todo esto. No le costó demasiado imaginarse la escena.

—El viaje hasta la corte de la reina era largo. Me trataban rudamente, como a casi todo el equipaje. Por la noche me ataban a un palo en el exterior de la tienda del capitán y, aunque no permitían que nadie me violara, los soldados no paraban de atormentarme. Cogían cañas y palos y me punzaban los órganos, me tocaban la cara, los brazos, las piernas y todo lo que podían. Tenía las manos atadas por encima de la cabeza, y todos esos ratos permanecía derecho. Dormía de pie. No hacía frío por las noches, pero aquello era una verdadera tortura.

»No obstante, todo esto respondía a algo. Me habían prometido como esclavo de la propia reina, en virtud del tratado que acordó con mi padre. Yo, por supuesto, estaba impaciente por librarme de aquellos rudos soldados. El trayecto durante el día era siempre igual: tumbado encima de la silla del capitán. A menudo me azotaba con sus guantes de cuero sólo para divertirse. Permitía que los lugareños se acercaran al camino cuando nosotros paseábamos y entonces me ridiculizaba, me revolvía el pelo y se dirigía a mí utilizando apodos cariñosos. Pero en realidad no podía usarme.

—¿Pensabais en escapar? —preguntó Bella.

—Siempre —dijo el príncipe—. Pero en todo momento me encontraba entre soldados y completamente desnudo. Aunque hubiera conseguido llegar a la casa de algún lugareño o a la cabaña de algún siervo, me habrían apresado y entregado para hacerse con el dinero del rescate. Sólo hubiera conseguido padecer nuevas humillaciones y más degradaciones. Así que me dejé llevar, atado de pies y manos y arrojado ignominiosamente sobre el caballo, corroído por la furia.

»Pero finalmente llegamos al castillo. Una vez allí, me lavaron a fondo, luego me pusieron ungüentos y me llevaron ante su majestad. La suya era una belleza fría. Me impresionó desde el primer momento. Nunca había visto unos ojos tan preciosos, ni tan distantes. Cuando me negué a permanecer en silencio y a obedecer, ella se rió. Ordenó que me amordazaran con una embocadura de cuero. Estoy seguro de que ahora ya sabéis de qué os hablo. Pues bien, la mía la colocaron muy ajustada para que no pudiera deshacerme de ella, y luego me pusieron grilletes con abrazaderas de cuero para que no pudiera levantarme de la posición a cuatro patas que me habían obligado a adoptar. Podía desplazarme sólo si me lo ordenaban, pero estaba firmemente amarrado por las cadenas a los grilletes de cuero colocados en mis muñecas, y éstos a los que llevaba en las piernas, por encima de las rodillas. Los tobillos estaban ligados de tal forma que apenas podía separar las piernas. No era un mal sistema —dijo con ironía.

»A continuación la reina tomó su largo bastón de guía, como ella lo llama, para llevarme de un lado a otro. Era una vara con un largo falo forrado de cuero en el extremo. Nunca olvidaré lo que sentí cuando por primera vez lo introdujo en mi ano. Lo impulsó hacia delante y, a pesar mío, avancé delante de ella como un animalito obediente, tal como me ordenaba. Una vez que me eché al suelo y me negué a obedecer, se limitó a reírse de mí, y entonces empezó su faena con la pala.

»La verdad, me rebelaba con una gran furia. Cuanto más me zurraba ella, más refunfuñaba yo y más me negaba a obedecer. Así que ordenó que me colocaran boca abajo y que me azotaran con la pala durante horas. Podéis imaginaros todo lo que sufrí. Pero fijaos, había otros esclavos que me observaban confusos y atónitos. Para ellos, estar desnudo y con grilletes, y ser apaleado, era suficiente para obligarlos a obedecer, ya que además sabían que no podían escapar, que debían servir durante varios años y que estaban indefensos.

»De todos modos, esa magia no funcionaba conmigo. Cuando me soltaron tenía las nalgas y las piernas totalmente irritadas por la pala, pero no me importaba. Todos los intentos para estimular mi órgano habían fallado. Era demasiado testarudo.

»Lord Gregory me sermoneó a fondo. Me dijo que era mucho más fácil aguantar la pala con el órgano erecto, que si la pasión recorría mis venas, comprendería el sentido de satisfacer a mi señora. Yo ni le prestaba atención.

»La reina seguía encontrándome fascinante. Me dijo que superaba en belleza a cualquier otro esclavo que le hubieran enviado antes, y me tenía amarrado a la pared en sus aposentos, día y noche, para poder observarme. Aunque, para ser más precisos, en realidad era para que yo pudiera observarla a ella y acabara deseándola.

»Yo, en un principio, ni la miraba. Pero poco a poco empecé a estudiarla. Aprendí cada uno de sus detalles: sus ojos crueles y su espesa cabellera negra, sus pechos blancos y sus largas piernas, la forma en que se tumbaba en la cama, caminaba o comía; todo lo hacía con suma delicadeza. Por supuesto, ordenaba que me azotaran regularmente con la pala, y poco a poco empezó a suceder algo muy curioso. Los paletazos eran lo único que rompía el hastío de aquellos días, aparte de observarla a ella. De manera que, contemplarla y ser castigado se convirtió en algo interesante para mí.

—Oh, qué perversa —dijo Bella con un jadeo. Entendía todo aquello a la perfección.

—Por supuesto, lo es, y está infinitamente segura de su propia belleza.

»Bien, durante todo ese tiempo ella continuaba con sus asuntos de la corte, iba y venía. A menudo me quedaba solo sin nada que hacer, aparte de forcejear y maldecir con la mordaza en la boca. Luego ella regresaba, como una visión de suaves bucles y labios rojos, y mi corazón empezaba a latir con fuerza cada vez que se quedaba desnuda. Me encantaba especialmente el momento en que la mantilla se desprendía de sus pliegues y veía su pelo. Para cuando estaba completamente desnuda y se introducía en el baño, yo ya estaba fuera de mí.

»Por supuesto, todo esto era secreto. Yo hacía todo lo que podía para no revelar nada e intentaba aquietar mi pasión. Pero soy un hombre, así que en cosa de días la pasión empezó a multiplicarse, a dejarse ver. La reina se reía de todo esto, y me atormentaba. Luego me decía que iba a sufrir mucho menos cuando me encontrara sobre su regazo y aceptara obedientemente la pala. Ése es el entretenimiento favorito de la reina, pegar una simple zurra encima de su regazo, como habéis tenido la penosa oportunidad de sufrir esta misma noche. Le encanta la intimidad de esta acción. Para ella todos sus esclavos son sus hijos.

Esto la dejó perpleja, pero Bella, no quería interrumpir a Alexi, que continuó con su relato:

—Como os decía, me azotaban con la pala,

siempre de las formas más incómodas y distantes. Solía mandar llamar a Félix, a quien yo despreciaba...

—¿Y ahora no? —preguntó Bella. Pero de inmediato se ruborizó al recordar la escena que había presenciado en la escalera, cuando Félix chupaba el miembro de Alexi con tanta ternura.

—Ahora no lo desprecio en absoluto —contesto el príncipe Alexi—. De todos los pajes, él es uno de los más interesantes. Eso es algo que aquí se llega a apreciar enormemente. Pero entonces lo despreciaba tanto como a la reina.

»Ella ordenaba que me azotaran. Él me retiraba los grilletes que me mantenían sujeto a la pared, sin que yo dejara de patalear y forcejear como un loco. Luego me arrojaba sobre su rodilla, con mis piernas separadas, y los paletazos se sucedían hasta que la reina se cansaba. Dolía terriblemente, ya lo sabéis, y todavía aumentaba más mi humillación. Pero a medida que el aburrimiento se hacía cada vez más desesperado en mis horas de soledad, empecé a tomarme las palizas como un intervalo. Pensaba en el dolor, y en las diversas fases que atravesaba. En primer lugar, los estallidos iniciales de la pala, que para nada eran tan dolorosos. Luego, a medida que se volvían más fuertes, sentía el dolor, el escozor, y culebreaba e intentaba escapar a los golpes, aunque me había jurado no hacerlo. Me recordaba que debía permanecer quieto pero acababa cayendo en forzados zigzagueos, lo cual divertía inmensamente a la reina. Cuando ya estaba muy irritado, me sentía tremendamente cansado, sobre todo del forcejeo. La reina sabía que era más vulnerable, y entonces me tocaba. Sus manos resultaban una delicia sobre mis moratones a pesar del odio que sentía por ella. Luego pasaba la mano suavemente por mi órgano, al tiempo que me decía al oído que podría disfrutar del éxtasis si la servía. Me contaba que yo sería objeto de toda su atención, que los criados me bañarían y me mimarían, en vez de restregarme con rudeza y colgarme de la pared. A veces, yo empezaba a lloriquear al escuchar esto porque ya no podía contenerme. Los pajes se reían, y a la reina todo aquello también le hacía bastante gracia. Luego me devolvían a la pared para que mi ánimo decayera aún más a causa del hastío interminable.

»Durante todo este tiempo, nunca vi que los demás esclavos fueran castigados directamente por la reina. Ella practicaba sus diversiones y juegos en sus muchos salones. Yo, en raras ocasiones oía gritos y golpes a través de las puertas.

»Pero, a medida que empecé a exhibir un órgano erecto y ansioso, muy a mi pesar, empecé a esperar con anhelo las terribles palizas... en contra de mi voluntad... sin que ambas cosas estuvieran conectadas en mi mente... Ella se traía un esclavo de vez en cuando para divertirse.

»No tengo palabras para describir el ataque de celos que sentí la primera vez que presencié cómo castigaba a un esclavo. Fue con el joven príncipe Gerald, al que ella adoraba en aquellos días. Tenía dieciséis años y las nalgas más redondas y pequeñas que se puedan imaginar. A los pajes les parecían irresistibles, y también a los criados, igual que las vuestras.

Bella se ruborizó al oír esto.

—No os consideréis desdichada. Escuchad lo que tengo que decir acerca del hastío —añadió Alexi, y la besó con ternura.

»Como os decía, trajeron a este esclavo y la reina lo acarició y lo importunó sin ningún pudor. Lo colocó sobre su regazo y le propinó una zurra con la palma de la mano, como hizo con vos. Yo veía su pene erecto y cómo intentaba mantenerlo apartado de la pierna de la reina por temor a derramar su pasión y contrariarla. La sumisión y devoción que sentía por ella eran absolutas. Carecía de toda dignidad en su entrega; más bien todo lo contrario, correteaba para obedecer cada una de sus órdenes, con su hermosa carita siempre sonrojada, la piel rosa y blanca llena de marcas de castigo. Yo no podía apartar la vista de él. Pensé que nunca podrían conseguir que yo hiciera esas cosas. Jamás; antes preferiría morir. Pero continué observando cómo la reina lo castigaba, lo pinchaba y lo besaba.

»Cuando él ya la hubo satisfecho bastante, ¡cómo lo recompensó! Había traído a seis príncipes y princesas entre los que debía escoger con quién copularía. Por supuesto, él siempre escogía complacerla, así que elegía a los príncipes.

»Mientras la reina presidía la actuación con su pala, él se colocaba sobre uno de los esclavos, que se arrodillaba obedientemente y, sin dejar de recibir los golpes de la reina, llegaba al éxtasis. El espectáculo era sumamente provocador: su pequeño trasero que recibía una sonora zurra, el sumiso esclavo con la cara roja, de rodillas, se preparaba para recibir al príncipe Gerald, y el miembro erecto del muchacho estaba listo para entrar y salir del ano indefenso. A veces la reina azotaba en primer lugar a la pobre víctima, le concedía una alborozada persecución por la estancia o una oportunidad de escapar a su destino si podía traerle un par de pantuflas con los dientes antes de que ella consiguiera propinarle diez buenas paladas. La víctima se escabullía precipitadamente para obedecer. Pero en contadas ocasiones era capaz de encontrar las pantuflas y traérselas antes de que la reina finalizara la sonora paliza. De modo que se tenía que doblar para satisfacer al príncipe Gerald, que desde luego estaba muy bien dotado para tener dieciséis años.

»Por supuesto que yo me decía para mis adentros que aquello era una asquerosidad y que era indigno de mí. Yo nunca me prestaría a tales juegos —Alexi se rió tranquilamente, atrajo a Bella hacia su pecho con el brazo y le besó la frente—. Pero desde entonces he jugado a estos pasatiempos bastante a menudo —dijo.

»A veces, muy de vez en cuando, el príncipe Gerald elegía a una princesa, y esto contrariaba levemente a la reina, que hacía que la víctima femenina ejecutara alguna tarea con la esperanza de escapar, ya fuera el mismo juego de las pantuflas, traerle un espejito de mano o algo por el estilo, y durante todo el rato la soberana la dirigía despiadadamente con la pala. Luego la tumbaban de espaldas y el vigoroso joven príncipe la poseía para diversión de la reina. A veces también la colgaban boca abajo, doblada como en la sala de castigos.

Bella dio un respingo. Ser poseída en esta posición era algo que no se le había ocurrido. Pero seguro que una princesa cautiva sería forzada y sometida a algo así.

—Como os podéis imaginar —continuó Alexi—, estos espectáculos se convirtieron en una tortura para mí. Durante mis horas solitarias, los ansiaba. Mientras observaba, sentía los golpes contra mis nalgas como si yo también estuviera siendo azotado, y notaba que mi pene se excitaba muy a pesar al ver que las muchachitas eran perseguidas, o incluso cuando un paje acariciaba al príncipe Gerald y a veces le lamía el miembro para diversión de la reina.

»Debo añadir que a Gerald todo esto le resultaba muy duro. Era un príncipe ansioso por complacer, siempre se afanaba por satisfacer a su majestad y se castigaba a sí mismo mentalmente, por temor al fracaso. Parecía que no se daba cuenta de que muchas de las tareas y juegos se concebían deliberadamente para aumentar especialmente la dificultad para él. Por ejemplo, la reina le obligaba a que le peinara el cabello con el cepillo entre los dientes. Esto era sumamente difícil, y él lloraba cuando no conseguía hacerlo con cepilladas bastante largas, que recorrieran toda la melena. Por supuesto, la reina se enfadaba, lo arrojaba sobre su regazo y utilizaba un cepillo con mango de cuero para sacudirle. Él lloraba de vergüenza y desdicha, y temía la peor de sus cóleras: que lo entregara a otros para que disfrutaran de él y lo castigaran.

—¿Os entrega a vos alguna vez a otros, Alexi? —preguntó Bella.

—Cuando está disgustada conmigo —continuó—. Pero yo ya me he rendido y lo he aceptado. Me entristece pero lo he aceptado. Nunca pierdo el control como le sucedía al príncipe Gerald. Él era capaz de implorar a la reina y cubrir sus pantuflas con besos silenciosos. Por eso nunca sirve para nada. Cuanto más suplicaba, más lo castigaba ella.

—¿Qué fue de él?

—Llegó el día en que fue enviado de vuelta a su reino. Ese momento llega para todos los esclavos. También para vos, aunque quién sabe cuándo; depende de la pasión que el príncipe sienta por vos. Además, en vuestro caso fue él quien os despertó y os reclamó. Vuestro reino era aquí toda una leyenda —dijo el príncipe Alexi.

»De cualquier modo, Gerald volvió a su casa sumamente recompensado y creo yo que también muy aliviado de que le dejaran marchar. Por supuesto, antes de partir, le vistieron exquisitamente, fue recibido por la corte y luego todos nos reunimos para despedirlo. Es la costumbre. Creo que para él fue tan humillante como todas las demás cosas. Era como si recordara su desnudez y su subyugación. Pero aunque por diversos motivos, otros esclavos también sufren cuando los liberan. Quién sabe, quizá las incesantes preocupaciones del príncipe Gerald le salvaron de algo peor. Es imposible decirlo. A la princesa Lizetta la salva su rebelión. Seguro que para el príncipe Gerald fue interesante...

Alexi hizo una pausa para volver a besar a Bella y tranquilizarla:

—No intentéis comprender ahora mismo todo lo que os digo. No busquéis un significado inmediato —le repitió—. Limitaos a escucharme y aprender, y quizá lo que os digo pueda libraros de cometer algunos errores; tal vez os proporcione diferentes ideas para el futuro. Oh, sois tan tierna conmigo, mi flor secreta.

Él la hubiese abrazado de nuevo, quizá se hubiera dejado arrastrar una vez más por la pasión, pero ella lo detuvo posando los dedos en sus labios.

—Pero decidme, mientras estabais amarrado a la pared, ¿en qué pensabais... cuando estabais solo? ¿En qué soñabais?

—Qué pregunta tan extraña —respondió.

Bella parecía muy seria:

—¿Pensabais en vuestra vida anterior, deseabais estar libre para disfrutar de tal o cual placer?

—No, en realidad no —contestó lentamente—. Más bien me preocupaba lo que me sucedería a continuación, supongo. No sé. ¿Por qué me preguntáis esto?

Bella no contestó, pero había soñado en tres ocasiones desde que había llegado y en todas ellas su antigua vida le había parecido tétrica y llena de vanas preocupaciones. Recordaba las horas que había dedicado a sus labores y las interminables reverencias que había hecho en la corte a los príncipes que le besaban la mano. Revivía las interminables horas en las que estuvo sentada, absolutamente inmóvil, en banquetes donde otros charlaban y bebían, mientras que ella lo único que había sentido era aburrimiento.

—Por favor, continuad, Alexi —dijo con dulzura—. ¿A quién os entrega la reina cuando está descontenta?

—Ah, ésa es una pregunta con varias respuestas —dijo—. Pero permitidme seguir con mi relato. Podéis imaginaros cómo era mi existencia, horas de hastío y soledad rotas únicamente por estas tres diversiones: la propia reina, los castigos infligidos al príncipe Gerald, o los furiosos azotes que me propinaba Félix. Bien, al poco tiempo, en contra de mi voluntad y a pesar de toda mi rabia, empecé a mostrar mi excitación cada vez que la reina entraba en la alcoba. Ella me ridiculizaba por ello, pero lo tenía presente, y de vez en cuando tampoco podía ocultar mi excitación cuando veía al príncipe Gerald tan descaradamente erecto, disfrutando de los otros esclavos, o incluso cuando recibía la pala. La reina lo observaba todo, y cada vez que veía que mi órgano estaba duro, fuera de mi control, hacía que Félix me propinara inmediatamente una dura paliza. Yo forcejeaba, intentaba maldecirla, y al principio estas zurras mitigaban mi placer, aunque al poco tiempo no lo reprimían en absoluto. Además, la reina se sumaba a mi padecimiento con sus propias manos: daba palmetadas contra mi pene, lo acariciaba, y luego volvía a palmetearlo a la vez que Félix me castigaba. Yo me retorcía y forcejeaba, pero no servía de nada. Al cabo de muy poco tiempo, anhelaba tanto el tacto de las manos de la reina que gemía en voz alta e incluso en una ocasión, terriblemente atormendado, hice todo lo que pude mediante gestos y movimientos para demostrar que iba a obedecerla.

»Por supuesto no tenía intención de someterme; lo hacía únicamente para ser premiado. Me pregunto si podéis imaginaros lo difícil que fue esto para mí. Me desataron, me dejaron a cuatro patas y me ordenaron que besara sus pies. Era como si acabaran de dejarme completamente desnudo. Nunca había obedecido una sola orden, ni me habían obligado a acatarla sin llevar los grilletes. No obstante, la necesidad de aliviar aquella tortura era tal, mi sexo estaba tan hinchado a causa del deseo, que me obligué a mí mismo a arrodillarme a sus pies y a besarle las zapatillas. Nunca olvidaré la magia de sus manos cuando me acarició. Pude experimentar el estallido de pasión que recorrió mi cuerpo, y en cuanto ella me pasó la mano y jugueteó con mi sexo, la pasión se liberó de inmediato, lo que la enfureció terriblemente.

»"No tenéis control —me dijo malhumoradamente— y seréis castigado por esto. Pero habéis intentado someteros y eso ya es algo." En ese mismo momento me levanté e intenté alejarme de ella corriendo; nunca había tenido intención de acatar sus órdenes.

»Obviamente, los pajes me prendieron al instante. No debéis pensar nunca que estáis a salvo de ellos. Quizás os encontréis en una alcoba enorme, débilmente iluminada, a solas con un lord. Es posible que os creáis que sois libre en el momento en que caiga dormido con su copa de vino. Entonces intentaréis levantaros y escapar, pero de inmediato aparecerán pajes que os reducirán. Sólo ahora que soy el asistente de confianza de la reina se me permite dormir a solas en su alcoba. Los pajes no se atreven a entrar a oscuras en la habitación donde duerme la reina, así que no hay forma de que sepan que estoy aquí con vos. Pero ésta es una situación excepcional, muy excepcional, y en cualquier momento podrían descubrirnos...

—Pero ¿qué os sucedió? —insistió Bella—. ¿Os prendieron? —preguntó asustada.

—La reina tuvo pocos miramientos a la hora de castigarme. Mandó llamar a lord Gregory y le dijo que yo era incorregible. Le comunicó que, a pesar de mis finas manos y delicada piel, en contra de mi linaje real, debían llevarme de inmediato a la cocina, donde serviría todo el tiempo que ella decretara... y, de hecho, llegó a decir que esperaba no olvidarse de que yo estaba allí y de mandarme llamar en el futuro.

»Me bajaron a la cocina en medio de mis protestas habituales. No tenía ni idea de lo que iba a sucederme, pero enseguida comprobé que me encontraba en un lugar oscuro y sucio, lleno de grasa y hollín de las cocinas, en el que siempre había pucheros hirviendo y docenas de lacayos atareados cortando vegetales y limpiando, o desplumando aves y todas las demás tareas que contribuyen a que se puedan servir banquetes aquí.

»Nada más dejarme allí, el regocijo fue general. Contaban con una nueva diversión. Estaba rodeado de los seres más ordinarios y groseros qué había visto en mi vida. "Y a mí que me importa —pensé—. Yo no obedezco a nadie."

»Pero al instante me di cuenta de que estas criaturas no estaban más interesadas en mi sumisión que en la de las aves que mataban, las zanahorias que pelaban, o las patatas que echaban al puchero. Yo era un juguete para ellos y sólo en muy contadas ocasiones se dirigieron a mí como si tuviera orejas para oírles o juicio para entender lo que me decían.

»Me pusieron inmediatamente un collar de cuero, atado a los grilletes de las muñecas y, éstas, a su vez, a las rodillas, de tal manera que era imposible levantarme de mi posición a cuatro patas. Me colocaron una embocadura con una brida, tan bien sujeta a la cabeza que podían tirar de mí con correas de cuero sin que yo pudiera resistirme; mis extremidades sólo me permitían seguirles a regañadientes.

»Me negaba a moverme. Pero ellos me arrastraban de un lado a otro del sucio suelo de la cocina mientras se reían a placer. No tardaron en sacar sus palas y castigarme cruelmente. Ninguna parte de mi cuerpo se libraba, pero mi trasero les encandilaba especialmente. Cuanto más me sacudía y forcejeaba, más hilarante les parecía a ellos la situación. No era más que un perro, y precisamente así me trataban. Sin embargo, aquello no fue más que el principio. Al cabo de poco rato me desligaron lo suficiente para arrojarme encima de un gran barril que estaba tumbado sobre el suelo, donde fui violado por cada uno de los hombres, mientras las mujeres observaban sin parar de reír. Me quedé tan dolorido y mareado por el movimiento del barril que vomité, pero para ellos incluso esto fue divertido.

»Cuando acabaron conmigo y tuvieron que regresar al trabajo, me amarraron al interior de un gran tonel abierto donde tiraban la basura. Mis pies estaban firmemente apoyados sobre los desechos de hojas de col y cabezas de zanahorias, pieles de cebollas y plumas de pollo, que componían los desperdicios del trabajo del día y, a medida que arrojaban más basura, ésta subía a mi alrededor. El tufo era terrible. Cada vez que yo me retorcía y forcejeaba, ellos volvían a reírse, y pensaban en otros modos de atormentarme.

—Oh, pero esto es demasiado atroz —dijo Bella boquiabierta.

Se podía decir que todas las personas que la habían tratado y castigado, en cierta forma también la admiraban. Pero cuando pensó en su hermoso Alexi humillado de este modo, sintió que el miedo la invadía.

—Por supuesto, no se me había ocurrido pensar que ésta iba a ser mi ubicación habitual. Efectivamente, me sacaron unas horas más tarde, después de servir la cena de la noche, puesto que habían decidido volver a violarme. Sin embargo, esta vez me tumbaron y me estiraron encima de una gran mesa de madera. Me apalizaron una y otra vez, con gran deleite por su parte, pero esta vez con burdas palas de madera, pues comentaron que las de cuero que habían usado antes eran demasiado buenas para mí. Sujetaron mis piernas separándolas todo lo que pudieron y se lamentaron de no poder torturar mis partes íntimas sin correr el riesgo de ser castigados. Aunque al parecer aquello no incluía mi pene, puesto que lo mortificaban sin descanso propinándole palmetadas y bruscos toqueteos.

»Para entonces yo casi había enloquecido. Soy incapaz de explicarlo. Eran tantos y tan ordinarios... mis movimientos, mis sonidos no significaban nada para ellos. La reina habría advertido el más mínimo cambio de expresión en mí; se habría mofado de mis gruñidos y forcejeos, saboreándolos. Pero estos groseros cocineros y pinches me frotaban el pelo, me levantaban la cara, me abofeteaban el trasero y me azotaban como si yo no me enterara de nada.

»Me decían: "qué trasero tan rellenito", y "mirad esas fuertes piernas", y ese tipo de comentarios que se hacen de un animal. Me pellizcaban, me atizaban, me punzaban a placer, y luego se disponían a violarme. Primero, con sus manos crueles, me embadurnaban bien con grasa, como la primera vez, y en cuanto acabaron me aplicaron una lavativa de agua con un rudimentario tubo unido a un odre de vino lleno de agua. No puedo describir semejante mortificación. Me lavaron por dentro y por fuera. La reina, como mínimo, me concedía intimidad en estas cuestiones, ya que las necesidades de nuestros intestinos y vejigas no le preocupaban. Pero ser vaciado por ese chorro violento de agua fría, delante de aquellos puercos, me hizo sentir débil y apocado.

»Estaba agotado cuando volvieron a introducirme en la basura. Por la mañana me dolían los brazos y estaba mareado por la pestilencia que ascendía en torno a mí. Me sacaron de allí rudamente, me ataron otra vez de rodillas y me echaron algo de comida en un plato. Hacía un día que no comía, pero de todos modos no quería aumentar su diversión, ya que no me permitían utilizar las manos. Para ellos no era nada. Rechacé las comidas hasta el tercer día en que ya no pude soportarlo más y devoré con los labios, como un cachorro hambriento, las gachas que me dieron. Ni siquiera prestaron atención. Cuando acabé, me llevaron de vuelta al montón de basura donde esperé hasta que dispusieron de otro rato para entretenerse conmigo.

»Entretanto permanecería allí, colgado. Cada vez que pasaban me propinaban una fuerte bofetada, me retorcían los pezones o me separaban aún más las piernas con una de sus palas.

»La agonía superaba cualquier sensación que hubiera experimentado en la alcoba de la reina. Muy pronto, al anochecer, corrió la voz entre los mozos de cuadra de que podían venir y disponer de mí como quisieran. Así que tuve que satisfacerlos también a ellos.

»Iban mejor vestidos, pero olían a caballo. Llegaron, me sacaron de la cubeta y uno de ellos introdujo el largo y redondeado mango de cuero de su látigo en mi ano. Con aquel instrumento, me obligó a incorporarme y me condujo hasta el establo. Entonces, me tiraron de nuevo encima de un barril tumbado y me violaron, uno a uno.

»Parecía insoportable, pero aún así lo aguanté. Del mismo modo que en los aposentos de la reina, tenía todo el día para regalarme la vista con mis torturadores aunque la verdad es que me hacían poquísimo caso de tan absortos como estaban en sus tareas.

»Sin embargo, una tarde en que todos ellos estaban ebrios y habían sido felicitados por una excelente comida celebrada en los salones de arriba, se volvieron hacia mí en busca de juegos más imaginativos. Yo estaba aterrorizado. Había perdido toda noción de la dignidad y en cuanto se aproximaron a mí empecé a gemir, a pesar de la mordaza. Me retorcí y forcejeé para resistirme a sus manos.

»Los juegos que escogieron eran tan degradantes como repugnantes. Hablaban de adornarme, de mejorar mi aspecto, de que en conjunto yo era un animal demasiado limpio y delicado para el lugar donde me alojaba. Así que me tumbaron en la cocina y no tardaron en desatar su furia sobre mí, embadurnándome con decenas de mezcolanzas elaboradas con miel, huevos, diversos almíbares y brebajes. Todo estaba a su disposición en la cocina. Enseguida me vi cubierto de esos líquidos asquerosos. Me untaron las nalgas y, cómo no, se reían mientras yo forcejeaba. Pringaron mi pene y mis testículos. Me llenaron el rostro de aquello y me embadurnaron el pelo echándolo hacia atrás. Cuando acabaron, cogieron plumas de aves y me emplumaron de pies a cabeza.

»Estaba absolutamete aterrorizado, no por un dolor real, sino por la vulgaridad y la mezquindad de la que hacían gala. No podía soportar semejante humillación.

»Finalmente, uno de los pajes entró para ver cuál era el motivo de tanto ruido y se apiadó de mí. Hizo que me soltaran y les ordenó que me lavaran. Por supuesto, me restregaron, con la rudeza habitual, y me volvieron a azotar con la pala. Fue entonces cuando me di cuenta de que estaba perdiendo la razón. Agachado a cuatro patas, corría desesperadamente para escapar a los paletazos. Intentaba por todos los medios meterme debajo de las mesas de la cocina y en cualquier sitio, en busca de un momento de reposo; ellos me encontraban, si era necesario movían las mesas y las sillas para alcanzar mi trasero con sus palas. Por supuesto, si intentaba levantarme me tumbaban en el suelo a la fuerza. Estaba desesperado.

»Me escabullí al lado del paje y le besé los pies como había visto que el príncipe Gerald hacía con la reina.

»Pero si se lo contaba a la reina, no me serviría para nada. Efectivamente, al día siguiente, volvía a estar amarrado como antes y esperaba el hastío y la desazón de mis amos de siempre. A veces pasaban a mi lado y me llenaban el ano con un poco de comida en vez de tirarla. Me introducían zanahorias u otras hortalizas, cualquier cosa que pensaran que se parecía a un falo. Me violaban una y otra vez con estas cosas y tenía gran dificultad para expelerlas. Supongo que mi boca no se hubiera librado de esto de no ser porque tenían órdenes de mantenerme amordazado como a todos los esclavos de mi condición.

»Cada vez que atisbaba a un paje, me lanzaba a suplicarle utilizando todos mis gestos y gemidos.

»Durante este tiempo dejé de tener verdaderos pensamientos. Quizás había empezado a pensar en mí como el ser semihumano que ellos creían que era yo; no lo sé. Para ellos era un príncipe desobediente enviado allí porque me lo merecía.

Cualquier abuso que me infligieran formaba parte de sus obligaciones. Si las moscas les molestaban, me untaban el sexo con miel para atraerlas, y realmente creían que aquello estaba muy bien pensado, no les causaba ningún remordimiento.

»Pese al terror que me infundían los mangos de cuero de los látigos que los mozos de cuadra me introducían a la fuerza en el ano, casi anhelaba que llegara el momento en que me llevaban a los lugares más limpios y frescos de establo. Al menos a aquellos mozos les parecía maravilloso tener un príncipe de verdad a quien atormentar. Me ridiculizaban con todas sus fuerzas y durante largo rato, pero aquello era mejor que estar en la cocina.

»No sé cuánto tiempo duró. Cada vez que soltaban los grilletes sentía un terrible pavor. Al cabo del tiempo, los de la cocina empezaron a echar la basura por el suelo y me obligaban a recogerla mientras me perseguían con sus palas. No era ya consciente de que la mejor solución hubiera sido permanecer inmóvil; me movía completamente aturdido y lleno de pánico. Corría de este modo simplemente para acabar la tarea mientras ellos me azotaban. Ni siquiera el príncipe Gerald había estado nunca tan desesperado.

»Pensé en él cuando me descubrí haciendo estas cosas, por supuesto. Me dije con amargura, "está entreteniendo a la reina en sus aposentos, mientras yo estoy aquí en este lugar inmundo".

»En definitiva, los mozos de cuadra eran para mí como los miembros de la realeza. Uno de ellos quedó bastante fascinado conmigo. Era grande, muy fuerte. Podía montarme en el mango de su látigo de tal forma que mis pies desnudos apenas tocaban el suelo, y me obligaba a avanzar con la espalda arqueada y las manos atadas; casi me transportaba. Le encantaba hacer esto y, un día, me llevó a solas con él hasta un rincón apartado del jardín. Durante un momento intenté oponerme, pero de una sacudida me puso sobre su rodilla, sin apenas esfuerzo. Me obligó a agacharme sobre la hierba y me dijo que recogiera con los dientes las pequeñas florecillas blancas que había por allí. Si me negaba me dijo que me llevaría de vuelta a la cocina. No sabría describir cuán voluntarioso me mostré en obedecerlo. Mantenía el mango del látigo dentro de mí y me obligaba a ir de un lado a otro con él. Luego empezó a atormentarme el pene. Pero aunque no cesaba de dar palmetadas y abusaba de él, también lo acariciaba. Para horror mío, sentí cómo se hinchaba. Quería quedarme para siempre con él. Me pregunté, qué podía hacer para contentarle, y esto supuso para mí una humillación más. Me sentí desesperado porque sabía que esto era exactamente lo que la reina había pretendido al castigarme. Incluso en mi locura, estaba convencido de que si ella hubiera sabido cuánto sufría, me hubiera liberado. Pero mi mente estaba vacía de todo pensamiento. Entonces sólo sabía que quería agradar a mi mozo de cuadra porque temía que me llevara de vuelta a la cocina.

»Así que cogí las florecillas con los dientes y se las llevé a él. A continuación me dijo que yo era un príncipe demasiado malo para que todo el mundo me tratara con tanta condescendencia, y me ordenó que me subiera a una mesa cercana. Era redonda, de madera, gastada por la intemperie, pero a menudo se vestía y se utilizaba cuando alguno de los miembros de la corte quería comer en el jardín.

»Obedecí de inmediato, aunque él no quería que me arrodillara sino que tenía que ponerme en cuclillas con las piernas muy separadas y las manos en la nuca, con la vista baja. Para mí era degradante hasta lo indecible y, sin embargo, sólo pensaba en agradarle. Por supuesto, me azotó en esta posición. Tenía una pala de cuero, delgada pero pesada, y con un golpazo poderosísimo. Empezó a aporrear mi trasero y aun así, continué allí, en cuclillas, con las piernas doloridas y el pene hinchado todo el tiempo mientras él me atormentaba.

»Fue lo mejor que pudo pasar, porque lord Gregory lo presenció todo. No lo supe entonces; sólo sabía que pasaban otras personas y, cuando oí sus voces y supe que eran nobles y damas, experimenté una consternación increíble. Veían cómo yo, el orgulloso príncipe que se había rebelado contra la reina, era humillado por este mozo de cuadra. No obstante, todo lo que podía hacer era llorar, sufrir y sentir la pala que me zurraba.

»Ni siquiera pensé en que la reina pudiera enterarse de todo esto. Había perdido toda esperanza y sólo pensaba en aquel instante. Bueno, Bella, éste es un aspecto de la entrega y la aceptación, desde luego. Y sólo pensaba en el mozo de cuadra, y en agradarle y en escapar al horror de la cocina durante un rato más, pese al terrible precio que tendría que pagar. En otras palabras, estaba haciendo precisamente lo que se esperaba de mí.

»Luego, mi mozo de cuadra se cansó de aquello. Me ordenó que volviera a agacharme a cuatro patas sobre la hierba y me llevó de esta guisa por entre la maleza. Yo estaba completamente desligado, pero seguía totalmente a su merced. En ese instante encontró un árbol, me dijo que me incorporara y que me agarrara a una rama que quedaba por encima de mi cabeza. Me colgué de ella, con los pies en el aire, mientras él me violaba. Me penetró repetidamente, con fuerza, a fondo. Pensé que no iba a acabar nunca, y mi pobre pene se mantenía duro como el propio tronco del árbol, lleno de dolor.

»Cuando acabó conmigo pasó la cosa más extraordinaria. Me encontré de rodillas, besándole los pies. Es más, retorcía mis caderas, impulsándolas adelante y hacía todo lo que estaba en mi mano para rogarle que liberara la pasión que me atormentaba entre las piernas, para que me concediera cierto alivio, ya que no había tenido ocasión para ello en la cocina.

»Él se reía de todo esto. Me levantó, me empaló con toda facilidad en el mango del látigo y me condujo de vuelta hacia la cocina. Yo lloriqueaba descontroladamente como nunca lo había hecho en mi vida.

»La enorme habitación estaba casi vacía. Todos estaban fuera, cuidando las huertas o en las antesalas de arriba, sirviendo la comida. Sólo quedaba una joven criada que se levantó de un brinco al vernos. Al cabo de un momento, el mozo de cuadra le susurraba algo al oído y, mientras ella asentía con la cabeza y se limpiaba las manos en el delantal, él me ordenó que me subiera a una de las mesas cuadradas. Y allí estaba yo de nuevo, en cuclillas y con las manos detrás de la cabeza. Obedecí sin tan siquiera pensarlo. Más paletazos, pensé, como tributo hacia esa muchacha de rostro enfermizo y trenzas marrones. Mientras tanto, ella se acercó y me miró con lo que parecía verdadera admiración. Luego, el mozo de cuadra empezó a atormentarme. Había cogido una pequeña escobilla que se utilizaba para sacar la porquería del interior del horno, y con esto empezó a cepillar y a frotar suavemente mi pene. Cuanto más lo tocaba, mayor era mi padecimiento. Cada vez me resultaba más insoportable que apartara la escobilla medio centímetro de mi pene y, en consecuencia, yo me esforzaba por seguir sus movimientos. Era más de lo que podía soportar. Sin embargo, él no me permitía mover los pies, y me azotaba de inmediato si le desobedecía. Comprendí enseguida su juego. Debía impeler mi cadera hacia delante todo lo que pudiera para mantener mi hambriento pene en contacto con las suaves cerdas de la escobilla que me acariciaban, y así lo hacía, llorando sin parar mientras la muchacha miraba fijamente, con obvio deleite. Finalmente, la jovencita le suplicó que le permitiera tocarme. Yo me sentí tan agradecido por ello que no pude dejar de sollozar. El mozo de cuadra puso la escobilla bajo mi barbilla y me levantó la cara. Dijo que le gustaría ver cómo satisfacía la curiosidad de la joven doncella. Ella nunca había visto realmente a un hombre joven consumar su pasión, así que mientras él me sostenía, escrutaba y observaba mi rostro cubierto de lágrimas, ella frotó suavemente mi pene y, sin orgullo ni dignidad, sentí que mi pasión se descargaba en su mano, con mi rostro enrojecido de calor y completamente ruborizado mientras un estremecimiento me recorría los riñones al sentir semejante alivio de todos aquellos días de frustración.

»Después de aquello me sentí muy debilitado. No tenía orgullo, no pensaba en el pasado ni en el futuro. No oponía resistencia cuando estaba maniatado. Sólo quería que el mozo de cuadra volviera pronto. Estaba adormilado y asustado cuando todos los cocineros y pinches regresaron y retomaron su inevitable entretenimiento ocioso.

»Los días siguientes no faltaron los habituales tormentos de la cocina: me azotaban con la pala, me perseguían, me ridiculizaban y también me trataban con sumo desprecio. Soñaba con el mozo de cuadra. Estaba convencido de que él regresaría, con toda seguridad. Creo que ni siquiera llegué a pensar en la reina, pues cuando la imaginaba sólo sentía desesperación.

»Finalmente, una tarde, el mozo de cuadra llegó primorosamente vestido de terciopelo rosa ribeteado en oro. Me quedé estupefacto. Ordenó que me lavaran y me restregaran. Yo estaba demasiado excitado para temer las manos rudas de los pinches, aunque eran tan crueles como siempre.

»A pesar de que mi órgano se ponía rígido ante la mera visión de mi señor, el mozo de cuadra, éste me dijo que debía mantenerlo perfectamente firme, siempre así, o sería severamente castigado.

»Asentí lleno de vigor. Luego retiró la embocadura de la mordaza de la boca y la sustituyó por una más decorativa.

»¿Cómo puedo describir lo que sentí entonces? No me atrevía a soñar con la reina. Había padecido tanto que cualquier respiro era maravilloso para mí.

»En aquel instante el mozo de cuadra me conducía al interior del castillo y yo, que me había rebelado contra todo el mundo, corría a cuatro patas tras él por los pasillos de piedra pasando junto a las pantuflas y botas de los nobles y damas, que se volvían para prestarme atención y dedicarme algunos cumplidos. El mozo de cuadra se mostraba muy orgulloso.

»Entramos en un gran salón de altos techos, donde tuve la impresión de que nunca antes en mi vida había visto terciopelo de color crema ribeteado en oro y estatuas contra las paredes, ni tantos ramos de flores frescas. Me sentí nacer otra vez sin pensar en mi desnudez ni en mi servilismo.

»Allí, en una silla de alto respaldo, estaba sentada la reina, resplandeciente, vestida con su terciopelo púrpura y su capa de armiño sobre los hombros. Me escabullí hacia delante con atrevimiento, dispuesto a pecar de servilismo, y colmé de besos el bajo de su falda y sus zapatos.

»De inmediato me acarició suavemente el pelo y me levantó la cabeza. "¿Habéis sufrido bastante por vuestra testarudez?", preguntó, y mientras no aparté sus manos las besé, besé sus suaves palmas y sus cálidos dedos. El sonido de su risa me parecía hermoso. Vislumbré los montículos de sus pechos blancos y la apretada faja que le rodeaba la cintura. Le besé las manos hasta que me detuvo y me sostuvo la cara. Entonces abrió mi boca con sus dedos y me tocó los labios y los dientes. Luego me quitó la mordaza, al tiempo que me advertía que no debía hablar. Yo asentí de inmediato.

»"Éste será un día de prueba para vos, mi joven príncipe voluntarioso", dijo. Y luego, al tocar mi pene, me elevó en un paroxismo de placer exquisito. Ella percibió la dureza, y yo intenté evitar que mi cadera se adelantara hacia ella.

»Dio su visto bueno y luego ordenó mi castigo. Dijo que había oído hablar de mi tormento en el jardín, y pidió que mi joven criado, el mozo de cuadra, le hiciera el favor de fustigarme para su entretenimiento.

»Enseguida me encontré en la mesa redonda de mármol que estaba frente a ella, donde me coloqué de cuclillas obedientemente. Recuerdo que las puertas estaban abiertas. Vi las figuras distantes de los nobles y las damas que andaban por allí. Sabía que había otras damas en esa misma habitación, puesto que podía distinguir los colores suaves de sus vestidos e incluso el resplandor trémulo de su cabello. Pero únicamente pensaba en agradar a la reina. Sólo esperaba conseguir permanecer en esa difícil posición acuclillada todo el tiempo que ella quisiera, sin importar la crueldad de la pala. Los primeros golpes me parecieron cálidos y buenos. Sentí que mis nalgas se encogían y se apretaban y tuve la impresión de que mi pene no había experimentado nunca el placer de una hinchazón tan plena, insatisfecho como estaba.

»Naturalmente, los golpes no tardaron en hacerme gemir y, mientras me esforzaba por contener mis quejidos, la reina me besó en la cara y me dijo que, aunque mis labios debían permanecer sellados, tenía que hacerle saber cómo sufría yo por ella. La entendí inmediatamente. En aquel instante, las nalgas me escocían y palpitaban de dolor. Arquée la espalda, con las rodillas cada vez más separadas, las piernas rígidas y doloridas por la tensión de los azotes, y gemí sin reserva; mis quejidos sonaban más fuertes con cada azote. Entendedme, Bella, nada me reprimía. No estaba maniatado ni amordazado.

»Toda mi rebeldía había desaparecido. Cuando a continuación la reina ordenó que me azotaran con la pala por toda la habitación, me moría de ganas de complacerla. Ella arrojó un puñado de bolitas de oro del tamaño de unas uvas grandes, de color púrpura, y me mandó traérselas una a una, exactamente igual que cuando a ti te ordenaron que recogieras las rosas. El mozo de cuadra, mi criado, como ella lo llamaba, no tenía que conseguir darme más de cinco palazos antes de que yo colocara una bola en la mano de su majestad, puesto que de lo contrario ella se disgustaría enormemente conmigo. Las bolas doradas estaban esparcidas por rincones alejados y dispersos; no podéis imaginaros la prisa que me di para recogerlas. Escapaba corriendo de la pala como si fueran a quemarme vivo. Por supuesto, aquellos días tenía la piel muy sensible e irritada, me habían salido un montón de ronchas, pero me apresuraba tanto solamente por contentarla a ella.

»Le llevé la primera tan sólo con tres golpes. Me sentí muy orgulloso. Pero mientras la depositaba en su mano, caí en la cuenta de que se había puesto un guante de cuero negro, que tenía los dedos dibujados con pequeñas esmeraldas. Entonces me ordenó que me diera la vuelta, que separara las piernas y le mostrara mi ano. Obedecí de inmediato y sentí de pronto un sobresalto al notar esos dedos enfundados en cuero que abrían mi ano.

»Como os he explicado, mis brutos captores de la cocina me habían violado y me habían introducido agua en el cuerpo repetidas veces. No obstante, ésta era una nueva vejación para mí. Ella me abría con simpleza y descuido, sin la violencia de la violación. Hizo que me sintiera debilitado de amor y no opuse resistencia alguna a su posesión. De inmediato me di cuenta de que estaba introduciendo en mi ano las bolas de oro que yo había recogido. Entonces me dio instrucciones para que las retuviera dentro de mí, a menos que quisiera provocar su furioso descontento.

»A continuación tenía que recoger otra bola. La pala me alcanzó con gran velocidad. Yo me apresuré, le llevé otra canica, me ordenó que me diera la vuelta y me la introdujo a la fuerza.

»El juego se prolongó durante mucho rato. Mis nalgas estaban completamente irritadas. Tenía la impresión de que se habían vuelto enormes. Estoy seguro de que conocéis esta sensación. Me sentía hinchado, enorme, y muy desnudo; cada roncha ardía bajo la pala. Me estaba quedando sin aliento pero me desesperaba la idea de fallar; y cada vez tenía que correr más lejos de ella para recoger las bolas de oro. Sin embargo, la nueva sensación era ese relleno, el atestamiento de mi ano, que para entonces tenía que mantener muy apretado para no soltar las canicas de oro en contra de mi voluntad. Al cabo de poco rato sentí que tenía el ano ensanchado y abierto, aunque cruelmente relleno al mismo tiempo.

»El juego se volvía cada vez más frenético. Enseguida entreví a otras personas que observaban desde las puertas. A menudo tuve que pasar a toda prisa bajo la falda de alguna dama de su majestad.

»Fue muy duro. Los dedos enfundados en cuero me rellenaban cada vez con más firmeza, y aunque las lágrimas corrían por mi cara, y respiraba muy deprisa y entrecortadamente, conseguí acabar el juego sin recibir más de cuatro palazos en ninguna de las tandas.

»La reina me abrazó. Me besó en la boca y me dijo que era su fiel esclavo y su favorito. Se oyó un murmullo de aprobación y la reina permitió por un instante que me recostara en su seno mientras ella me abrazaba.

»Naturalmente, yo sufría. Por una parte, me esforzaba por aguantar las bolas de oro, y por otra intentaba que mi pene no rozara su vestido y me deshonrara.

»Entonces envió a buscar un orinal dorado, y supe entonces al instante lo que se esperaba de mí. Estoy seguro de que me sonrojé intensamente.

Tenía que sentarme en él y soltar las bolitas que había reunido; y lo hice, por supuesto.

»Después de aquello, el día fue una sucesión interminable de tareas. No intentaré contarlas todas, pero os diré que yo era objeto de todas las atenciones de la reina, y me propuse con toda mi alma mantener su interés. Aún no sabía con seguridad que no me volverían a enviar a la cocina, y temía que en cualquier momento me mandaran de vuelta allí.

»Recuerdo muchas cosas. Pasamos un largo rato en el jardín. La reina caminaba entre las rosas, su pasatiempo favorito, y me llevaba con el bastón en cuyo extremo estaban el falo de cuero. En ocasiones parecía que me levantaba las nalgas por encima del bastón. Mis rodillas necesitaban el alivio que me producía la suave hierba después de haberlas arrastrado por los suelos del castillo. Entonces estaba tan debilitado y sensible que el menor roce de mis nalgas me provocaba dolor. Pero ella se limitaba a hacerme andar de un lado a otro. Luego se acercó a una pequeña glorieta con enrejados y cepas y me condujo sobre las losas del suelo haciéndome gatear por delante de ella.

»Me ordenó que me levantara y entonces apareció un paje, no recuerdo si se trataba de Félix, pero sea quien fuere me puso grilletes enlazándome las manos por encima de la cabeza de manera que las puntas de mis pies apenas tocaban el suelo. La reina se sentó justo frente a mí. Dejó a un lado el bastón con el falo y levantó otra vara que llevaba atada a su faja. No era más que una larga y delgada lámina de madera envuelta en cuero.

»"Ahora, debéis hablarme —me dijo—. Dirigíos a mí con el tratamiento de majestad, y contestad siempre a mis preguntas con gran respeto." Al oír esto sentí una excitación casi incontrolable. Me permitirían hablar con ella, a mí que nunca lo había hecho puesto que siempre había estado amordazado a causa de mi rebeldía. No tenía ni idea de lo que sentiría cuando me permitieran decir algo. Yo era su cachorrillo, su esclavo mudo, pero en aquel momento debía hablarle. Jugueteó con mi pene, me levantó los testículos con el fino bastón de cuero y los empujó, adelante y atrás. Dio una palmetada juguetona a mis muslos.

»"¿Os divierte servir a los brutos nobles y damas de la cocina? —me preguntó en tono jocoso—, ¿o preferiríais servir a vuestra reina?"

»"Quiero serviros únicamente a vos, majestad, o según vuestros deseos", contesté apresuradamente. Mi propia voz me sonó extraña. Era mía... pero no la había oído en tanto tiempo... Cuando pronuncié estas palabras serviles fue como si la acabara de descubrir. Más bien la redescubrí, lo que produjo una extraordinaria emoción en mí. Lloriqueé y abrigué la esperanza de que aquello no disgustara a la soberana.

»Luego se levantó, y se quedó de pie muy cerca de mí, me acarició los ojos y los labios y dijo: "Todo esto me pertenece", y acarició los pezones de mi pecho que los mozos de las cocinas habían toqueteado sin tregua, y pasó la mano por la barriga y también por el ombligo. "Y esto —continuó—, esto también, me pertenece —dijo mientras sostenía mi órgano en su mano y sus largas uñas arañaban la punta suavemente. Soltó un poco de flujo; ella retiró los dedos, cogió el escroto en sus manos y también reivindicó la propiedad sobre él. "Separad las piernas —ordenó mientras me hacía girar sobre la cadena que me sujetaba—. Esto también es mío", dijo, tocándome el ano.

»Me sorprendí contestándole: "Sí, majestad." A continuación me explicó que reservaba para mí castigos peores que los de la cocina si volvía a intentar escapar de ella, si me rebelaba o la disgustaba de cualquier manera. Pero, por el momento, se sentía más que satisfecha conmigo, de eso estaba segura, e iba a prepararme a fondo, a su gusto. Dijo que yo mostraba una gran capacidad para sus diversiones, habilidad de la que carecía el príncipe Gerald, y que la pondría a prueba hasta el límite.

»A partir de entonces, cada mañana me azotaba en el camino para caballos. A mediodía la acompañaba en sus paseos por el jardín. A última hora de la tarde, participaba en distintos juegos en los que tenía que recoger cosas para ella. Al atardecer, me azotaban para su diversión durante la cena. Yo debía adoptar muchas y variadas posiciones. Le gustaba verme en cuclillas con las piernas muy separadas, pero la reina escogía actitudes incluso mejores para estudiarme. Me apretaba las nalgas y decía que esta parte de mi anatomía era la que le pertenecía más que ninguna puesto que su mayor deleite era castigarlas. Le gustaban más que cualquier otra cosa. Pero para finalizar lo que iba a ser en el futuro el programa diario, debía desvestirla antes de irse a la cama y luego dormir en su alcoba.

»A todo esto, yo respondía: "Sí, majestad." Hubiera hecho cualquier cosa con tal de disfrutar de su favor. También me dijo que mi trasero sería sometido a las pruebas más minuciosas para comprobar sus límites.

»En cierta ocasión, después de ordenar que me desataran, ella misma me guió con el falo a través del jardín hasta el interior del castillo, y entramos en su alcoba. Yo sabía que entonces ella pretendía colocarme sobre su regazo y azotarme con la misma intimidad que exhibía con el príncipe Gerald, pero la expectación que yo sentía me llenaba de confusión. No sabía cómo conseguiría evitar que mi pene se aliviara, aunque ella también había pensado en esto. Tras la oportuna inspección, me dijo que había que vaciar la copa en aquel mismo instante para que pudiera volver a llenarse. No se trataba en absoluto de una recompensa. No obstante, mandó buscar a una estupenda princesita. La muchacha puso inmediatamente mi órgano en su boca y, en cuanto empezó a chuparlo, mi pasión explotó en ella. La reina lo observaba todo mientras me acariciaba la cara y me examinaba los ojos y los labios, y luego mandó a la princesa que volviera a despertar mi sexo a toda prisa.

»Esto era en sí mismo una forma de tortura. Pronto volví a estar tan insatisfecho como antes, y a punto para que la reina empezara su prueba de aguante. Me colocó sobre su regazo, exactamente como sospechaba que iba a suceder.

»"El escudero Félix os ha azotado con fuerza —me dijo—, así como los mozos de los establos y los cocineros. ¿Creéis que una mujer puede azotar con tanta fuerza como un hombre?" Yo ya había empezado a lloriquear. No puedo describir la emoción que sentí. Quizá vos también la experimentasteis la primera vez que estuvisteis sobre su regazo en la misma posición. No es peor que estar tirado sobre la rodilla de un paje, o atado con las manos sobre la cabeza, ni tan siquiera se está peor que tendido boca abajo sobre una cama o una mesa. No puedo explicarlo, pero uno se siente mucho más impotente tumbado sobre el regazo de su amo o señora.

Bella asintió con la cabeza. Era cierto; lo había experimentado cuando la echaron sobre el regazo de la reina: en aquel momento perdió toda compostura.

—Utilizando únicamente esta posición se puede enseñar toda la obediencia y el sometimiento, creo yo —dijo el príncipe Alexi—. Bueno, así sucedió conmigo. Estaba allí echado, con la cabeza colgando y las piernas estiradas por detrás, ligeramente separadas, como ella quería. Por supuesto, tenía que arquear la espalda y mantener las manos enlazadas por detrás de la cintura del mismo modo que os han enseñado a vos. Procuré que mi pene no tocara la tela de su vestido, aunque yo lo deseaba con todas mis fuerzas, y luego ella empezó a azotarme. Me enseñó cada una de las palas y me explicó sus defectos y virtudes. Había una que era ligera: me escocería y era rápida; una más pesada, igual de delgada: provocaba más dolor y había que utilizarla con cuidado.

»Comenzó a azotarme con bastante fuerza. También como a vos, me friccionaba las nalgas y las pellizcaba a su antojo. Era constante en su labor. Me azotó con dureza durante largo tiempo; al cabo de un rato, yo padecía un dolor terrible y sentía una impotencia que jamás había experimentado antes en mi vida.

»Me parecía sentir el impacto de cada golpe diseminado por todas mis extremidades. Por supuesto, mi trasero era el primero en absorberlo. Se convertía en el centro de mí mismo, con su escozor y sensibilidad. Pero el dolor pasaba por él y luego entraba en mí, y lo único que podía hacer era temblar a cada golpe, estremecerme con cada uno de los sonoros azotes y gemir cada vez más ruidosamente, aunque sin dar nunca la impresión de pedir clemencia.

»La reina se sentía encantada con esta exhibición de sufrimiento. Como os he dicho antes, ella lo alentaba. Me levantaba a menudo la cara, me enjugaba las lágrimas y me recompensaba con besos. A veces me obligaba a arrodillarme bien erguido, en el suelo. Me inspeccionaba el pene y me preguntaba si no era suyo. Yo contestaba: "Sí, majestad, soy todo vuestro. Soy vuestro obediente esclavo." Ella elogiaba este comentario y decía que no debía dudar en darle respuestas largas y leales.

»Pero seguía actuando con firmeza. Al cabo de poco rato cogió de nuevo la pala, me empujó otra vez contra su regazo y retomó la tanda de sonoros y fuertes azotes. De nuevo gemía a viva voz, a pesar de que mantenía mis dientes apretados. Carecía de orgullo; ni un ápice de esa dignidad que vos aún exhibís, a menos que yo no me diera cuenta. Finalmente, dijo que mi trasero había conseguido un color perfecto, pero como la prueba consistía en conocer cuál era mi límite, decidió seguir castigándome, a pesar de que decía que odiaba tener que hacerlo.

»"¿Sentís haber sido un principito tan desobediente?", me preguntó. "Lo siento mucho, majestad", contesté entre lágrimas. Pero la reina continuó con la zurra. Yo no podía evitar apretar las nalgas y moverme desesperadamente, como si de alguna manera pudiera atenuar el terrible dolor. Entretanto, oía su risa, como si todo aquello la deleitara en extremo.

»Cuando por fin concluyó, yo sollozaba desesperadamente, como cualquier princesita. Me obligó a arrodillarme una vez más, a la vez que me ordenaba que me acercara hasta quedar de cara a ella.

»Me enjugó la cara, me secó los ojos, y me dio un generoso beso con una buena dosis de dulce adulación. Me dijo que me convertiría en su criado, en el amo de su guardarropa. Me encargaría de vestirla, de cepillarle el pelo y de asistirla. Tendría que aprender mucho, pero ella personalmente se ocuparía de mi instrucción. Yo debía mantenerme muy puro.

»Obviamente, aquella noche pensé que ya había soportado lo peor: el abuso de los soldados rasos de camino al castillo, la horrorosa tortura en las cocinas; había sido humillado del modo más absoluto por un grosero mozo de cuadra, y me acababa de convertir en el esclavo abyecto del placer de la retina. Mi alma le pertenecía totalmente junto con todas las partes de mi cuerpo. Pero fui muy ingenuo al pensar esto. Todavía quedaban cosas mucho peores por sufrir.

El príncipe Alexi hizo una pausa y dirigió la vista a Bella, que apoyaba la cabeza en su pecho.

Ella se esforzaba por esconder sus sentimientos, aunque no sabía verdaderamente qué sentía, excepto que el relato la había excitado. Podía imaginarse cada una de las humillaciones descritas por Alexi y, aunque había despertado su temor, también provocó su pasión.

—Para mí ha sido mucho más sencillo —dijo ella dócilmente, aunque no era esto lo que quería decir.

—No estoy seguro de que sea cierto —dijo Alexi—. Mirad, después del brutal trato recibido en la cocina, con el que me convertí para ellos en menos que un animal, fui liberado de inmediato y me convertí en el obediente esclavo de la reina. Vos no habéis disfrutado de una liberación tan inmediata —dijo él.

—Esto es lo que significa rendirse —murmuró Bella—, y yo debo llegar a ello por una vía diferente.

—A menos... a menos que hagáis algo que sea vilmente castigado —dijo Alexi—, Pero eso requiere demasiado valor, y puede ser innecesario, puesto que ya os han despojado en parte de vuestra dignidad.

—Esta noche no he tenido dignidad —protestó Bella.

—Oh, sí, la teníais, tuvisteis mucha —Alexi sonrió—. Pero hasta entonces yo sólo me había rendido a mi mozo de cuadra y a la reina. Una vez que estuve en sus manos, olvidé completamente al mozo de cuadra: era propiedad de la reina, y pensaba en mis extremidades, mis nalgas, mi pene, como suyos. Sin embargo, para rendirme completamente, todavía tenía que experimentar una vejación y una disciplina mucho mayores...

CONTINÚA LA EDUCACIÓN
DEL PRÍNCIPE ALEXI

—No voy a relataros los detalles de mi formación junto a la reina, cómo aprendí a ser su criado, ni mis esfuerzos por evitar su enfado. Aprenderéis todo esto de la instrucción que recibáis del príncipe, pues en su amor por vos es evidente que pretende convertiros en su sirvienta. Pero estas cosas son insignificantes cuando uno vive dedicado a su amo o a su señora.

»Tuve que aprender a mantenerme sereno al ser sometido a las humillaciones de otros, y eso no fue nada fácil.

»Mis primeros días con la reina se centraron principalmente en mi formación en su alcoba. Me sorprendió verme precipitándome con la misma diligencia con la que el príncipe Gerald tenía que obedecer a sus más pequeños caprichos, y como resulté ser muy torpe a la hora de manejar sus ropajes, recibía frecuentes y severos castigos.

»Pero la reina no me quería simplemente para estas tareas serviles que otros esclavos podían desempeñar a la perfección. Quería estudiarme, analizarme y hacer de mí un juguete para su completa diversión.

—Un juguete —susurró Bella. En las manos de la reina, ella se había sentido exactamente así.

—En las primeras semanas le divertía enormemente verme servir a otros príncipes y princesas para su propio deleite. Al primero que tuve que servir fue al príncipe Gerald. Su período de servidumbre estaba a punto de finalizar, aunque él no lo sabía, y sufría de celos por mi nueva formación. No obstante, a la reina siempre se le ocurrían ideas espléndidas para premiarlo y consolarlo, sin dejar de contribuir por ello a mi propio desarrollo, como era su deseo.

»A diario, Gerald era llamado a la alcoba real, donde lo ataban con las manos por encima de la cabeza, apoyado en la pared para que observara mis esfuerzos al ejecutar las tareas. Esto era un verdadero tormento para él, hasta que comprendió que una de mis tareas también sería la de complacerlo.

»Para entonces yo me estaba volviendo loco con la pala de la reina, la palma de su mano y todos los esfuerzos que tenía que hacer para mantener la gracia y la habilidad.

Durante todo el día no paraba de recoger objetos, atar zapatos, abrochar fajas, cepillar cabellos, abrillantar joyas y desempeñar cualquier otra tarea doméstica que a la reina le viniera en gana. Las nalgas me escocían continuamente, tenía los muslos y las pantorrillas marcadas por la pala y la cara surcada de lágrimas como cualquier otro esclavo del castillo.

»Cuando la reina comprobó que los celos del príncipe Gerald habían endurecido su pene hasta el extremo, cuando estuvo absolutamente a punto para descargar su pasión sin ayuda de ningún estímulo, entonces me encargó que le lavara y le diera satisfacción.

»No puedo explicaros lo degradante que fue esto para mí. Su cuerpo representaba únicamente a mi enemigo y, sin embargo, tuve que buscar un cuenco de agua caliente, una esponja y, sujetando su miembro sólo con los dientes, le lavé los genitales.

»Con este fin, colocaron a Gerald sobre una mesa baja, donde se arrodilló obedientemente mientras yo le limpiaba las nalgas, mojaba de nuevo la esponja, le lavaba el escroto y finalmente el pene. Pero la reina no se conformaba con esto, y tuve que utilizar la lengua para aclararle. Estaba horrorizado y me deshice en lágrimas como cualquier princesita. Sin embargo, ella se mostraba inexorable. Con la lengua, le lamí el pene, los testículos, y luego ahondé en la hendidura de sus nalgas, llegando a entrar en su ano, que tenía un sabor amargo, casi salado.

»En todo momento, él dio muestras de evidente placer y un prolongado anhelo.

»Tenía las nalgas irritadas, naturalmente. A mí me había producido una gran satisfacción que la reina hubiese dejado prácticamente de azotarlo personalmente, puesto que prefería que lo hiciera su criado antes de que lo llevaran a su presencia. De modo que él ya no sufría para ella, sino que padecía en la sala de esclavos, sin que nadie a su alrededor le hiciera caso. No obstante, a mí me mortificaba el hecho de que fuese mi propia lengua, al lamer sus ronchas y marcas rojas, la que le proporcionara placer.

»Finalmente, la reina le ordenó que se incorporara sobre sus rodillas, con las manos a la espalda, y a mí me dijo que debía premiarlo hasta alcanzar el éxtasis. Aunque yo sabía lo que esto quería decir, fingí desconocerlo. Pero entonces ella me explicó que debía meter su pene en mi boca y aligerarlo.

»Soy incapaz de explicar cómo me sentí entonces. Tuve la impresión de que no podría hacerlo, y sin embargo, en cuestión de segundos, allí estaba, obedeciendo, tal era el miedo que me provocaba contrariarla. Su grueso pene presionaba la parte posterior de mi garganta, los labios y las mandíbulas me dolían mientras intentaba chuparlo correctamente. La reina me dio instrucciones para que las fricciones fueran más largas, para que utilizara la lengua adecuadamente, y me ordenó que lo hiciera cada vez más deprisa. Mientras obedecía me azotaba sin piedad. Sus golpes ruidosos seguían perfectamente el ritmo de mis lametazos. Por fin su simiente me llenó la boca y se me ordenó tragarla.

»Pero la reina no se había quedado muy complacida con mi reticencia. Me dijo que no debía mostrar aversión a nada.

Bella hizo un gesto de asentimiento al recordar las palabras que el príncipe de la corona le dijo en la posada: debía servir a los humildes para complacerle.

—Así que su majestad tuvo la idea de mandar buscar a todos los príncipes que habían sido torturados durante un día entero en la sala de castigos y a mí me condujo hasta una gran sala anexa.

»Cuando los seis jóvenes entraron en la estancia de rodillas, imploré clemencia a la reina del único modo que podía: con gemidos y besos. No tengo palabras para explicar cómo me afectó su presencia. Había sido maltratado por campesinos en la cocina, había obedecido humildemente, con avidez, a un rudo mozo de cuadra, pero aquello parecía aún más bajo que las otras humillaciones, y más digno al mismo tiempo. Eran príncipes de mi mismo rango, altivos y orgullosos en sus propias tierras, en el mundo al que pertenecían y en aquel momento eran esclavos tan abyectos y humildes como yo mismo.

»No era capaz de entender mi propia miseria. Entonces supe que conocería infinitas variaciones de la humillación. No me enfrentaba simplemente a una jerarquía de castigos, sino que más bien se trataba de una serie de cambios interminables.

»De todos modos, estaba demasiado asustado ante la posibilidad de fallarle a la reina, así que no tuve oportunidad de pensar demasiado. Una vez más, el pasado y el futuro estaban fuera de mi perspectiva.

»Mientras me arrodillaba a sus pies y lloraba en silencio, la reina ordenó a todos estos príncipes, que estaban rendidos después de la tortura de la sala de castigos, con el cuerpo dolorido e irritado, que cogieran palas del cofre que ella tenía para este propósito.

»Formaron una hilera de seis a mi derecha, cada uno de ellos de rodillas, con el pene endurecido, tanto por la visión de mi sufrimiento como por la posibilidad de que les proporcionara al cabo de un rato algún tipo de placer.

»Se me ordenó incorporarme sobre las rodillas, con las manos a la espalda. Mientras me maltrataran no se me permitiría adoptar la posición a cuatro patas, más fácil y protectora, sino que debería hacer el esfuerzo con la espalda tiesa, las rodillas separadas, y mi propio órgano expuesto, avanzando lentamente mientras intentaba escapar a sus palas. Además, podrían verme el rostro. Me sentía más al descubierto que cuando me tuvieron atado en la cocina.

»El juego de la reina era sencillo: me harían correr baquetas, y el príncipe cuya pala le complaciera más a la reina, es decir, el que me golpeara con más fuerza e ímpetu, sería recompensado, tras lo cual yo debía volver a comenzar y repetir la operación.

»Su majestad me instó a moverme a toda prisa; si yo desfallecía o si mis castigadores conseguían darme demasiados golpes, me prometió que me entregaría a ellos durante una hora o más. Me aterrorizó la idea de que pudieran dedicarse a sus juegos brutales durante tanto tiempo. Ella ni siquiera estaría presente. No sería para su placer.

»Comencé de inmediato. Para mí todos sus golpes eran igual de sonoros y violentos. Sólo su risa llenaba mis oídos mientras me esforzaba torpemente en una posición que hacía tiempo que había aprendido a mantener.

»Se me permitía descansar únicamente durante la breve sesión en la que yo debía satisfacer al príncipe que me había producido las marcas más severas. Luego tenía que regresar hasta donde él se encontraba de rodillas. Al principio, a los otros sólo se les permitía observar, y así lo hacían, pero después les dio autorización para que también pudieran darme instrucciones.

»Tenía media docena de maestros ansiosos por enseñarme con desdén cómo satisfacer al que sostenían en sus brazos mientras él cerraba los ojos y disfrutaba de los cálidos y ansiosos lametones que yo le proporcionaba.

»Por supuesto, todos ellos prolongaban aquel momento cuanto podían, para lograr una mayor satisfacción, y la reina, que estaba sentada allí cerca, acodada en el brazo de la silla, lo observaba todo con gesto de aprobación.

»Sentí una serie de extrañas transformaciones mientras desempeñaba mis deberes. Experimenté el frenesí del esfuerzo al pasar bajo sus palas con las nalgas escocidas, las rodillas irritadas y, sobre todo, la vergüenza de que pudieran verme el rostro tan fácilmente, así como los genitales.

»Pero mientras me concentraba en los lametazos, estaba absorto en la contemplación del órgano en mi boca, en su tamaño y forma, e incluso en su sabor; aquel sabor salado y amargo de los fluidos que vaciaba en mí. Era el ritmo de las chupadas más que ninguna otra cosa lo que me ensimismaba. Las voces a mi alrededor eran como un coro que en algún momento se convirtió en ruido, mientras me invadía una curiosa sensación de debilidad y abyección. Fue muy similar a los momentos que había experimentado con mi señor mozo de cuadra, cuando estuvimos solos en el jardín y él me obligó a ponerme en cuclillas encima de la mesa. Entonces sentí la excitación a flor de piel, como en el instante en que relamía los diversos órganos y me llenaba de su simiente. Soy incapaz de explicar cómo de repente aquel deber se tornó placentero. Se repetía y yo no podía hacer otra cosa. Siempre se reiteraba como un descanso de la pala, del frenesí de la pala. Mis nalgas palpitaban, aunque las sentía calientes; yo notaba ese hormigueo y saboreaba la deliciosa verga que bombeaba su fuerza dentro de mí.

»Aunque no lo admití de inmediato, descubrí que me gustaba que hubiera tantos ojos observándome. Pero todavía me gustaba más la debilidad que me invadía de nuevo, esa languidez del espíritu. Estaba perdido en mi sufrimiento, en mi esfuerzo, mi ansiedad por complacer.

»Así sucedía con cada nueva tarea que me presentaban. Al principio me resistía con terror, luego, en algún momento, en medio de aquella indecible humillación, experimentaba tal sensación de tranquilidad que mi castigo se tornaba tan dulce como mi propia liberación.

»Me veía a mí mismo como uno de esos príncipes, de esos esclavos. Cada vez que me ordenaban que chupara el pene con mayor esmero, les prestaba toda mi atención. Cada instante que me azotaban con la pala, recibía el golpe, doblaba mi cuerpo, me entregaba a ello.

»Quizá sea imposible entenderlo, pero yo avanzaba hacia la rendición absoluta.

»Cuando finalmente mandaron salir de la sala a los seis príncipes, todos ellos debidamente recompensados, la reina me tomó en brazos y me premió con sus besos. Mientras yo permanecía echado en el catre junto a su cama, sentí el más delicioso de los agotamientos. Incluso el aire que se agitaba a mi alrededor parecía placentero. Lo sentía contra mi piel, como si mi desnudez fuera acariciada, y me dormí satisfecho de haber servido a mi reina como se merecía.

»Sin embargo, la siguiente gran prueba de capacidad llegó una tarde en que ella estaba muy enojada conmigo por mi ineptitud para cepillarle el pelo y me envió de mascota para las princesas.

»Casi no daba crédito a mis oídos. Ni siquiera se dignaría a presenciarlo. Mandó llamar a lord Gregory y le dijo que me condujera a la sala de castigos especiales, donde sería entregado a las princesas. Durante una hora, podrían hacer conmigo todo lo que quisieran, y luego me atarían en el jardín donde me fustigarían los muslos con una correa de cuero y permanecería atado hasta la mañana siguiente.

»Suponía mi primera gran separación de la reina, y yo era incapaz de imaginarme a mí mismo, desnudo y desamparado, sirviendo únicamente para recibir el castigo, entregado a las princesas. La causa de todo ello es que había dejado caer dos veces el cepillo del pelo de la reina, y también había derramado un poco de vino. Todo parecía superar mis mejores esfuerzos e incluso mi capacidad de autocontrol.

»Cuando lord Gregory me propinó varios

fuertes azotes, sentí una gran vergüenza y temor. Incluso tuve la impresión de que era incapaz de moverme por mi propio impulso a medida que nos aproximábamos a la sala de castigos especiales.

»Lord Gregory me había colocado un collar de cuero alrededor del cuello. Tiraba de mí, y me zurraba sin demasiado ímpetu mientras me explicaba que las princesas debían disfrutar plenamente de mí.

»Antes de entrar en la sala, me sujetó un letrero alrededor del cuello con una pequeña cinta. Previamente me lo enseñó, y yo me estremecí al ver que me anunciaba como un esclavo torpe, testarudo y malo, que necesitaba enmendarse.

»Luego sustituyó el collar de cuero por otro con numerosas anillas, cada una de las cuales era lo suficientemente grande para permitir pasar un dedo por ella. De ese modo las princesas podrían tirar de mí en cualquier dirección, y corregirme si oponía la menor resistencia, me dijo.

»En los tobillos y en las muñecas me pusieron otros tantos e idénticos grilletes. Tenía la impresión de que apenas podía moverme mientras él tiraba de mí hacia la puerta.

»No sabría expresar cómo me sentí cuando se abrió la puerta y las vi a todas. Eran unas diez princesas, un harén desnudo repantigado por la sala bajo la mirada vigilante de un criado. Todas ellas recibirían como premio por su buena conducta una hora de placer. Más tarde me enteré de que cuando castigan severamente a alguien, éste es entregado a las princesas. Sin embargo, ese día no esperaban a nadie, y en cuanto me vieron chillaron de contentas, dando palmas y cuchicheando unas con otras. A mi alrededor sólo veía melenas largas, cabellos rojos, dorados, negro azabache, formando ondas marcadas y espesos rizos, senos desnudos y vientres, y esas manos que me señalaban y escondían sus propios susurros tímidos y vergonzosos.

»Cuando me rodearon, yo me encogí intentando ocultarme, pero lord Gregory me levantó la cabeza tirando del collar. Sentí sus manos en todo mi cuerpo; palpaban mi piel, daban palmetazos en mi verga y me tocaban los testículos mientras proferían chillidos y se reían. Algunas no habían visto nunca a un hombre tan de cerca, aparte de sus señores, que tenían poder total sobre ellas.

»Yo me estremecía y temblaba con violencia. No había roto a llorar pero me aterrorizaba la idea de que inconscientemente me diera media vuelta e intentara escapar, puesto que sólo conseguiría recibir un castigo aún peor. Intentaba desesperadamente mostrarme impasible e indiferente, pero sus redondos pechos desnudos me volvían loco. Podía sentir el roce de sus muslos e incluso el húmedo vello púbico mientras se amontonaban a mi alrededor para examinarme.

»Se mofaban y admiraban satisfechas a su esclavo absoluto, a mí que, cuando sentí sus dedos tocar mis testículos, sopesándolos y friccionándome el pene, me volví loco.

»Era infinitamente peor que el rato que pasé con los príncipes. Sus voces comenzaban a burlarse con desprecio y expresaban su intención de disciplinarme, de devolverme a la reina tan obediente como ellas eran. "Vaya, así que sois un principito malo, ¿no es así?", me susurró una de ellas al oído, una encantadora princesa de pelo negro azabache con las orejas perforadas y adornadas de oro. Su cabello me produjo un hormigueo en el cuello, y cuando sus dedos me retorcieron los pezones, sentí que perdía el control.

»Yo temía que me soltara e intentara escapar. Entretanto, lord Gregory se había retirado a un rincón de la estancia. Dijo que los criados estaban autorizados a ayudarlas según sus deseos, y él las instó a realizar bien su trabajo en consideración a la reina. Todas ellas gritaron complacidas. Inmediatamente sentí que unas cuantas manitas duras me palmoteaban y que varios dedos separaban mis nalgas y las apretaban mientras yo me revolvía, en un intento por mantenerme inmóvil, sin mirarlas.

»Cuando me levantaron a la fuerza y me ataron las manos por encima de la cabeza, colgándome de la cadena que pendía del techo, me invadió un inmenso alivio; supe que de esta manera no había posibilidad de escapar si sentía ese impulso.

»Los criados les proporcionaban las palas que querían. Unas cuantas también escogieron largas correas de cuero, uno de cuyos extremos se ligaban a las manos. En la sala de castigos especiales no tenían que permanecer de rodillas, podían andar como les apeteciera. Inmediatamente, me introdujeron el mango redondeado de una pala en el ano y tiraron de mis piernas hasta dejarlas muy separadas. Me estremecí de miedo y, cuando el mango de la pala procedió a violarme con embestidas adelante y atrás, con la misma violencia que cualquier otro miembro que me hubiera poseído en mi vida, supe que mi rostro se sonrojaba y noté la amenaza de mis lágrimas. De tanto en tanto, también sentía pequeñas lengüecitas frías que inspeccionaban mi oreja, y dedos que me pellizcaban el rostro, me acariciaban la barbilla y asaltaban de nuevo mis pezones.

»"Hermosas tetitas —dijo una de las muchachas mientras lo hacía. Tenía un pelo muy rubio, tan liso como el vuestro—. Cuando finalice mi trabajo, se sentirán como pechos", y procedió a estirarlos y a friccionarlos.

»Entretanto, para mi vergüenza, mi órgano estaba duro como si reconociera a sus señoras, aunque yo me negara a hacerlo. La muchacha del pelo rubio empujó sus muslos contra los míos, yo sentía su sexo húmedo contra mí y cómo tiraba cada vez con más fiereza de mis pezones. "Creéis que sois demasiado bueno para sufrir en nuestras manos, ¿príncipe Alexi?", canturreó. No le contesté.

»Luego el mango de la pala introducido en mi ano embistió aún con más dureza y brutalidad. Mis caderas eran empujadas hacia delante con tanta crueldad como cuando lo hizo mi señor mozo de cuadra, casi me alzaban del suelo. "¿Creéis que sois demasiado bueno para recibir nuestro castigo?", volvió a preguntar. Las otras chicas se reían y observaban cuando aquella rubia comenzó a atizarme con fuerza en el miembro, de derecha a izquierda. Yo di un respingo, estaba fuera de mí, sin control alguno. Deseaba más que ninguna otra cosa estar amordazado, pero no lo estaba. Pasó sus dedos por mis labios y dientes para recordarme que debía guardar silencio y me ordenó que respondiera respetuosamente.

»Al ver que no lo hacía, cogió su propia pala y, después de retirar el instrumento violador, procedió a azotarme sonoramente mientras mantenía su cara cerca de la mía, con las pestañas haciéndome cosquillas. Era evidente que entonces yo estaba siempre irritado, igual que todos los esclavos, y sus golpes eran muy fuertes, sin ningún ritmo. Me cogió desprevenido y cuando me estremecí y gemí, todas las muchachas se rieron.

»Mis partes recibían las palmetadas de otras princesas, que también me retorcían los pezones, pero aquella rubia había mostrado claramente su supremacía. "Vais a suplicarme piedad, príncipe Alexi —dijo—. Yo no soy la reina, podéis suplicarme, aunque para lo que os va a servir..." A ellas todo eso también les parecía divertido. Continuó azotándome con más y más dureza. Yo rezaba para que me desgarrara la piel antes de que mi voluntad se viniera abajo, pero era demasiado lista para caer en ello. Distanciaba los golpes. Luego hizo que bajaran ligeramente la cadena, para poder obligarme a separar aún más las piernas.

»De vez en cuando sostenía mi órgano en su mano izquierda, lo apretaba y me levantaba los testículos con las manos. Yo sentía que las lágrimas se me saltaban y, abrumado por la vergüenza, gemía para que no se me notara. Fue un momento de asombroso dolor y placer. Las nalgas estaban en carne viva.

»Pero no había hecho más que empezar. Ordenó a las otras princesas que me levantaran las piernas por delante de mí. Me quedé colgado de la cadena, que se sostenía por encima de mí, y eso me llenó de miedo. No me ligaron los tobillos a los brazos; sencillamente los levantaron, bien colocados, mientras ella enviaba sus golpes desde abajo, con tanta fuerza como antes, y luego, cubriéndome los testículos con su mano izquierda, me dio con la pala desde delante con toda la dureza que pudo mientras yo me retorcía y gemía con gran descontrol.

»Entretanto, las otras chicas se regalaban la vista conmigo, me tocaban desde su posición inmóvil y disfrutaban enormemente de mi padecimiento; incluso me besaban la parte posterior de las piernas, las pantorrillas y los hombros.

»Los golpes llegaban cada vez más rápidos y violentos. Ordenó que me volvieran a bajar y que me separaran de nuevo las piernas mientras ella volvía al trabajo con fervor. Creo que su intención era desgarrarme la piel, si podía, pero para entonces yo ya me había rendido y lloraba descontroladamente.

»Eso era lo que ella quería. Mientras yo cedía, ella aplaudía: "Muy bien, príncipe Alexi, muy bien, soltad todo vuestro orgullo rencoroso, muy bien, sabéis perfectamente que os lo merecéis... Eso está mejor, eso es exactamente lo que quiero ver, deliciosas lágrimas", dijo casi cariñosamente al tiempo que las tocaba con los dedos, sin detener su pala en ningún momento.

»Luego ordenó que me soltaran las manos.

Me mandó ponerme a cuatro patas y me condujo por la estancia mientras me obligaba a moverme en círculo. Por supuesto, cada vez me llevaba más rápido. En aquel momento ni siquiera me daba cuenta de que ya no tenía ninguna traba; no había caído en la cuenta de que podía haberme soltado y escapado. Me habían derrotado. Finalmente, todo se desarrolló como siempre que el castigo funciona: no podía pensar en nada más que en escapar de cada golpe de la pala. Pero ¿cómo podía conseguirlo? Simplemente retorciéndome, revolviéndome, intentando evitarla. Entretanto, ella se exaltaba dando órdenes y me obligaba a moverme cada vez con más rapidez. Yo pasaba a toda prisa junto a los pies desnudos de las otras princesas, que se apartaban de mí.

»Entonces me dijo que andar a gatas era demasiado bueno para mí, que tenía que colocar los brazos y la mandíbula en el suelo, y avanzar poco a poco de ese modo, con las nalgas elevadas, muy altas en el aire para que ella pudiera atizarlas con la pala. "Arquead la espalda. Abajo, abajo. Quiero ver vuestro pecho pegado al suelo", dijo, y con la habilidad de cualquier paje o señora me obligaba a moverme mientras las demás la elogiaban y se maravillaban al comprobar su pericia y vigor. Nunca me había encontrado en una postura así. Era tan ignominiosa que no quería ni imaginármela: mis rodillas se llenaban de arañazos al avanzar, mientras seguía con la espalda dolorosamente arqueada y el trasero levantado hacia arriba casi tanto como antes. Ella me mandaba moverme todavía más deprisa mientras mis nalgas estaban ya en carne viva y palpitaban al ritmo de la sangre que latía en mis orejas. Las lágrimas me cegaban la vista.

»Fue entonces cuando llegó ese momento del que he hablado antes. Yo pertenecía a esa muchacha del pelo rubio, a esa princesa descarada y lista que, a su vez, era también castigada deshonrosamente un día sí y otro no, pero que por el momento podía hacer lo que quisiera conmigo. Yo continuaba debatiéndome, entreveía las botas de lord Gregory y las de los criados, oía las risas de las muchachas. Me recordé a mí mismo que debía contentar a la reina, a lord Gregory y, finalmente, también a mi cruel señora de pelo rubio.

»Hizo una pausa para tomar aliento. Aprovechó para cambiar la pala por una correa de cuero y procedió a flagelarme.

»Al principio me pareció más floja que la pala y sentí una especie de placentero alivio, pero inmediatamente aprendió a manejarla con tal fuerza que golpeaba violentamente las ronchas de mis nalgas. Entonces me dejó descansar para palpar estas ronchas y pellizcarlas. En aquel silencio pude oír mi propio llanto en susurros.

»"Creo que ya está a punto, lord Gregory", dijo la princesa, y lord Gregory confirmó que sí lo estaba. Pensé que aquello quería decir que iban a devolverme a la reina, pero fue una estupidez por mi parte.

»Simplemente se referían a que iban a conducirme a toda prisa, a latigazos, hasta la sala de castigos. Naturalmente, allí había un puñado de princesas encadenadas del techo, con las piernas atadas por delante de ellas.

»La princesa rubia me llevó hasta la primera de éstas, me ordenó que me levantara y que separara mucho las piernas mientras continuaba de pie ante ella. Vi el rostro afligido de la princesa, sus mejillas enrojecidas, y luego el sexo desnudo y húmedo, que se asomaba tímidamene desde su corona dorada de vello púbico, preparado para recibir placer o más dolor después de días de burlas. Estaba colgada a poca altura; me quedaba por el pecho, supongo, pero al parecer así era como le gustaba a mi princesa torturadora.

»Me ordenó que me inclinara hacia la muchacha y echara mis caderas hacia atrás. "Dame tu trasero", dijo. Se quedó de pie, detrás de mí. Las otras chicas tiraron de mis piernas, separándolas más aún de lo que yo podía hacerlo. De nuevo, me mandaron que arqueara la espalda y rodeara con mis brazos a la princesa esclava, atada y doblada delante de mí.

»"Ahora le daréis placer con la lengua —dijo mi captora— y comprobad que lo hacéis correctamente, pues ha sufrido durante mucho rato y ni tan siquiera por la mitad de torpezas que vos."

»Miré a la princesa atada. Estaba humillada, aunque con un ansia desesperada por recibir placer. Entonces yo apreté mi cara contra su dulce y hambriento sexo, bastante ansioso por contentarla. Pero mientras mi lengua ahondaba en su hinchada grieta, mientras lamía su pequeño clítoris y los labios agrandados, la correa me zurraba sin cesar. Mi señora de pelo rubio escogía una roncha detrás de otra, y yo sufría un gran dolor mientras la princesa maniatada finalmente se estremecía de placer, aunque contra su voluntad.

»Naturalmente, también tuve que premiar a las otras muchachas que ya habían sido suficientemente castigadas. Hice mi trabajo lo mejor que pude y encontré un refugio en él.

»Luego, lleno de pánico, vi que no quedaban más princesas a las que recompensar. Volvía a estar en manos de mi torturadora sin nada tan dulce como una princesa atada en mis brazos.

»De nuevo, mi pecho y mi barbilla se apretaron contra el suelo mientras avanzaba esforzadamente sobre mis rodillas bajo las azotes de su correa de vuelta a la sala de castigos especiales.

»En aquel instante todas las princesas suplicaban a lord Gregory para que permitiera que yo las complaciera, pero éste las hizo callar de inmediato. Las muchachas tenían sus nobles y damas a los que servir, y no quería oír ni una sola palabra más a menos que desearan ser colgadas del techo de la otra sala, como bien se merecían.

»De allí me llevaron al jardín. Como había ordenado la reina, me condujeron hasta un gran árbol y me ataron las manos en lo alto de tal forma que los pies apenas tocaban la hierba. Oscurecía y allí me dejaron.

»Había sido terrible, pero yo había obedecido, no huí, y había alcanzado ese momento peculiar. Ya sólo me atormentaban las necesidades usuales, mi miembro dolorido, que seguramente no recibiría recompensa alguna de la reina durante otro día o más a causa de su enfado.

»El jardín estaba tranquilo, lleno de los sonidos del crepúsculo. El cielo se volvía púrpura y los árboles se espesaban con las sombras. Al cabo de muy poco rato se quedaron esqueléticos, el cielo se quedó blanco con el atardecer y, a continuación, la oscuridad cayó a mi alrededor.

»Me había resignado a dormir de esta forma. Estaba demasiado lejos del tronco del árbol como para poder frotar mi desgraciado miembro contra él; si hubiera podido lo habría hecho, atormentado como me sentía, para obtener cualquier tipo de placer que la fricción pudiera proporcionarme.

»Así que por hábito, más que por aprendizaje, su dureza no se desvanecía. Yo continuaba erecto y tenso como si esperara algo.

»Luego apareció lord Gregory. Salió de la oscuridad vestido con su terciopelo azul, y el ribete de su manto de oro destelló. Vi el resplandor de sus botas y el lustre apagado de la correa de cuero que llevaba. Más castigo, pensé cansinamente, pero debo obedecer; soy un príncipe esclavo y no se puede hacer nada para remediarlo, roguemos para que tenga la capacidad de aguantarlo en silencio y sin forcejeos.

»Pero lord Gregory se me acercó un poco más y empezó a hablarme. Me dijo que me había comportado muy bien y me preguntó si sabía el nombre de la princesa que me había atormentado. Yo contesté: "No, milord", respetuosamente, sintiendo también cierto alivio al saber que le había contentado, pues es más difícil de contentar que la reina.

»Entonces me aclaró que su nombre era princesa Lynette, que acababa de llegar y que había causado una grata impresión a todo el mundo. Era la esclava personal del gran duque Andre. "Qué tiene que ver conmigo —pensé yo—, yo sirvo a la reina." Pero a continuación me preguntó bastante afablemente si me había parecido guapa. Me estremecí. ¿Acaso podía evitarlo? Recordaba muy bien sus pechos cuando los apretó contra mí mientras su pala me escocía y me obligaba a gemir, y sus ojos azul oscuro durante el par de instantes en los que no había sentido tanta vergüenza como para no mirarlos. "No sé, milord. Me atrevería a pensar que no estaría aquí si no fuera guapa", contesté.

»Por esa impertinencia me propinó como mínimo cinco rápidos azotes con el cinturón. Me irritaron lo suficiente para hacerme saltar las lágrimas de inmediato. A menudo se comentaba de lord Gregory que, si de él dependiera, todos los esclavos estarían siempre así de doloridos, todos los traseros de los esclavos tan sensibles que sólo necesitaría rozarlos con una pluma para atormentarlos. Pero mientras yo permanecía allí, de pie, con los brazos dolorosamente estirados por encima de mí y el cuerpo desequilibrado por los golpes, fui consciente de que estaba particularmente furioso y obsesionado conmigo. ¿Por qué si no estaba allí atormentándome? Disponía de todo un castillo lleno de esclavos a quienes atormentar. Esto me produjo una extraña satisfacción.

»Yo era consciente de mi cuerpo, de su evidente musculatura, lo que para algunos ojos sería, con toda seguridad, belleza... Pues bien, él se aproximó y me dijo que la princesa Lynette, en muchos aspectos, no tenía igual, y que sus atributos estaban inspirados por un espíritu inusual.

»Yo fingí aburrimiento. Debía permanecer

colgado en esa posición durante toda la noche. Lord Gregory era un mosquito, pensé. Pero a continuación me dijo que había estado con la reina y le había contado lo bien que me había castigado la princesa Lynette, que había exhibido una aptitud especial para el mando y que no se achicaba ante nada. Yo me sentía cada vez más asustado. Luego me aseguró que la reina se alegró al enterarse.

»"Al igual que su amo, el gran duque Andre, puesto que ambos se mostraron curiosos y en cierta forma lamentaron no haber presenciado tal demostración y que se hubiera desperdiciado únicamente para disfrute de otros esclavos —añadió. Yo me mantenía expectante—. De modo que han organizado un poco de diversión. Deberéis ejecutar un pequeño espectáculo ante su majestad. Con toda seguridad habréis visto a los instructores de las fieras circenses, quienes con diestros latigazos colocan a sus felinos entrenados sobre banquetas, los obligan a pasar por aros y a ejecutar otros trucos para diversión de la audiencia."

»Aunque estaba absolutamente desesperado no respondí. "Bien, mañana, cuando vuestro bello trasero se haya curado un poco, se preparará un espectáculo con la princesa Lynette y su correa, para que os dirija a lo largo de la actuación."

»Yo sabía que mi rostro había enrojecido de furia e indignación y, aun peor, que mostraba mi frenética desesperación, pero estaba demasiado oscuro para que él pudiera percatarse. Lo único que distinguía era el destello de sus ojos, y no estoy seguro de cómo sabía que estaba sonriendo. "Deberéis ejecutar vuestros trucos deprisa y correctamente —continuó—, ya que la reina está ansiosa por veros brincar sobre la banqueta, encogido a cuatro patas, y luego saltar por los aros que están preparando ahora mismo para vos. Puesto que sois un animalito de dos patas, con manos además de piernas, también podréis balancearos colgado de un pequeño trapecio que se está instalando; y deberéis hacerlo, sin que la pala de la princesa Lynette deje de incitaros y de entretenernos a todos nosotros mientras demostráis vuestra agilidad."

»Me parecía impensable poder ejecutar todo esto. Al fin y al cabo no haría ningún servicio, no vestiría ni adornaría a mi reina, ni recogería nada para demostrarle que aceptaba su autoridad y que la adoraba. No sufriría por ella, como cuando recibía sus golpes. Más bien era una serie de posiciones ignominiosas escogidas deliberadamente. No soportaba la idea. Pero, lo que es peor, no me imaginaba a mí mismo apañándomelas para hacerlo. Me humillarían terriblemente cuando fracasara en el intento y, luego, seguramente me arrastrarían a la fuerza de vuelta a la cocina.

»Estaba fuera de mí, lleno de rabia y de miedo, mientras ese lord Gregory brutal y amenazante al que tanto odiaba me estaba sonriendo. Agarró mi pene y tiró de mí hacia delante. Naturalmente lo había cogido por la base, no cerca de la punta, donde podría haberme proporcionado cierto placer. Mientras tiraba de mis caderas y conseguía que yo perdiera el pie, dijo: "Va a ser un gran espectáculo. La reina, el gran duque y otros lo presenciarán. La princesa Lynette se muere de impaciencia por impresionar a la corte. Procurad que no os eclipse."

Bella sacudió entonces la cabeza y besó al príncipe Alexi. En ese momento comprendió lo que quería decir cuando habló de que solamente había empezado a rendirse.

—Pero, Alexi —dijo cariñosamente, casi como si ella fuera capaz de salvarle de su destino, como si aquello no hubiera sucedido hacía ya mucho tiempo—. ¿Cuando el mozo de las caballerizas os llevó ante la reina, cuando su majestad os hizo recoger las bolas de oro para ella en sus salones, no fue más bien la misma cosa? —Hizo una pausa—. Oh, ¿cómo podré yo hacer esas cosas?

—Las haréis, todas ellas, eso es lo que quiero explicar con mi historia —dijo—. Cada nueva cosa parece terrible porque es nueva, porque es una variación. Pero en el fondo todo es lo mismo. La pala, la correa, la exposición, el sometimiento de la voluntad. Lo único que hacen es variarlo infinitamente.

»Pero hacéis bien al mencionar esa primera sesión con la reina. Fue similar. Pero recordad, aún era novato y todavía temblaba recién llegado de la cocina; y era inconsciente. Desde entonces recuperé las fuerzas, así que había que volver a desmoronar mi aguante. Es posible que si el pequeño circo se hubiera organizado cuando acababa de llegar de la cocina también me hubiera entregado a él ansiosamente. Pero creo que no. Incluía mucho más sometimiento, mayor resistencia, mucha más entrega de uno mismo a posiciones y actitudes que parecían grotescas e inhumanas.

»Es lógico que no necesiten utilizar verdaderas crueldades como el fuego o provocar lesiones sangrientas para enseñar su lección y divertirse al mismo tiempo —suspiró.

—Pero ¿qué sucedió entonces? ¿Se celebró finalmente?

—Sí, por supuesto, aunque a lord Gregory no le hacía ninguna falta habérmelo dicho de antemano, excepto para quitarme el sueño. Pasé una noche penosa, lleno de inquietud. Me desperté muchas veces pensando que había gente cerca, los mozos de cuadra, o los criados de la cocina, que me habían descubierto desamparado y solo y pretendían atormentarme. Pero nadie se acercó.

»Durante la noche, oí cuchicheos de las conversaciones de los nobles y las damas que paseaban bajo las estrellas. De tanto en tanto, incluso oía a alguna esclava que era conducida cerca de donde yo me encontraba y que se quejaba espasmódicamente bajo el azote inevitable del cuero. Alguna antorcha parpadeaba bajo los árboles, y nada más.

»Cuando llegó la mañana, me lavaron y me aplicaron aceites. Durante todo ese rato, nadie tocó mi pene, salvo cuando se quedaba flácido. Entonces lo despertaban con gran pericia.

»Al anochecer, la sala de esclavos bullía de comentarios sobre el circo. Mi criado, Félix, me dijo que se había preparado un anfiteatro para la actuación en una espaciosa sala próxima a los aposentos de la reina. Habría cuatro filas de espectadores, los nobles y damas y también sus esclavos. Todos iban a presenciar el espectáculo. Los esclavos estaban aterrorizados, temían que también les hicieran actuar. Aunque no me dijo nada más, yo sabía lo que estaba pensando. Era una dura prueba de autocontrol. Me peinó y me aplicó una buena cantidad de aceite en las nalgas y muslos, incluso me puso un poco en el vello púbico y lo cepilló para que quedara más liso.

»Yo estaba tranquilo, pensando.

»Cuando finalmente me llevaron a la sala y me introdujeron entre las sombras próximas al muro desde el que podía ver el círculo iluminado, entendí lo que tenía que hacer. Había banquetas de varias alturas y diversas circunferencias, trapecios colgados y grandes aros montados perpendicularmente al suelo. Ardían velas por doquier sobre altos soportes entre las sillas de los nobles y las damas que ya se habían congregado allí.

»La reina, mi cruel reina, permanecía sentada con gran pompa. El gran duque Andre estaba a su lado. La princesa Lynette se hallaba en medio del círculo. "De modo que van a permitirle estar de pie —reflexioné—, y a mí me obligarán a moverme a cuatro patas. Bueno debo hacerme a la idea."

»Mientras me arrodillaba, esperando, decidí que sería imposible resistirse. Tratar de ocultar las lágrimas y ponerme cada vez más tenso sólo serviría para aumentar mi humillación.

»Tenía que decidir lo que haría. La princesa Lynette estaba exquisita. Su pelo pajizo caía suelto por su espalda donde lo habían recogido lo justo para dejar al descubierto su trasero. Allí no se veía más que el color rosa provocado por la pala; también tenía los muslos y las pantorrillas sonrosadas, que lejos de desfigurarla, parecían darle forma y mejorarla. Me indignó. Alrededor del cuello llevaba un collar de cuero labrado adornado con oro. También llevaba botas, con muchos adornos dorados y tacones altos.

»Por supuesto, estaba completamente desnuda. Yo ni siquiera llevaba collar, lo que significaba que debía controlarme a mí mismo cuando recibiera sus órdenes, ni siquiera me iban a arrastrar de un lado a otro.

»De modo que comprendí exactamente qué era lo que yo tenía que conseguir. Ella haría una gran demostración de ingenio. Estaba dispuesta a descargar su furia sobre mí con órdenes de "deprisa" o "rápido", y a regañarme y censurarme a la mínima desobediencia. Así se ganaría el aplauso del público. Cuanto más forcejeara yo, más destacaría ella, exactamente como había pronosticado lord Gregory.

»El único modo de que yo pudiera triunfar era mediante una obediencia perfecta. Debía ejecutar sus órdenes sin cometer ningún error. No debía forcejear ni externamente ni interiormente. Debía lloriquear en el instante preciso, pero tendría que hacer todo lo que ella me mandara; sólo de pensar en ello mi corazón empezaba a martillear en mis sienes y muñecas.

»Finalmente todo el mundo estaba preparado. Un puñado de princesitas exquisitas había servido el vino, meneando sus bonitas caderas y mostrándome algunas vistas deliciosas mientras se inclinaban para llenar las copas. Ellas también iban a ver cómo me castigaban.

»Toda la corte, por primera vez, iba a verlo.

»Entonces, con una palmada, la reina ordenó que trajeran a su cachorrillo, al príncipe Alexi, y que la princesa Lynette me "domesticara" y me "instruyera" ante sus ojos.

»Lord Gregory me propinó su habitual azote con la pala.

»Al instante me encontré en el círculo de luz. Por un momento sentí dolor en los ojos y luego vi cómo se acercaban las botas de tacón alto de mi instructora. En un momento de impetuosidad, me aproximé a ella a toda prisa y le besé inmediatamente ambas botas. La corte emitió un sonoro murmullo de aprobación.

»Continué bañándola de besos mientras pensaba: "Mi malvada Lynette, mi fuerte, cruel Lynette, ahora sois mi reina." Fue como si mi pasión se convirtiera en un fluido que manaba por todos mis miembros, no sólo por mi pene hinchado. Arqueé la espalda y separé las piernas muy poco a poco antes de que nadie me ordenara hacerlo.

»Los azotes comenzaron de inmediato. Pero como listo demonio que era, ella dijo: "Príncipe Alexi, enseñaréis a vuestra reina que sois un cachorro muy perspicaz y que respondéis a mis órdenes cumpliéndolas prontamente, y contestaréis a mis preguntas también, con la cortesía debida."

»De modo que tendría que hablar. Noté que la sangre me subía a la cara. Pero no me dio tiempo a sentir terror y, con un rápido movimiento de cabeza contesté: "Sí, mi princesa", lo que provocó un murmullo de aprobación del público.

»Era fuerte, como ya os he dicho. Podía azotarme con más fuerza que la reina y con tanta brutalidad como cualquiera de los mozos de cocina o de cuadra. Sabía que, como mínimo, su intención era dejarme dolorido, porque rápidamente me propinó varios golpes sonoros, con la maña que demuestran algunos de nuestros castigadores, que saben levantarnos el trasero con la pala con cada azote.

»"A esa banqueta, venga —ordenó al instante—, en cuclillas con las rodillas bien separadas y las manos detrás del cuello, ¡ahora!" Me instó a obedecer inmediatamente mientras yo saltaba a la banqueta y, con gran esfuerzo, aunque rápidamente, conseguía mantenerme en equilibrio. Estaba en cuclillas, la misma posición miserable en la que mi señor mozo de cuadra me había castigado. En aquel momento toda la corte podía ver mis genitales, si es que no los habían visto antes.

»"Daos la vuelta lentamente —ordenó para exponerme a todas las miradas—, para que los nobles y las damas puedan ver cómo este animalito actúa para ellos esta noche." De nuevo me propinó numerosos golpes con gran precisión. Se oyeron unos pocos aplausos entre la pequeña multitud y el rumor del vino que se servía. En cuanto acabé de volverme completamente, mientras las zurras de la pala resonaban en mis oídos, ella me ordenó que diera una rápida vuelta a cuatro patas por el pequeño escenario, con la mandíbula y el pecho pegados al suelo, como había hecho el día anterior para ella.

»Fue en este momento cuando tuve que recordarme mis intenciones. Me apresuré rápidamente a obedecer, arqueando la espalda, con las rodillas separadas y, aun así, moviéndome deprisa mientras sus botas taconeaban a mi lado y mis nalgas se retorcían bajo sus golpes. No intentaba mantener quietos los músculos, simplemente dejaba que se pusieran en tensión, permitía que mis caderas incluso subieran y bajaran siguiendo su propio impulso, retorciéndose con los golpes, pero recibiéndolos de todos modos. Mientras avanzaba por el suelo de mármol blanco, ante un público al que veía como una mancha borrosa de caras, experimenté que éste era mi estado natural, esto era lo que yo era, no había nada antes o después de mí. Podía oír las reacciones de la corte: se reían ante esta miserable posición, y había una excitación creciente en su charla. La pequeña actuación les tenía encandilados, les había liberado de su acostumbrado hastío. Me admiraban por mi entrega. Gemí a cada golpe de la pala sin siquiera pensar en detenerme. Permití que los quejidos surgieran libremente e incluso arqueé la espalda exageradamente.

»Cuando finalicé la tarea y me forzó a situarme de nuevo en el centro del círculo, oí aplausos a mí alrededor.

»Mi cruel instructora no se detenía. Me ordenó inmediatamente después que subiera de un brinco a otra banqueta y, desde aquella, a otra que era todavía más alta. Yo me quedaba en cuclillas sobre cada una de ellas después de cada salto, y cuando sus azotes me alcanzaban, mis caderas se adelantaban con ellos sin ninguna contención, mientras mis gemidos, mis lamentos naturales, me sonaban sorprendentemente altos.

»"Sí, mi princesa", respondía yo después de cada orden. Mi voz sonaba tímida, aunque profunda, y llena de sufrimiento. "Sí, mi princesa", dije de nuevo cuando me ordenó finalmente sentarme ante ella con las piernas muy separadas. Lentamente, me agaché hasta alcanzar la altura que ella aprobaba. Luego tuve que saltar a través del primer aro, con las manos detrás del cuello. De alguna manera, debía conseguir quedarme en cuclillas. "Sí, mi princesa", dije y obedecí de inmediato. Luego atravesé otro aro y otro más, con el mismo acatamiento. Saltaba ágilmente y sin la menor vergüenza, aunque mi pene y mis testículos se movían sin gracia con el esfuerzo.

»Sus golpes se tornaron cada vez más fuertes, menos regulares. Mis gemidos eran sonoros e imprevistos, y provocaban muchas risas.

»Cuando a continuación me ordenó saltar hacia arriba y agarrar la barra del trapecio con ambas manos, sentí que me saltaban las lágrimas como resultado de la tensión y el agotamiento. Me colgué del trapecio mientras ella me daba con la pala, empujándome hacia delante y atrás, y luego me ordenaba que me doblara y alcanzara con los pies las cadenas que había arriba.

»Esto era prácticamente imposible. En la sala resonó el eco de las risas mientras me esforzaba por obedecer. Félix se adelantó para levantarme rápidamente los tobillos hasta que estuve columpiándome como ella había sugerido. Entonces tuve que soportar sus azotes en esta posición.

»En cuanto se cansó de ello, me ordenó que me dejara caer al suelo, momento en el que ella se acercó con una delgada y larga correa de cuero y, tras enrollar su extremo alrededor de mi pene, empezó a tirar de mí, que estaba de rodillas, hacia ella. Nunca me habían conducido o me habían arrastrado así anteriormente, atado por la mismísima base de la verga, y mis lágrimas cayeron copiosamente. Todo mi cuerpo estaba acalorado y tembloroso; mis caderas eran arrastradas hacia adelante sin ninguna gracia, aunque yo todavía poseía la suficiente sangre fría para intentarlo. Tiró de mí hasta que llegué a los pies de la reina y, a continuación, después de dar la vuelta, me arrastró corriendo sobre sus botas de tacones a tal velocidad que yo gemía y lloraba sin despegar mis labios mientras me debatía para mantener el ritmo detrás de ella.

»Estaba abatido. El círculo parecía interminable. La correa apretaba mi pene y para entonces mi trasero estaba tan sensible que me dolía aunque ella no lo golpeara.

»No tardamos en completar el círculo. Sabía que ella había agotado su inventiva. Había confiado en mi desobediencia y en mi negativa, y al no encontrarlas, su espectáculo carecía de verdadera atracción especial, aparte de mi absoluta obediencia.

»Pero había reservado una sutil prueba para la que yo no estaba preparado.

»Me ordenó que me levantara, que separara las piernas y apoyara las manos en el suelo delante de ella. Así lo hice, con las nalgas en dirección a la reina y al gran duque, una posición que, una vez más, incluso en medio de esto, me recordó mi desnudez.

»Soltó la pala, cogió seguidamente su juguete favorito, la correa de cuero, y azotó con violencia ambos muslos y pantorrillas, dejando que el cuero se enrollara en torno a mi cuerpo. Luego ordenó que me adelantara unos centímetros y que apoyara la mandíbula sobre una alta banqueta que había allí. Debía mantener las manos enlazadas detrás de la cintura y la espalda arqueada. Hice lo que me ordenaba y permanecí doblado por la cintura, con las piernas separadas y la cara inclinada hacia arriba para que todos vieran mi desdichada expresión.

»Como imaginaréis, mi trasero quedaba completamente al aire y ella empezó a colmarlo de cumplidos. "Unas caderas muy bonitas, príncipe Alexi, un trasero muy bonito, fuerte, redondo y musculoso, y aún más bonito cuando os revolvéis para escapar a mi correa y a la pala." Ella ilustraba todo esto con su correa y yo, entretanto, lloraba entre gemidos.

»Fue entonces cuando me dio una orden que me sorprendió. "La corte quiere ver cómo mostráis vuestro trasero. Quieren veros moverlo —dijo—, no se contentan con ver simplemente cómo escapa al castigo tan bien merecido y tan necesario, sino que desean contemplar una auténtica muestra de humildad." No sabía a qué se refería. Me azotó con fuerza como si yo fuera a mostrarme testarudo, aunque contesté entre lágrimas: "Sí, mi princesa." "¡Pero no obedecéis!", gritó a viva voz. Había empezado lo que de verdad ella deseaba. Sus palabras me hicieron sollozar contra mi voluntad. ¿Qué podía decirle? "Quiero ver cómo movéis el trasero, príncipe —ordenó—. Quiero ver bailar vuestro trasero mientras mantenéis los pies inmóviles." Oí cómo la reina se reía, y, vencido súbitamente por la vergüenza y el miedo, supe que aquello aparentemente simple que quería que yo hiciera era demasiado para mí. Moví las caderas, de un lado a otro mientras me zurraba, y mi pecho se estremeció con otro sollozo que apenas fui capaz de controlar.

»"No, príncipe, no quiero algo tan sencillo, deseo una verdadera danza para la corte —dijo—, ¡vuestro trasero enrojecido y castigado debe hacer alguna otra cosa aparte de recibir inmóvil mis golpes!" Entonces colocó sus manos en mis caderas y lentamente las movió, no sólo de un lado a lado, sino hacia abajo, formando círculos, y hacia arriba, lo que me obligó a doblar las rodillas. Hacía girar mis caderas. Ahora, cuando lo explico, puede parecer una nimiedad. Pero para mí era humillante hasta lo indecible. Tenía que menear las caderas y hacerlas girar, utilizar toda mi fuerza y ánimo en esta exhibición aparentemente vulgar de mi trasero. Pero su intención era que yo lo hiciera, lo había ordenado y no me quedaba otro remedio que obedecer. Me saltaban las lágrimas y se me atragantaban los sollozos, mientras hacía girar el trasero como ella había mandado. "Doblad más las rodillas, quiero ver una auténtica danza —dijo con un golpe sonoro del látigo—. Doblad las rodillas y moved más esas caderas a los lados, más a la izquierda —alzó la voz furiosa—. ¡Os resistís a obedecerme, príncipe Alexi, no divertís a nadie! —dijo y sobre mí llovieron sus sonoros golpes mientras me afanaba por obedecer—. ¡Moveos!", gritó. Ella estaba triunfando. Yo había perdido toda mi compostura. Ella lo sabía.

» "Así que os atrevéis a mostraros reticente en presencia de la reina y la corte", me vapuleó, y luego, con ambas manos, tiró de mis caderas a uno y otro lado, formando un gran giro. Ya no aguantaba más. Sólo había una manera de vencerla: retorcerme en esta deshonrosa posición más frenéticamente incluso de lo que ella me indicaba. Así que, sacudiéndome con sollozos atragantados, la obedecí. Inmediatamente se oyeron aplausos mientras yo ejecutaba esta danza y mis nalgas se torcían de un lado a otro, arriba y abajo, con las rodillas completamente dobladas, la espalda arqueada, la barbilla apoyada dolorosamente sobre la banqueta para que todos pudieran ver las lágrimas que corrían por mi cara y la obvia destrucción de mi espíritu.

» "Sí, princesa", me esforcé en articular con voz suplicante. Y obedecí con todas mis fuerzas realizando una actuación tan buena que los aplausos continuaron sonando.

» "Eso está bien, príncipe Alexi, muy bien —dijo—. ¡Separad más las piernas, más separadas, y moved las caderas todavía más!" Obedecí de inmediato. En ese instante meneaba ya las caderas agitadamente. Me sentí vencido por la mayor vergüenza que había conocido desde mi captura y traslado al castillo. Ni siquiera la primera vez que los soldados me desnudaron en el campo, ni cuando me arrojaron sobre la silla del capitán, ni la violación en la cocina podían compararse con la degradación que vivía en ese momento, porque todo esto lo ejecutaba sin ninguna gracia y servilmente.

»Finalmente, la princesa Lynette dio por concluida mi pequeña exhibición. Los nobles y las damas charlaban entre ellos, comentaban todo tipo de detalles, como siempre, pero en el murmullo se detectaba cierta agitación, lo que significaba que el espectáculo había provocado pasión. No me hizo falta levantar la mirada para comprender que todos ellos observaban el círculo central aunque hubieran fingido aburrimiento. La princesa Lynette me ordenó en ese instante que me volviera lentamente, sin levantar la barbilla del centro de la banqueta, pero moviendo las piernas siguiendo un círculo, meneando en todo momento mi trasero, para que de este modo toda la corte pudiera contemplar por igual esta muestra de obediencia.

»Mis propios sollozos me traicionaban. Me esforzaba por obedecer sin perder el equilibrio. Si flaqueaba lo más mínimo en aquella amplia rotación de mi trasero, la princesa tendría de nuevo la oportunidad de reprenderme.

»Finalmente, alzó la voz y anunció a la corte que allí había un príncipe capaz de realizar diversiones incluso más imaginativas en el futuro. La reina aplaudía. La congregación ya podía levantarse y dispersarse, pero lo hicieron con tal lentitud que la princesa Lynette quiso continuar con la actuación en consideración a los últimos espectadores. Entonces me ordenó rápidamente que cogiera el trapecio que estaba encima de mi cabeza y, mientras me zurraba sin descanso, me mandó que levantara la barbilla y marchara en el sitio sobre las puntas de los pies.

»El dolor me producía punzadas en las pantorrillas y los muslos pero, como siempre, lo peor era la quemazón e hinchazón de mis nalgas. No obstante, yo marchaba con la barbilla erguida mientras la sala se vaciaba. La reina había sido la primera en salir. Finalmente todos los nobles y damas se fueron.

»La princesa Lynette entregó la pala y la correa a lord Gregory.

»Yo continuaba agarrado al trapecio, con el pecho palpitante y los miembros estremecidos por el hormigueo. Tuve el placer de ver cómo la princesa Lynette era despojada de sus botas y su collar. Y cómo un paje se la arrojaba sobre el hombro y se la llevaba. Pero no pude ver su cara, y no supe lo que sentía. Su trasero se elevó en el aire por encima del hombro del paje, mostrando unos labios púbicos largos y delgados y el vello rojizo de esta zona.

»Me había quedado solo, completamente empapado de sudor y agotado. Vi a Lord Gregory allí de pie. Se acercó, me levantó la barbilla y me dijo: "Sois indomable, ¿no? —Yo me quedé atónito—. ¡Miserable, orgulloso, rebelde, príncipe Alexi!", exclamó furioso. Intenté mostrar mi consternación. "Decidme en qué he faltado", le rogué, pues había oído al príncipe Gerald decir eso en numerosas ocasiones en la alcoba de la reina.

»"Sabéis que os deleitáis en todo esto. No hay nada que sea demasiado indecoroso para vos, demasiado ignominioso y difícil. ¡Jugáis con todos nosotros!", fue su respuesta. De nuevo, me quedé completamente asombrado.

»Pues bien, ahora vais a calibrar mi sexo para

mí" dijo, y ordenó al último paje que nos dejara. Yo seguía agarrado al trapecio como me habían ordenado. La estancia estaba a oscuras a excepción del luminoso cielo nocturno que se veía a través de las ventanas. Oí que se desabrochaba y sentí el leve empujón de su pene. Luego lo introdujo en mi trasero.

»"Maldito principito", dijo mientras me penetraba.

»Cuando hubo acabado, Félix me echó sobre su espalda tan poco ceremoniosamente como el otro paje había trasportado a la princesa Lynette. Mi pene hinchado chocaba contra él, pero intenté controlarlo.

»Cuando me bajó, ya en la alcoba de la reina, su majestad estaba sentada ante el tocador limándose las uñas. "Os he echado de menos", dijo. Yo me apresuré a correr a su lado moviéndome a cuatro patas y le besé las pantuflas. Cogió un pañuelo blanco de seda y me enjugó el rostro.

»"Sabéis complacerme muy bien", dijo. Yo estaba perplejo. ¿Qué veía lord Gregory en mí que ella no detectara?

»Sin embargo me sentí demasiado aliviado para entrar en consideraciones de ese tipo. Si me hubiera recibido con enfado o me hubiera ordenado nuevos castigos y diversiones, habría llorado de desesperación. Sea como fuere, la reina era toda belleza y ternura. Me ordenó que la desvistiera y que descubriera la cama. Obedecí lo mejor que pude, pero no quiso la bata de seda que yo le acerqué.

»Por primera vez, se quedó desnuda ante mí.

»No me había dicho que pudiera levantar la vista, así que yo permanecía encogido a sus pies. Luego me dijo que podía mirar. Como podéis imaginaros, su encanto era indecible. Tenía un cuerpo firme, en cierta forma poderoso, con unos hombros quizás un poquito demasiado fuertes para una mujer, piernas largas, pero sus pechos eran magníficos y su sexo era un nido reluciente de vello negro. Me encontré a mí mismo sin aliento.

»"Mi reina", susurré y, después de besarle los pies, le besé los tobillos. No protestó. Le besé las rodillas. No protestó. Le besé los muslos y luego, impulsivamente, hundí mi cara en ese nido de vello perfumado, y lo encontré caliente, muy caliente. Me levantó hasta que me quedé de pie. Alzó mis brazos, yo la abracé y, por primera vez, sentí su redonda forma femenina y también descubrí que pese a lo fuerte y poderosa que parecía, era pequeña, así a mi lado, y tierna. Me moví para besar sus pechos y ella permitió silenciosamente que lo hiciera. Los besé hasta que no pudo contener los suspiros. Tenían un sabor tan dulce y eran tan blandos, pero al mismo tiempo rollizos y resistentes bajo mis dedos respetuosos.

»La reina se hundió en la cama y yo, de rodillas, volví a enterrar mi cara entre sus piernas. Pero dijo que lo que en ese instante quería era mi pene y que no debería eyacular hasta que ella me lo permitiera.

Gemí para comunicarle lo difícil que esto resultaría a causa del amor que me inspiraba, pero ella se recostó en sus cojines, separó las piernas y por primera vez vi los labios sonrosados.

»Tiró de mí hacia abajo. No podía creerlo del todo cuando sentí la envoltura de su caliente vagina. Hacía tanto tiempo que no había sentido una satisfacción así con una mujer; desde que los soldados me hicieron prisionero. Me esforcé por no consumar mi pasión en aquel mismo instante y, cuando empezó a mover sus caderas, pensé que ciertamente iba a perder la batalla. Estaba tan húmeda, caliente y excitada, y mi pene tan dolorido por los castigos. Me dolía todo el cuerpo, pero el dolor me parecía delicioso. Sus manos acariciaban mis nalgas. Me pellizcaba las ronchas. Me separó las nalgas y, mientras este caliente envoltorio apretaba mi pene y la aspereza de su vello púbico me rozaba y me atormentaba, metió los dedos en mi ano.

»"Mi príncipe, mi príncipe, superasteis todas las pruebas por mí —susurró. Sus movimientos se hicieron más rápidos, más salvajes. Vi su rostro y sus pechos bañados de escarlata—. Ahora", ordenó, y bombeé mi pasión dentro de ella.

»Me sacudí con movimientos ascendentes y descendentes, mis caderas se movieron tan frenéticamente como lo habían hecho en la pequeña actuación circense. Cuando me quedé vacío y quieto, permanecí echado cubriendo su rostro y sus pechos con besos lánguidos y soñolientos.

»Se incorporó para sentarse en la cama y recorrió todo mi cuerpo con sus manos. Me dijo que yo era su posesión más adorable. "Pero aún os están reservadas muchas crueldades", dijo. Sentí una nueva erección. Añadió que tendría que someterme a una disciplina aún peor a cualquiera de las concebidas por ella anteriormente.

»"Os amo, mi reina", susurré yo. No tenía otro pensamiento que el de servirla. Aun así, por supuesto, estaba asustado, aunque me sentía poderoso por todo lo que había soportado y realizado.

»"Mañana —dijo—, voy a pasar revista a mis ejércitos. He de pasar ante ellos en una carroza descubierta, para que puedan ver a su reina igual que yo les veré a ellos, y después debo recorrer los pueblos más próximos al castillo.

»"Toda la corte me acompañará, de acuerdo con su rango. Y todos los esclavos, desnudos y con collares de cuero, marcharán a pie con nosotros. Vos deberéis marchar al lado de mi carroza para que os observen todas las miradas. Reservaré para vos el collar más vistoso, y vuestro ano estará abierto con un falo de cuero. Llevaréis una embocadura y yo sujetaré las bridas. Sostendréis alta la cabeza ante los soldados, oficiales y el pueblo común. Para complacer a la gente, os exhibiré en la plaza principal de los pueblos suficiente rato para que todo el mundo pueda admiraros antes de continuar la procesión."

»"Sí, mi reina", contesté silenciosamente. Sabía que sería una experiencia terrible, pero aun así estaba pensando en ello con curiosidad y me preguntaba cuándo y cómo mi sentimiento de impotencia y de rendición me invadiría. ¿Llegaría cuando me encontrara ante los lugareños, o ante los soldados, o cuando trotara por el camino con la cabeza alzada y el ano torturado por el falo? Cada detalle descrito por ella me excitaba.

»Dormí bien y profundamente. Cuando Félix

me despertó, me preparó con esmero como lo había hecho con ocasión del pequeño espectáculo circense.

»En el exterior del castillo la conmoción era enorme. Era la primera vez que veía las puertas de entrada al patio, el puente levadizo y el foso. Todos los soldados estaban allí reunidos. La carroza descubierta de la reina se encontraba en el patio y la soberana ya se había sentado, rodeada de lacayos y pajes que avanzaban a los lados y de cocheros que lucían elegantes sombreros, plumas y lanzas relucientes. Una gran fuerza montada de soldados estaba ya dispuesta.

»Antes de que me hicieran salir, León me ajustó la embocadura y también dio la última cepillada a mi cabello. Me encajó la embocadura de cuero muy dentro de la boca, me enjugó los labios y luego me dijo que lo más dificultoso sería mantener el mentón levantado. Bajo ninguna circunstancia debía dejarlo caer a una posición normal. Las bridas, que la reina sostendría vanamente en su regazo, me obligarían a tener la cabeza levantada, pero nunca debería bajarla. Si lo hacía, ella lo notaría, y se enfurecería terriblemente.

»A continuación me mostró el falo de cuero. No tenía ninguna correa ni cinturón para sujetarlo. Era grande como el miembro erecto de un hombre y me asusté. ¿Cómo conseguiría mantenerlo dentro? Me dijo que separara las piernas. Me lo introdujo a la fuerza en el ano y me explicó que debía conservarlo en su sitio yo solito, ya que a la reina le molestaría cubrirme con cualquier cosa para sujetarlo. Tenía unas finas correas de cuero que colgaban hacia abajo y me rozaban los muslos. Cuando trotara por el camino, las correas se balancearían como la cola de un caballo, pero eran cortas, no tapaban nada.

»Después volvió a aplicarme aceite en el vello púbico, en el pene y en los testículos. Me frotó el vientre con un poco más de aceite. Yo ya tenía las manos enlazadas detrás de la espalda pero me dio un pequeño hueso forrado de cuero para que lo sujetara y me dijo que así me resultaría más fácil mantenerlas unidas. Mis tareas serían éstas: mantener la barbilla alzada, el falo en su sitio y mi propio pene erecto y presentable ante la reina.

»Seguidamente me llevaron al patio, conducido por la pequeña brida. El brillante sol de mediodía centelleaba sobre las lanzas de los caballeros y los soldados. Los cascos de los caballos producían un ruidoso estruendo sobre las piedras.

La reina, que estaba enfrascada en una animada conversación con el gran duque, sentado a su lado, apenas reparó en mí. Me dirigió una sonrisa. Le entregaron las bridas, me acerqué hasta situarme a la altura de la puerta de la carroza y mantuve la cabeza completamente erguida.

»"Mantened la vista baja en todo momento, respetuosamente", me dijo Félix.

»La carroza no tardó en salir por las puertas y a continuación avanzaba sobre el puente levadizo.

»Bien, podéis imaginaros cómo fue el día. A vos os trajeron desnuda a través de los pueblos de vuestro propio reino. Ya sabéis lo que supone que todo el mundo os contemple fijamente: soldados, caballeros, pebleyos.

»El hecho de que los demás esclavos desnudos vinieran detrás de nosotros era un escaso consuelo. Yo estaba solo junto a la carroza de la reina y pensaba únicamente en complacerla y en mostrarme como ella quería que apareciera ante los demás.

Mantuve alta la cabeza y contraje las nalgas para sostener el doloroso falo. Al poco, mientras pasábamos ante cientos y cientos de soldados, volví a pensar, "soy un sirviente, su esclavo, y ésta es mi vida. No tengo otra".

»Quizá la parte más horrenda del día para mí fue el paso por los pueblos. Vos ya lo sabéis. Yo aún no lo había hecho. La única gente ordinaria que había conocido era la de las cocinas.

»Pero aquella jornada de desfiles militares constituía además el inicio de las fiestas de los pueblos. La reina los visitaba y, después, los festejos quedaban inaugurados.

»En el centro de la plaza de cada localidad habían una tarima y, cuando la reina entraba en la casa del señor de la villa para tomar una copa de vino con él, a mí me exhibían allí como ella ya me había explicado que sucedería.

»Pero mi cometido no era permanecer graciosamente de pie como yo hubiera esperado. Los lugareños lo sabían, aunque no yo. Cuando llegamos al primer pueblo, la reina se alejó y, en cuanto mis pies pisaron la tarima, un gran rugido se elevó de la multitud. Ellos sabían que iban a presenciar algo divertido.

»Bajé la cabeza, contento por tener la oportunidad de mover los músculos rígidos de la garganta y de los hombros, y me quedé asombrado cuando Félix me retiró el falo del ano. Naturalmente, esto provocó una gran aclamación de la multitud. Luego me obligaron a arrodillarme con la manos detrás del cuello sobre una placa giratoria colocada encima de la tarima.

»Félix la movía con el pie. En estos primeros momentos me asusté más que nunca antes, pero en ningún instante me invadió tanto temor como para levantarme e intentar escapar. Estaba virtualmente desamparado. Allí, desnudo, un esclavo de la reina se encontraba en medio de cientos de plebeyos. Todos me habrían subyugado de inmediato, y muy alegremente, por el solo hecho de entretenerse. Fue entonces cuando me di cuenta de que la huida era absolutamente imposible. Cualquier príncipe desnudo que escapara del castillo habría sido capturado por estos lugareños. Nadie le hubiera ofrecido cobijo.

»Entonces Félix me ordenó que mostrara al gentío mis partes íntimas, las que yo ponía al servicio de la reina, y que demostrara que era su esclavo, su animal. No comprendí estas palabras, que fueron pronunciadas ceremoniosamente. Así que me explicó con bastante amabilidad que debía separar con las manos ambas nalgas mientras me doblaba y exhibía ante todos ellos mi ano abierto. Por supuesto, esto era un gesto simbólico. Significaba que siempre sería víctima de violaciones. Y qué otra cosa era más apropiada para ser violada.

»Aunque mi rostro se encendió y me temblaban las manos, obedecí. Una gran aclamación surgió de la multitud. Las lágrimas me caían por la cara. Félix me levantó los testículos con un largo y delgado bastón para que ellos pudieran verlo, y me empujó el pene a un lado y a otro para demostrar lo indefenso que estaba. Durante todo el rato yo tenía que mantener las nalgas separadas y mostrar mi ano.

Cada vez que relajaba mis manos, me ordenaba tajantemente que separara más la carne y me amenazaba con castigarme. "Eso enfurecerá a su alteza —decía— y divertirá enormemente a la multitud." Luego, con un ruidoso grito de aprobación del gentío, volvió a insertar con gran firmeza el falo en mi ano. Ordenó que pegara los labios a la madera de la placa giratoria. Luego volví a ser conducido a mi posición junto a la carroza de la reina. Félix tiraba de la brida por encima de su hombro mientras yo trotaba a su espalda con la cabeza levantada.

»Cuando llegamos finalmente al último pueblo, no se puede decir que estuviera más acostumbrado a ello que en el primero que visitamos. Pero para entonces Félix le había asegurado a la reina que yo daba muestras de toda la humildad que se podía concebir. Mi belleza no tenía rival entre ninguno de los príncipes anteriores. La mitad de los jóvenes de ambos sexos de los pueblos se había enamorado de mí. La reina me besó los párpados al oír estos cumplidos.

»Aquella noche en el castillo se celebró un gran banquete. Vos ya habéis visto un banquete de este tipo, ya que se celebró uno con motivo de vuestra presentación. Yo no lo había visto antes.

Así que fue mi primera experiencia en servir vino a la reina y a otros a quienes me enviaba ceremoniosamente de vez en cuando como si se tratara de un presente.

Cuando mis ojos se cruzaron con los de la princesa Lynette le sonreí sin pensar.

»Tenía la sensación de que podía hacer cualquier cosa que me ordenaran. Nada me producía temor. Por lo tanto, puedo deciros que para entonces ya me había rendido. Pero la verdadera indicación de mi entrega era cuando tanto Félix como lord Gregory me decían, en cuanto tenían la ocasión, que yo era terco y rebelde. Decían que me burlaba de todo. Yo les contestaba, también cuando tenía la oportunidad de hacerlo, que esto no era cierto, pero casi nunca podía responder.

»Desde entonces me han sucedido otras muchas cosas pero las lecciones de aquellos primeros meses fueron las más importantes.

»La princesa Lynette sigue aquí, por supuesto. Ya sabréis quién es en su momento y, aunque puedo soportar cualquier cosa de mi reina, de lord Gregory y de Félix, aún me resulta difícil aguantar a esta princesa. Pero pondré mi vida en ello para que nadie lo sepa.

»Y bien, casi se ha hecho de día. Debo devolveros al vestidor y también tengo que bañaros, para que nadie sepa que hemos estado juntos. Os he contado mi historia para que comprendáis lo que significa rendirse y por qué cada uno de nosotros debe encontrar su propia vía de aceptación.

»Aún queda más que contar de mi historia que, no obstante, sólo os revelaré con el tiempo. Por ahora recordad simplemento esto: si os veis obligada a aguantar un castigo que os parece demasiado brutal, recordaos a vos misma: "Ah, pero Alexi lo soportó, así que en consecuencia se puede soportar."

No es que Bella quisiera acallarlo pero no podía contener sus abrazos. Lo ansiaba en ese momento tanto como antes, pero se dio cuenta de que era demasiado tarde.

Mientras el príncipe Alexi la conducía de regreso al vestidor, se preguntó si él podría adivinar los verdaderos efectos que sus palabras habían causado en ella.

La había encandilado y fascinado. Sus explicaciones habían contribuido a lograr que entendiera su propia resignación y entrega. ¿O ella ya los había sentido?

Alexi la lavó, le limpió toda evidencia de su amor, mientras ella permanecía inmóvil, sumida en sus pensamientos.

¿Qué había sentido antes, aquella misma noche, cuando la reina le había dicho que quería enviarla de regreso a su hogar a causa de la excesiva devoción que provocaba en el príncipe de la corona? ¿Había deseado marcharse?

Le obsesionaba un pensamiento horroroso. Se veía dormida en esa alcoba polvorienta que había sido su prisión durante cientos de años, oía los cuchicheos a su alrededor.

La vieja bruja del huso que había pinchado el dedo de Bella se reía a través de sus encías sin dientes; y, levantando sus manos para acercarlas a los pechos de Bella, exudaba cierta sensualidad obscena.

Bella se estremeció.

Dio un respingo y forcejeó mientras Alexi le apretaba las ligaduras.

—No tengáis miedo. Hemos disfrutado de la noche juntos sin ser descubiertos —le aseguró.

Ella se quedó observándolo fijamente, como si no lo conociera, porque en el castillo no había nadie que le diera miedo, ni él, ni el príncipe, ni la reina. Era su propia mente lo que la asustaba.

El cielo se estaba aclarando. Alexi la abrazó. Se encontraba ya atada a la pared, con su largo cabello comprimido entre su espalda y las piedras que había tras ella. Pero se sentía incapaz de salir de esa alcoba polvorienta de su tierra natal. Le parecía que viajaba a través de capas y capas de sueño, en ese vestidor en el que estaba metida, en ese país cruel donde había perdido su materialidad.

Un príncipe había entrado en la alcoba, había posado sus labios en ella. Pero ¿era únicamente Alexi quien la besaba? ¿Fue Alexi el que la besaba, allí?

Cuando abría los ojos en aquella antigua cama y miraba al que en aquel instante rompía su hechizo, ¡descubría un tierno e inocente semblante! No era su príncipe de la corona. No era Alexi. Era algún alma prístina semejante a la suya que en aquel momento retrocedía de ella llena de asombro. Era valiente, sí, valiente, ¡y sin complejos!

Bella gritó:

—¡No!

Pero la mano de Alexi le tapaba la boca:

—Bella, ¿qué sucede?

—No me beséis —dijo en un susurro.

Pero cuando vio el dolor en el rostro de Alexi, abrió la boca y sintió sus labios que acudían a sellarla.

Se sintió llena de la lengua de Alexi y apretó su cadera contra él.

—Ah, sois vos, sólo sois vos... —susurró.

—¿Y quién creíais que era? ¿Es que estabais soñando?

—Por un momento parecía que todo esto fuera un sueño —confesó. Pero la piedra era demasiado real, y el contacto con él también.

—Pero ¿por qué debía ser un sueño? ¿Es una pesadilla tan terrible para vos?

Ella sacudió la cabeza:

—Vos lo amáis, todo ello, lo amáis —le dijo al oído.

Observó cómo los ojos de él la observaban lánguidamente y luego apartaban la mirada—. Parecía un sueño porque todo el pasado, el pasado real, ha perdido su brillo.

Pero ¿qué estaba diciendo? ¿Que en estos pocos días no había anhelado ni una sola vez su hogar, que ni una sola vez había deseado lo que fue su juventud y que el sueño de cien años no la había dotado de sabiduría?

—Lo amo. Lo desprecio —dijo Alexi—. Me humilla y me fascina. Y entregarse significa sentir todas esas cosas a la vez, y aún así tener una sola mente y un solo espíritu.

—Sí —suspiró ella, como si lo hubiera acusado falsamente—. Dolor perverso, placer perverso.

Y él le dedicó una sonrisa de aprobación.

—Volveremos a estar juntos de nuevo...

—Sí...

—Podéis contar con ello. Y hasta ese momento, querida mía, mi amor, perteneced a todo el mundo.

EL PUEBLO

Los siguientes días, que en realidad fueron pocos, pasaron tan rápidamente para Bella como los anteriores. Nadie descubrió que ella y Alexi habían estado juntos.

La noche siguiente, el príncipe le dijo que se había ganado la aprobación de su madre, y que a partir de entonces él personalmente la instruiría como su doncella, le enseñaría a barrer sus aposentos, a mantener siempre llena su copa de vino y a desempeñar todas esas tareas que Alexi realizaba para su majestad.

Además, desde ese día Bella dormiría en los aposentos del príncipe.

La princesa descubrió que todo el mundo la envidiaba y que únicamente el príncipe, y sólo él, era quien la castigaba a diario.

Cada mañana la dejaban con lady Juliana, que la hacía correr en el sendero para caballos. Luego, a mediodía, Bella servía el vino del almuerzo, y pobre de ella si derramaba una sola gota.

Por la tarde solía dormir para que por la noche

pudiera servir al príncipe. Estaba previsto que en la siguiente noche de fiesta participara en una carrera de esclavos en el sendero para caballos, que su alteza confiaba que Bella ganara gracias a su entrenamiento diario.

Bella se enteraba de todo esto entre sonrojos y lágrimas, y se encorvaba una y otra vez para besar las botas del príncipe en respuesta a cada una de sus órdenes. Él parecía todavía inquieto a causa del amor que ella le inspiraba y, mientras el castillo dormía, frecuentemente la despertaba con bruscos abrazos. Bella apenas podía pensar en Alexi en esos momentos, debido al temor que el príncipe le inspiraba y a que la estudiaba sin cesar.

Su vida se había convertido en una rutina diaria. Cada mañana la sacaban con sus botas con herraduras para deleitar a lady Juliana. Bella se mostraba asustada pero dispuesta. Lady Juliana era un encanto con su vestido de montar de color carmesí, y Bella corría deprisa sobre el llano sendero de grava. Con frecuencia, el sol la obligaba a torcer la vista cuando centelleaba sobre los árboles más altos, y siempre acababa el recorrido llorando.

Luego, ella y lady Juliana se quedaban a solas en el jardín. Ésta llevaba una correa de cuero que rara vez utilizaba, así que esos momentos resultaban relajantes para Bella. Solían sentarse sobre la hierba, con las faldas de lady Juliana formando una corona de seda bordada en torno a Bella. En ocasiones, lady Juliana le daba un fuerte y repentino beso, y Bella se quedaba sorprendida y se enternecía. La dama la acariciaba por todo el cuerpo, la colmaba de besos y cumplidos, y cuando decidía golpearla con la correa de cuero, la princesa lloraba apaciblemente, con profundos gemidos sofocados y un lánguido abandono. Pero al poco, ya estaba recogiendo florecillas con los dientes para lady Juliana, besando con suma gracia el bajo de sus faldones o incluso sus blancas manos. Todos estos gestos deleitaban a su ama.

«Oh, ¿me estoy convirtiendo en lo que Alexi quería que me convirtiera?», se preguntaba Bella de vez en cuando, aunque la mayor parte del tiempo no pensaba en ello.

También durante las comidas Bella se esmeraba enormemente en servir el vino con garbo.

No obstante, en una ocasión lo derramó y recibió su castigo colgada del paje, que la asía con fuerza. En cuanto purgó su pena, se fue corriendo hasta las botas del príncipe para rogar silenciosamente su perdón. Él se mostró furioso y, cuando ordenó que la volvieran a azotar, Bella sintió que la humillación bullía en su interior.

Aquella noche, antes de poseerla, la fustigó sin piedad con el cinturón. Le dijo que detestaba la menor imperfección en ella, y la encadenaron a la pared, donde pasó toda la noche entre lloros y sufrimiento.

Bella temía ser objeto de nuevos y más espantosos castigos. Lady Juliana insinuó que, en algunos aspectos, era tan sólo una virgen y que se la estaba poniendo a prueba con suma lentitud.

Además, la princesa también temía a lord Gregory, que la observaba en todo momento.

Cada mañana, mientras Bella trastabillaba por el sendero para caballos, lady Juliana la amenazaba con enviarla a la sala de castigos. Bella se echaba inmediatamente sobre sus manos y rodillas y besaba sus pantuflas, y aunque lady Juliana se apiadaba enseguida, con una sonrisa y un meneo de sus preciosas trenzas, lord Gregory, que se mantenía en las proximidades, mostraba su desaprobación.

El corazón de Bella palpitaba dolorosamente en su pecho cada vez que se la llevaban para prepararla. Si al menos pudiera ver a Alexi, reflexionaba, pero en cierto modo él había perdido parte de su encanto para ella, aunque no estaba segura del motivo. Sin embargo, aquella tarde, mientras permanecía tumbada en su cama, estaba pensando en el príncipe y también en lady Juliana. «Mis amos y señores», susurraba para sus adentros, y se preguntaba cuál era el motivo de que León no le hubiera dado nada para dormir, ya que no estaba cansada en absoluto aunque sí torturada por el pequeño pálpito de pasión que notaba entre sus piernas, como era habitual.

Sólo llevaba una hora descansando cuando lady Juliana vino a buscarla.

—No es que yo lo apruebe del todo —dijo lady Juliana, mientras obligaba a Bella a salir al jardín— pero su majestad tiene que mostraros a esos pobres esclavos que son enviados al pueblo.

Una vez más, el pueblo. Bella intentó esconder su curiosidad. Lady Juliana la azotaba distraída con el cinturón de cuero, con golpes ligeros pero que escocían, mientras bajaban juntas por el camino.

Finalmente llegaron al jardín cercado lleno de árboles florecientes de cortas ramas. En un banco de piedra, Bella vio al príncipe y, junto a él, a un guapo y joven lord que conversaba animadamente con su alteza.

—Es lord Stefan, el primo favorito del príncipe —le confió lady Juliana en voz baja—, a quien debéis mostrar el máximo respeto. Además, hoy se siente bastante desgraciado a causa de su precioso y desobediente príncipe Tristán.

«Ojalá pudiese ver al príncipe Tristán», pensó Bella. No había olvidado la vez que Alexi le dijo que era un esclavo incomparable que sabía el significado de la rendición. Así que había causado problemas... Bella tomó nota de la prestancia de lord Stefan, el pelo dorado y los ojos grises, aunque su joven rostro mostraba tristeza y pesar.

Éste posó su mirada en Bella durante un único segundo, cuando ella se acercó y, aunque pareció reconocer sus encantos, volvió a dirigir su atención al príncipe, que le sermoneaba con severidad.

—Sentís demasiado amor por él, al igual que me sucede a mí con la princesa que veis ante vos. Debéis reprimir vuestro amor como yo debo dominar el mío. Creedme, os entiendo, pese a que os condeno.

—Oh, pero el pueblo... —murmuró el joven lord.

—Debe ir, ¡y será lo mejor para él!

—Oh, príncipe inhumano —susurró lady Juliana. Instó a Bella para que se adelantara y besara las botas de lord Stefan mientras ella se hacía sitio entre ambos—. El pobre Tristán pasará todo el verano en el pueblo.

El príncipe levantó la barbilla de Bella y se inclinó para recibir un beso de sus labios que llenó a Bella de un tormento enternecedor. Sin embargo, ella sentía demasiada curiosidad por todo lo que se decía y no se atrevía a hacer el más leve movimiento para atraer la atención de su príncipe.

—Debo preguntaros... —empezó lord Stefan—. ¿Enviaríais a la princesa Bella al pueblo si estuvierais convencido de que se lo merecía?

—Por supuesto que lo haría —contestó el príncipe, aunque su voz no sonaba convincente—. Lo haría al instante.

—¡Oh, pero no podéis! —protestó lady Juliana.

—No se lo merece, así que no importa —insistió el príncipe—. Estamos hablando del príncipe Tristán, y lo cierto es que él, pese a todos los malos tratos y castigos que ha recibido, continúa siendo un misterio para todo el mundo. Necesita los rigores del pueblo al igual que el príncipe Alexi necesitó ir a la cocina para aprender humildad.

Lord Stefan estaba profundamente preocupado y pareció que las palabras rigor y humildad desgarraban sus extrañas. Se levantó y rogó al príncipe que lo acompañara y reflexionara.

—Se van mañana. Ya hace bastante calor y los lugareños han empezado a prepararse para la subasta. Lo he enviado al patio de los prisioneros para que esperara allí.

—Venid, Bella —dijo el príncipe levantándose—. Será bueno para vos que veáis esto y podáis entenderlo.

Bella se sentía intrigada y les siguió con interés. Pero la frialdad y severidad del príncipe la inquietaron. Intentó permanecer cerca de lady Juliana mientras emprendían el camino que salía de los jardines, pasaba junto a la cocina y los establos y, finalmente, llegaba a un simple y polvoriento patio en el que vio un gran carro, sin caballo, que se sostenía sobre cuatro ruedas apoyado contra los muros que rodeaban el castillo.

Allí había soldados rasos y criados. Sintió su desnudez mientras la obligaban a seguir al trío tan vistosamente vestido. Sus ronchas y cortes volvían a picarle y, cuando levantó la vista vio, aterrorizada, un pequeño corral, con una valla formada por toscas estacas, en el que un puñado de príncipes y princesas desnudos se hallaban de pie, con las manos atadas por detrás de sus cuellos y circulando en grupo, como si caminar fuera menos agotador que permanecer de pie durante horas.

Un soldado raso con una gruesa correa de cuero soltó en aquel instante un latigazo desde el otro lado de la cerca gritándole a una princesa que corría hacia el centro del grupo para buscar cobijo. Cuando el soldado se fijó en otras nalgas desnudas, también las zurró, lo que provocó el gemido de un joven príncipe que se volvió hacia él lleno de resentimiento.

A Bella le indignó ver que este soldado raso abusaba de unas piernas blancas y de un trasero tan encantadores. No obstante, no podía apartar la mirada de los esclavos que retrocedían del cercado y eran atormentados, desde el otro lado, por otro muchacho gandul y malvado que los azotaba con más fuerza y peores intenciones.

En aquel instante los soldados vieron al príncipe y le rindieron honores, poniéndose rápidamente en posición de firmes.

Al parecer, en ese mismo momento, los esclavos también vieron acercarse al pequeño grupo, y comenzaron a oírse gemidos y quejidos de aquellos quienes, pese a sus mordazas, se esforzaban en hacer oír sus súplicas. Sus gritos amortiguados sonaban como un coro de lamentos.

Todos ellos parecían tan hermosos como cualquier otro esclavo de los que Bella había visto en el castillo y cuando empezaron a retorcerse, y alguno de ellos se dejaba caer de rodillas ante el príncipe, la princesa distinguió aquí y allá algún precioso sexo de color melocotón bajo los rizos del vello púbico o unos pechos que se agitaban con el llanto. Muchos de los príncipes estaban dolorosamente erectos, como si no pudieran controlarlo. Incluso uno de ellos había pegado los labios al suelo áspero mientras el príncipe, lord Stefan y lady Juliana, con Bella a su lado, se acercaban al pequeño cercado para inspeccionarlos.

La mirada del príncipe era furiosa y distante, pero a lord Stefan se le veía tembloroso. Bella reparó en que miraba fijamente a un príncipe muy digno que no gemía ni se inclinaba, en ningún modo suplicaba clemencia. Era tan rubio como el joven lord, sus ojos muy azules y, aparte del detalle de la cruel mordaza, que le deformaba la boca, mostraba un rostro sereno, como siempre que había visto al príncipe Alexi, y mantenía la vista baja con absoluta humildad. Bella intentó disimular la fascinación que aquellas extremidades exquisitamente esculpidas y su órgano hinchado desperta-ron en ella. No obstante, y a pesar de su expresión indiferente, parecía profundamente angustiado.

De repente lord Stefan se volvió de espaldas, como si no fuera capaz de dominarse.

—No seáis tan sentimental. Se merece pasar un tiempo en el pueblo —dijo el príncipe con frialdad al tiempo que con un gesto imperioso or-denaba a los otros príncipes y princesas quejum-brosos que se callaran.

Los guardianes, con los brazos cruzados, son-reían ante el espectáculo que tenían a la vista. Bella no se atrevía a mirarlos por temor a que sus mira-das se encontraran con la suya, lo cual le supon-dría una mayor humillación.

Pero el príncipe le ordenó que se adelantara y que se arrodillara para escuchar lo que le iba a en-señar.

—Bella, observad a estos desdichados —dijo el príncipe con obvia desaprobación—. Van al pueblo de la reina, que es el más grande y próspe-ro del reino. Acoge a las familias de todos los que sirven aquí, los artesanos que elaboran nuestras mantelerías, nuestros sencillos muebles, los que nos suministran vino, comida, leche y mantequi-lla. Allí está la lechería, y crían las aves de corral en sus pequeñas granjas. También allí se encuen-tra todo lo que en cualquier lugar constituye una ciudad.

Bella miraba fijamente a los príncipes y prin-cesas cautivos que, aunque ya no suplicaban con sus gemidos y gritos, todavía se inclinaban ante su alteza cuya indiferencia hacia ellos era palpable.

—Es quizás el pueblo más bonito de todo el reino —continuó el príncipe—, con un alcalde severo, y muchas posadas y tabernas que son las favoritas de los soldados. Pero también disfruta de un privilegio especial que no se concede a ninguna otra localidad, y éste es el de comprar, en subastas que se celebran durante los meses cálidos de verano, a aquellos príncipes y princesas que necesitan un horrendo castigo. Cualquiera de la ciudad puede adquirir un esclavo si dispone de oro suficiente para ello.

Algunos de los cautivos no podían contenerse y volvían a implorar clemencia al príncipe, quien con un chasquido de los dedos ordenó a los guardianes que utilizaran las correas y las largas palas, lo que de inmediato provocó un tumulto. Los desgraciados y desesperados esclavos se amontonaron aún más, mostrándoles a sus torturadores sus vulnerables pechos y demás órganos, como si debiesen proteger a toda costa sus partes posteriores.

Pero el alto y rubio príncipe Tristán ni siquiera se movió, simplemente permitía que los demás lo empujaran. Su mirada no se desviaba en ningún momento de su señor, aunque por un instante se volvió lentamente y se fijó en Bella.

El corazón de la princesa se encogió. Sintió un leve mareo. Miró fijamente aquellos inescrutables ojos azules al mismo tiempo que pensaba, «Oh, esto es el pueblo».

—Es un vasallaje horrible —continuaba lady Juliana implorando al príncipe—. La subasta en sí tiene lugar en cuanto los esclavos llegan al pueblo.

Podéis imaginaros perfectamente que hasta los mendigos y los patanes habituales de la ciudad están allí para presenciarlo. Cómo no, toda la ciudad declara una jornada festiva. Y cada amo se lleva a su pobre esclavo no sólo para degradarlo y castigarlo, sino para realizar penosos trabajos. Sabed que las rudas y prácticas gentes del pueblo no reservan para el simple placer ni siquiera a los príncipes o princesas más encantadores.

Bella recordó la descripción de Alexi de su paso por los pueblos, la alta plataforma de madera en el mercado, la grosera multitud, y los vítores de aquellos testigos de su humillación. Aunque se sentía horrorizada, el sexo le dolía secretamente de deseo.

—Pero pese a toda la brutalidad y crueldad —añadió el príncipe, que dirigió entonces una rápida mirada al inconsolable lord Stefan, quien continuaba inmóvil, de espaldas a los desdichados— es un castigo sublime. Pocos esclavos pueden aprender durante un año de castigos lo que asimilan durante el verano en el pueblo. Además, naturalmente, no les pueden lastimar, al igual que sucede con los esclavos dentro del castillo. Se aplican las mismas normas estrictas: ni cortes, ni quemaduras, ni lesiones serias. Asimismo, cada semana los reúnen en una sala para esclavos donde los bañan y les aplican ungüentos. Así que, a su regreso al castillo no son sólo más dulces o dóciles, sino que han vuelto a nacer con una fuerza y belleza incomparables.

«Sí, como renació el príncipe Alexi», pensó Bella, mientras su corazón palpitaba con fuerza. Se preguntaba si alguien se percataría de su perplejidad y excitación. Veía al distante príncipe Tristán entre los demás, sus serenos ojos azules y fijos en la espalda de su amo, lord Stefan.

La mente de Bella estaba repleta de imágenes espeluznantes. ¿Qué era lo que había dicho Alexi? ¿Que un castigo así había sido clemente y que si le resultaba dificultoso aprender despacio, podría propiciar algún castigo más severo?

Lady Juliana meneaba la cabeza a uno y otro lado mientras hacía pequeños aspavientos:

—Pero si sólo estamos en primavera —dijo—. Caray, los pobrecitos van a estar allí eternamente... Oh, con el calor, las moscas y el trabajo. No os imagináis cómo los utilizan. Los soldados llenan las tabernas y las posadas en cuanto son capaces de comprar por unas pocas monedas a un encantador príncipe o a una princesa que de otro modo no poseerían en toda su vida.

—Sois una exagerada —insistió el príncipe.

—Pero ¿enviaríais allí a vuestra propia esclava? —lord Stefan apeló de nuevo al príncipe—. ¡No quiero que él vaya! —murmuró— aunque he condenado su actitud incluso ante la reina.

—Entonces no tenéis elección; y sí, enviaría a mi propia esclava, aunque ningún esclavo de la reina o del príncipe de la corona haya sido castigado de este modo anteriormente.

El príncipe dio la espalda a los esclavos casi con desprecio. Pero Bella seguía mirándolos y advirtió que el príncipe Tristán se abría camino entre el grupo de cautivos. Llegó hasta el cercado y, aunque un guardia arrogante que se divertía con el grupo consiguió alcanzarle con la correa, no se movió ni mostró el menor malestar.

—Oh, apela a vos —suspiró lady Juliana e, inmediatamente, lord Stefan se volvió y los dos jóvenes se encontraron cara a cara.

Bella observó, como si estuviera sumida en un trance, al príncipe Tristán, que en ese momento se arrodillaba con gran lentitud y elegancia y besaba el suelo ante su amo.

—Es demasiado tarde —dijo el príncipe—. Este pequeño gesto de afecto y humildad no cuenta para nada.

El príncipe Tristán se levantó y permaneció con la mirada baja haciendo gala de una paciencia extraordinaria. Lord Stefan se adelantó y estirándose por encima del cercado lo abrazó apresuradamente. Apretó al príncipe Tristán contra su pecho y lo besó por toda la cara y el pelo. El príncipe cautivo, con las manos ligadas detrás del cuello, le devolvía serenamente los besos.

Su alteza estaba furioso. Lady Juliana se reía. El príncipe apartó a lord Stefan y le dijo que debían alejarse de esos miserables esclavos que al día siguiente estarían en la ciudad.

Más tarde, Bella estaba echada en su cama y todavía era incapaz de pensar en otra cosa que no fuera el pequeño grupo de príncipes cautivos que había visto en el patio para prisioneros. También se imaginaba las estrechas y tortuosas calles de los pueblos por los que había pasado en su viaje. Recordó las posadas con los letreros pintados sobre la entrada, las casas entramadas que oscurecían su camino, y esas ventanas diminutas con paneles romboides.

Nunca olvidaría a los hombres y mujeres con burdos pantalones y delantales blancos, con las mangas remangadas hasta los codos, que la habían mirado boquiabiertos disfrutando de su desamparo.

No pudo dormir. Un nuevo y extraño terror la invadió.

Ya había oscurecido cuando por fin el príncipe mandó a buscarla. En cuanto Bella llegó a la puerta del comedor privado de su alteza vio que lord Stefan lo acompañaba.

Tuvo la impresión de que en aquel momento su destino ya estaba decidido. Sonrió al pensar en los alardes del príncipe ante su primo, lord Stefan, y quiso entrar a toda prisa, pero lord Gregory la retuvo en el umbral de la puerta. Los ojos de Bella se empañaron. No veía al príncipe con su túnica de terciopelo adornada con el escudo de armas, sino aquellas calles adoquinadas de los pueblos, las esposas con las escobas de mimbre, los mozos en la taberna.

Lord Gregory le estaba hablando:

—¡No penséis que yo creo que se ha producido ningún cambio en vos! —le susurró al oído de tal manera que la frase pareció formar parte de la propia imaginación de la princesa.

Bella frunció las cejas en un mohín de disgusto y luego bajó la vista.

—Estáis infectada del mismo veneno que el príncipe Alexi. Lo veo en vuestro interior cada día. No tardaréis en tomároslo todo a burla.

Se le aceleró el pulso. Lord Stefan, que estaba sentado a la mesa para cenar, mostraba el mismo aspecto abatido que antes. Y el príncipe seguía tan orgulloso como siempre.

—Lo que necesitáis es una severa lección... —lord Gregory continuaba con su susurro mordaz.

—Milord, ¿no querréis decir el pueblo? —se estremeció Bella.

—No, ¡no me refiero al pueblo! —obviamente se sorprendió al oír esto—. No seáis petulante ni descarada conmigo. Sabéis que me refiero a la sala de castigos.

—Ah, vuestro territorio; allí donde vos sois el príncipe —susurró Bella, aunque él no la oyó.

Su alteza, con aire indiferente, chasqueó los dedos ordenándole que entrara.

Bella se aproximó a cuatro patas, pero no había avanzado más que unos pasos cuando se detuvo.

—¡Continuad! —le susurró lord Gregory con enfado; el príncipe todavía no se había dado cuenta.

Pero cuando su alteza se volvió, observándola malhumorado, ella continuó inmóvil, con la cabeza inclinada y los ojos fijos en él. En cuanto vio la rabia y la indignación en el rostro del príncipe, Bella se dio la vuelta súbitamente y empezó a correr a cuatro patas, pasó junto a lord Gregory y a continuación siguió avanzando por el corredor.

—¡Detenedla, detenedla! —gritó el príncipe sin poder contenerse. Cuando Bella vio las botas de lord Gregory a su lado, se puso de pie y siguió corriendo más deprisa. Pero el noble la atrapó por el cabello tiró de ella hacia atrás y la arrojó sobre su hombro mientras Bella gritaba.

La princesa le golpeaba la espalda con los puños, pataleaba y lloraba histérica mientras él la sujetaba firmemente por las rodillas.

Bella alcanzaba a oír la voz enfurecida del príncipe pero no podía descifrar sus palabras. Cuando volvieron a ponerla en el suelo, echó a correr una vez más, lo que provocó que dos pajes siguieran estrepitosamente tras ella.

La princesa forcejeó mientras la amordazaban y la ligaban, sin saber adónde la llevaban. Estaba oscuro y descendían por unas escaleras. Por un momento, Bella sintió cierto arrepentimiento y un pánico horroroso.

La colgarían en la sala de castigos, y se preguntó cómo iba a soportar el pueblo si ni tan siquiera era capaz de aguantar esto.

Pero un poco antes de que sus apresadores llegaran a la sala de esclavos la invadió una extraña calma y cuando la arrojaron a una celda oscura donde tenía que permanecer tumbada sobre la fría piedra, con ligaduras que le cortaban la carne, sintió un instante de alegría. A pesar de todo, Bella continuó lloriqueando. Su sexo palpitaba rítmicamente, al parecer al compás de sus sollozos, y lo único que la rodeaba era el silencio.

Casi había amanecido cuando la obligaron a levantarse. Lord Gregory chasqueó los dedos para que los pajes le soltaran los grilletes y la incorporaran sobre sus piernas, débiles e inestables. Sintió el azote de la correa de lord Gregory.

—¡Princesa consentida y despreciable! —masculló entre dientes, pero ella estaba agotada, debilitada por el deseo y los sueños sobre el pueblo. Soltó un gritito cuando sintió los golpes furiosos del noble, pero se asombró de que los pajes la amordazaran otra vez y le ligaran las manos bruscamente detrás del cuello. ¡Iba a ir al pueblo!

—¡Oh, Bella, Bella! —le llegó la voz de lady Juliana que lloraba a su lado—. ¿Por qué os asustasteis? ¿Por qué intentasteis escapar? Habíais sido tan buena y tan fuerte, querida mía...

—Consentida, arrogante. —Lord Gregory la maldecía otra vez mientras la conducía a la entrada cuya puerta estaba abierta. Bella podía ver el cielo de la mañana por encima de las copas de los árboles—. Lo hicisteis deliberadamente —le susurró lord Gregory al oído mientras la fustigaba para que se moviera por el sendero del jardín—. Os arrepentiréis de esto, y lloraréis con amargura y nadie os escuchara.

Bella hizo un esfuerzo por no sonreír. Pero, ¿habrían podido distinguir una sonrisa debajo de la cruel embocadura de cuero que llevaba entre sus dientes? No importaba. Bella corría deprisa, levantando las rodillas, alrededor del castillo, junto a lord Gregory, que la guiaba propinándole golpes rápidos que escocían, y lady Juliana que lloraba mientras corría también a su lado.

—Oh, Bella, ¿cómo voy a soportarlo? —le decía la dama.

Las estrellas aún no habían desaparecido del

cielo, pero el aire ya era cálido y agradable. Después de pasar entre las grandes puertas y el puente levadizo del castillo, cruzaron el patio vacío de los prisioneros.

Allí estaba el enorme carro de esclavos, enganchado a las enormes yeguas blancas que tirarían de él para hacer el recorrido de bajada hasta el pueblo.

Por un momento Bella supo a ciencia cierta lo que era el terror, pero un delicioso abandono se apoderó de ella.

Los esclavos gemían mientras se apretujaban tras la baja barandilla. El carretero ya ocupaba su puesto en el carro que empezaban a rodear los soldados montados.

—¡Una más! —gritó lord Gregory al capitán de la guardia. Bella oyó cómo los gritos de los esclavos subían de volumen.

Unas manos fuertes la levantaron y sus piernas se quedaron colgadas en el aire.

—De acuerdo, princesita —rió el capitán mientras la situaba en el carro. Bella sintió la áspera madera debajo de los pies mientras forcejeaba por mantener el equilibrio. Por un instante, echó una ojeada hacia atrás y vio el rostro surcado de lágrimas de lady Juliana. «Vaya, está llorando de verdad», pensó Bella llena de asombro.

Mucho más arriba, de repente, descubrió al príncipe y a lord Stefan en la única ventana del castillo que estaba iluminada por una antorcha. Le pareció que el príncipe vio cómo levantaba la vista.

Los esclavos que estaban a su alrededor, al

descubrir también la ventana, alzaron un coro de vanas súplicas. El príncipe se dio la vuelta patéticamente, al igual que lord Stefan había vuelto la espalda a los cautivos poco antes.

Bella sintió que el carro empezaba a moverse. Las grandes ruedas crujieron y los cascos de los caballos repicaron en las piedras. A su alrededor, los frenéticos esclavos daban tumbos unos contra otros.

Miró ante ella y casi de inmediato vio los serenos ojos azules del príncipe Tristán, que iba hacia ella.

Bella también avanzaba hacia él, abriéndose paso entre los esclavos que se encogían y se retorcían para evitar la vigorosa paliza de los guardianes que cabalgaban junto a ellos. Bella sintió el corte profundo de una correa que la alcanzó en la pantorrilla, pero el príncipe Tristán ya había conseguido atraerla hacia sí.

La princesa apretó fuertemente sus senos contra aquel cálido pecho y apoyó la mejilla en su hombro. El grueso y rígido órgano de Tristán se movía entre sus muslos húmedos y le frotaba el sexo con brusquedad. Bella, luchando por no caerse, se montó sobre el miembro erecto y sintió cómo se introducía suavemente en ella. Pensó en el pueblo, en la subasta que pronto iba a empezar, y en todos los terrores que la esperaban. Pero cuando pensó en su querido y frustrado príncipe y en la pobre y afligida lady Juliana volvió a sonreír.

El príncipe Tristán irrumpió en su mente. Parecía que se esforzaba con todo su cuerpo por penetrarla y estrecharla hacia él.

Incluso entre los gritos de los otros, y a pesar de la mordaza, oyó su susurro:

—Bella, ¿estáis asustada?

—¡No! —sacudió la cabeza. Bella apretó su boca torturada contra la de él y, mientras la levantaba con sus embestidas, sintió el corazón de Tristán que palpitaba violentamente pegado al suyo.

ÍNDICE